일곱시 삼십이분
코끼리열차

일곱시 삼십이분
코끼리열차

황정은 소설

문학동네

차례

문 _007

모자 _037

일곱시 삼십이분 코끼리열차 _065

무지개풀 _093

모기씨 _123

초코맨의 사회 _151

곡도와 살고 있다 _157

오뚝이와 지빠귀 _183

마더 _213

소년 _235

G _261

해설 | 서영채 명랑한 환상의 비애 _267

작가의 말 _292

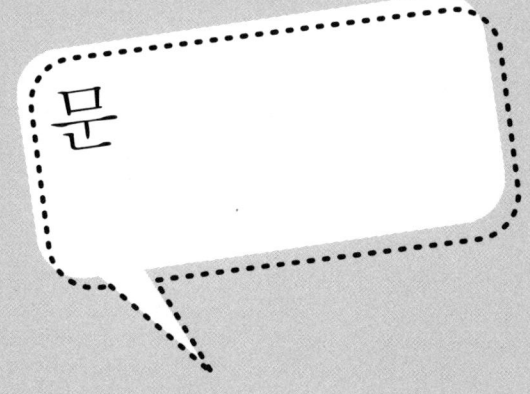

문

m의 등뒤에는 남이 볼 수 없는 문이 하나 있었다.

때때로 이 문이 열렸다.

m의 등뒤에는 남이 볼 수 없는 문이 하나 있었다. 때때로 이 문이 열렸다.

첫번째로 열린 것은 m이 열다섯 살 때였다. 하지만 그전에 벌써 열렸던 적이 있을지도 모르겠다. m의 기억이 아직 시작되지 않은 곳에서 서너 번쯤은. 그런 것을 열외로 하고 보면 분명 첫번째로 문이 열렸던 것은 열다섯 살 때였다.

m은 열다섯 살 때까지 할머니와 살았다. 할머니는 조그맣고 조용한 사람이었다. 할머니는 커피를 좋아했다. 천을 덧대서 양말을 기워 신고 큰 옷을 얻어다 작게 줄여 입거나 직접 만들어 입었지만 커피만은 언제나 고급으로 마셨다. 할머니의 큰 즐거움이었다. 백화점에서 가장 좋은 원두를 사다가 다람쥐처럼 선반에 저장해두고, 매번 작은 스푼으로 원두 알을 세어서, 그라인더에 넣고 직접 갈아 먹었다. 할머니는 언제나 흡족한 표정으로 그

라인더의 손잡이를 돌렸다. 드르륵. 드르륵. 나도 줘, 라고 m이 말하면 할머니는 커피로 착색된 갈색 이를 보이면서 조그맣게 웃었다. 할머니의 커피는 보리차처럼 연하고 맛이 좋았다.

할머니는 심장마비로 죽었다. m이 학교에 가 있을 때 발작이 일어났다. 할머니는 몸의 왼쪽에서 시작된 극심한 고통을 견디려고, 고통을 돌돌 말아버린 듯한 자세로 동그랗게 엎드려서 숨이 끊어져 있었다. m이 보기에 선반에서 커피를 꺼내다 발작을 일으킨 것 같았는데, 늘 사용하던 스푼이 할머니의 왼쪽 정강이 아래 눌려 있었다. 장례절차가 모두 끝난 뒤 m은 혼자 집으로 돌아왔다. 토끼 똥처럼 원두가 바닥에 흩어져 있었다. 원두를 주워 그라인더에 넣으면서, m은 생각했다.

할머니가 원두를 갈러 오지 않을까.

왜냐하면 늘 원두를 갈아왔으니까. 하루에도 몇 번씩 원두를 갈았으니까. 이제 와서 원두를 갈지 않는다고 하면 할머니나 자신에게 너무 이상하니까. 그런 생각을 하면서 그라인더를 한동안 바라보고 있는데, 등뒤의 문이 슥 열리더니 할머니가 나왔다.

*

m은 깜짝 놀랐다.

열리기도 하는구나.

그것은 상아색의 무늬가 없는 문으로, 양파처럼 둥근 구리 손잡이가 하나 달려 있었는데 그것을 비틀어 열려면 그 문을 향해 돌아서야 했으므로 m의 입장에서는 결코 열 수 없는 문이었다. 왜냐하면, 그 문은 언제나 m의 등뒤에, 한두 발짝 떨어진 곳에 있었기 때문이었다. m이 그 문을 좀 자세히 보려고 뒤로 돌아서면 문도 돌아서 m의 등뒤로 갔다. 언제나 닫혀 있는 문을 두 개의 거울을 통해서나 볼 수 있었던 m은 문이 열리는 것을 느꼈고, 사실을 말하자면, 할머니의 출현에 앞서 그것이 열렸다는 것에 먼저 놀랐다. 저게 열리기도 하는구나.

할머니는 별로 달라진 것이 없어 보였다. 덧버선을 신은 발로 소리없이 걸어서 싱크대로 다가서더니, 그라인더의 손잡이를 쥐고 돌리기 시작했다. m은 말했다.

할머니, 거기선 어때. 지내기가.

나쁘지 않다. 눈이 내린다.

눈이 내려?

눈만 내린다. 다른 건 없어.

춥겠네..

춥지 않다. 일단은 죽었으니까.

거기서 뭘 해, 할머니.

서 있지.

그냥?

그냥.

심심하겠어, 할머니.

그래서 가끔 걷는다.

뭐가 있어?

없다. 그러니까 조금 더 걸어볼 생각이다.

할머니가 간 원두로 보리차처럼 연한 커피를 내려서 둘이 마셨다. 할머니의 찻잔에는 커피가 거의 그대로 남았다. 향으로 충분해. 할머니가 말했다. 그리고 가버렸다. 새벽쯤에, 만족했다는 듯 웃더니 조용히 일어나 m의 등뒤로 사라졌다.

다시 오지 않을까 싶었는데 몇 달이 흘러도 할머니는 찾아오지 않았다. m은 그라인더를 치우지 않고 싱크대에 놔두었다.

혼자 살게 된 이후로 m은 학교를 자주 결석했다. 어떤 주에는 학교에 가지 않은 날이 간 날보다 많았다. 학교에 있을 때 문이 열려 할머니가 나온다면, 그라인더도 드리퍼도 없으니까 곤란할 것이라고 생각했기 때문이었다. m은 등굣길에 발길을 돌려 집으로 돌아갔다. 교문을 넘어 운동장을 가로지르다가도 몸을 돌려 집으로 돌아갔다. m의 담임이 제본소를 하는 m의 삼촌에게 전화를 걸어 그 문제를 상의했다.

넌 뭐가 되고 싶냐. 삼촌이 m에게 말했다. 뭐든, 제대로 학교를 졸업하는 편이 도움이 될 거다.

m은 뭐가 되고 싶다고 생각한 적은 없었지만, 학교를 제대로 다니지 않을 거라면 자기 집에 데려다놓겠다는 삼촌의 말을 듣고 타협을 보았다. m은 친구도 사귀지 않고 음악도 별로 듣지 않으면서 중학교와 고등학교 시절을 보냈다. 고등학교를 졸업하

고 난 뒤엔 대학 입시를 치르지 않고 집에 틀어박혔다. 영화도 보러 가지 않고 산책도 하지 않았다. m은 그냥 날짜가 가는 것을 들여다보고 한두 시간쯤 낮잠을 자고 텔레비전을 보고 이따금씩 현관 밖으로 나와 햇볕을 쬐다가, 해가 지면 잠을 자러 집으로 들어갔다. 아무것도 하지 않는 시간엔 삼촌에게서 얻은 낡은 컴퓨터로 오프라인게임을 했다. 자판을 달각달각 눌러서 고양이를 움직여주면 고양이가 장애물을 뛰어넘었다. 한 개를 넘으면 다시 한 개가 나타나고 또 한 개, 또는 두 개나 세 개가 한 쌍이 된 한 개가 다시 나타났다. 고양이가 뛰어넘을 장애물은 얼마든지 있었기 때문에, 시간은 잘 갔다. 아무리 시간을 보내도 시간은 얼마든지 되돌아와서 견디기 어려울 때도 있었지만 그런 시간도 결국은 흘러갔다. m은 오래 전에 선박사고로 숨진 부모님의 보상금을 조금씩 헐어내며 살았다. 꼭 필요한 정도로만 먹을 것과 입을 것을 갖추고 지내서 지출은 그다지 많지 않았다.

그런 식으로 몇 년이 흘러도 할머니는 찾아오지 않았다. 할머니가 눈 속을 너무 많이 걸어서, 이제 완전히 멀어졌나보다. m은 생각했다. m은 신문지를 뭉쳐서 종이박스를 채우고, 그 속에 할머니의 그라인더를 묻어넣었다.

*

겨울에 m은 삼촌으로부터 전화 한 통을 받았다. 뭐 하냐. 삼촌이 말했다.

그냥 있어.

나 좀 도와줘라.

겨울부터 m은 제본소에서 일하기 시작했다. 제본소는 시의 동쪽 구석에 박힌 사립대학 근처에 있었다. m은 한 달에 두 번을 쉬고 오전 열한시부터 오후 여덟시까지 일했다. 졸업시즌에는 논문을 제본하고 신학기에는 교재들을 복사해서 제본했다. m은 제본소까지 대개 전철을 타고 다녔다. 제본소에서 일하는 것은 나쁘지 않다고 m은 생각했다. 그곳에는 여러 대의 컴퓨터와 모니터와 복합기와 코끼리처럼 거대한 프린터들이 비좁은 공간에 꽉 들어차 있었는데, 어느 정도로 비좁았냐면 순서대로 그것들이 그 공간 안으로 들어간 다음에는 다시는 그것들을 다른 위치로 재배치할 엄두를 내지 못할 만큼이었다. 왜냐하면 거대한 프린터 같은 것들은 그걸 거기 넣는 것만으로도 상당히 힘든 과정을 거쳐야 했으니까. 그런 기계들은 제본소의 문을 통과한 다음엔 어딘가에 놓였고, 그런 다음엔 언제까지고 그 자리에 놓여 있었다. 그런 것들이 웅웅거리고 다닥거리고 지직거리며 열을 발산하는데다, 뜨겁게 달궈진 종이뭉치들을 만지작거리는 바람에 종이독이 올라서 머리와 손에 늘 미열이 있다는 느낌이었지만, 그래도 나쁘지 않다고 m은 생각했다. 토너나 잉크를 먹어 빳빳해진 종이를 만지는 것이 마음에 들었기 때문이었다.

화요일에 m은 평소보다 십 분쯤 일찍 집을 나섰다. 전철역에 이르기 전에 편의점에 들러 삼각김밥을 두 개 사고 물도 한 병 샀다. m이 플랫폼으로 내려갔을 때는 전철이 막 문을 닫고 출발 하려는 참이었다. 그 시간대엔 배차간격이 상당히 길다는 것을 알고 있었으므로 m은 벤치에 앉아서 다음 전철을 기다리기로 했다. m은 포장을 벗겨내고 김밥을 천천히 먹었다. 열차의 도착 을 알리는 전광판에 조간신문을 광고하는 문장이 흐르고 있었 다. m은 광고문이 세 번 바뀔 때까지 입에 든 것을 씹었다가 다 시 한 입을 먹었다. 그때 누군가 말했다.

그런 건 어디서 삽니까.

m은 고개를 들었다. 작고 마른 몸집의 남자가 서 있었다. 모 자가 달린 카키색 셔츠를 입고 있었는데, 캥거루의 육아낭처럼 생긴 주머니가 배 부분에 달려 있었다. 그는 그 주머니에 두 손 을 넣은 채 대답을 기다리며 m을 진지하게 바라보고 있었다.

편의점에서 샀습니다.

m은 말했다.

아.

그가 짤막하게 대꾸했다. 그는 주머니 속에서 한쪽 손을 빼더 니 관자놀이를 검지 끝으로 긁었다. 닳아빠진 소매에 다갈색 얼 룩이 여기저기 묻어 있었다. 오랫동안 빨아 입지 않은 듯 몹시 구겨진 청바지에서 상한 양배추 냄새가 풍겼다. 그는 잠시 서서 고개를 끄덕이다가 아주 느린 댄스 스텝을 밟듯 m에게서 물러났다. 열차가 들어오고 있었다. m은 김밥을 입에 물고 서둘러 가방을 어깨에 걸친 다음, 벤치에서 일어났다. 카키색 셔츠를 입은 남자가 안전선에 바짝 다가서 있는 것이 보였다. 그는 열차가 들어오는 방향을 지켜보고 있다가, 먼 곳을 살피는 사람처럼 뒤꿈치를 조금 들더니, 레일 위로 툭 떨어져버렸다.

*

m은 삼십 분 늦게 제본소에 도착했다. 전날 마치지 못한 일감을 쌓아두고 있던 제본소 사장이 투덜거렸지만, m은 자기가 본 것에 대해 말하지 않았다. 사실 말할 수 있는 것도 별로 없었다. 사람들이 모여들고 역무원이 달려오고 기관사가 시커먼 레일 위로 내려갔다. 역무원과 기관사가 마비된 듯한 얼굴로 몇 번이나 차체 밑을 들락날락하며 무언가를 줍고, 그것을 재킷으로 덮은 채 레일 사이의 홈에 내려놓았다. 다른 역무원이 달려와 그것들 위에 방수포를 덮었다. 그들은 그런 식으로 무언가를 빼내고, 방수포 밑으로 밀어넣었다.

m은 횟수를 세었다. 네번째로 방수포가 펄럭였을 때, 또다른 역무원이 플랫폼에 모인 사람들을 뒤쪽으로 밀어냈다. m이 선 자리에서는 파란 방수포의 끝자락이 조금 보였다. 그뿐이었다.

m은 제본소에 도착하자마자 열역학과 항공학 전공서적을 세 권씩 복사해서 무선으로 제본했다. 점심으로 탕면을 조금 먹고

제본소 사장이 입구에서 담배를 피우는 모습을 지켜보았다. 간단한 출력물을 얻기 위해 제본소에 들른 학생들의 작업을 돕고 바닥과 책상에 흩어진 파지들을 주워모았다. m이 집에 갈 생각을 하고 가방을 집어들었을 때는 평소보다 한 시간 반쯤 이른 시각이었다.

삼촌, 나 집에 간다.

제본소 사장이 담배를 입에 물다 말고 m을 보았다. 어디 아프냐.

아니.

그럼.

그런 것 같아.

아니라며.

기분이 좋지 않아.

기분이라.

등이 무거워.

내일은 늦지 마라.

응.

m은 왔을 때처럼 전철을 타고 집으로 돌아갔다.

집까지 이르는 완만한 비탈길을 천천히 올라가서 공동주택의 현관문을 통과해 삼층까지 계단을 오르고 자기가 사는 집의 현관 앞에 이르렀을 때, m은 등뒤의 문이 왠지 무거워지고 짙어졌다고 생각했다. 보지 않아도 m은 그것을 알 수 있었다. 과연 m이 현관에서 운동화를 벗기 위해 뒤꿈치를 비비고 있을 때였다. 문이 열리고 그가 걸어나왔다.

*

m보다 먼저 집 안으로 들어간 그는 별다른 말도 없이 냉장고 앞에 무릎을 구부리고 앉았다.

전철역에서 봤을 때보다 전체적으로 파랗다는 것이 그의 인상이었다. 처음엔 그가 무슨 말이든 해올 것 같아 기다렸지만, 시간이 지나도 왠지 말라버린 해조류 같은 분위기만 풍길 뿐이어서 m은 혼자 텔레비전을 보고 밥도 먹고 문턱에 앉은 그를 내버려둔 채로 욕실에서 샤워도 했다.

m이 수건으로 젖은 배를 닦으며 방으로 들어가자 그도 조용히 방 안으로 들어왔다. 늘 머리를 두고 눕던 자리에 그가 앉아서 움직이지 않았으므로 m은 책상 밑에 머리를 넣고 잤다. 두세 가지 꿈들이 모호한 경계에서 뒤섞이거나 분리되며 이어졌다. 잿빛 털을 가진 토끼들이 두 발로 서서 만화 주제가를 부르며 비탈길을 열심히 올라가고 m은 그들의 행렬에 머리를 짓밟히면서 자기 머리가 딱딱한 빵이 되어버렸다고 생각하고 있었다. 토끼들의 합창은 굉장히 시끄러워서 m은 꿈속에서도 힘껏 찡그린 자기 얼굴을 느꼈다. 시끄러워. m은 그렇게 말했고, 자기 목소리를 들으면서 잠에서 깼다.

18

책상 밑의 어둠은 책상 바깥의 어둠보다 진했다. m은 한동안 관처럼 자기 머리를 둘러싼 공간을 두리번거리다가, 자신이 빠르게 흐르는 말의 물살 속에 드러누워 있는 것을 깨달았다. m의 발치에서 그가 말하고 있었다. 언제부터 말하기 시작했는지, m이 잠에서 깼을 때는 상당한 시간이 경과한 듯 가속이 붙어서, 팽글팽글 도는 팽이처럼 빠른 속도로 말이 이어지고 있었다. 얼핏 듣기에 타일로 덮인 부엌에 대한 얘기를 하고 있었는데, 정신이 좀더 또렷해지고 보니 거리에서 장난감 자동차를 팔았던 일에 대해 말하고 있었다. 꽈배기 모양으로 꼬인 플라스틱 도로 위를 그 장난감 자동차가 하루 종일 빙글빙글 돌았다는 것이었다. 몇 번이고, 몇 번이고.

m이 부스럭거리며 일어나자 그가 문득 말을 끊고 잠잠해졌다. 맞은편 벽 쪽에 거대한 죽순처럼 솟은 그의 윤곽이 보였다. 골목을 지나는 자동차 불빛 때문에 천장이 잠깐 노랗게 밝아졌다가 어두워졌다. 그가 말했다.

내가 죽은 것 같아.

응. m은 고개를 끄덕였다.

그런가. 죽었나. 발치에서 그런 대꾸가 들려왔다. 그런가. 그런가. 몇 번이나 그렇게 말하더니 그는 왠지 안심했다는 느낌으로 가볍게 한숨을 쉬었다.

말해봐. 내가 거기서 어떤 식으로 떨어졌는지.

거기라니.

역에서.

글쎄, 그건.

……

……사과 같았어.

사과.

m은 사과 한 알을 쥔 것처럼 손을 오므렸다가 그것을 허공에 놓았다.

이런 식으로, 떨어졌으니까. 중력 때문에, 툭, 하고.

그렇군. 사과 식으로. 하지만 그럴 계획은 아니었어. 나는 몸을 조금 앞으로 내밀었을 뿐이었는데. 아무런 생각도 하지 않으면서. 아니야. 사실을 말하자면, 두리안이라는 과일이 어떤 맛인지 영원히 알 수 없게 되었다는 생각을, 아주 작게 하고 있었던 것 같아.

두리안?

두리안. 죽기 바로 전에 어딘가에서 나는 꽤 오랫동안 그것을 들여다보았어. 그런 걸 처음 보았거든.

나는 본 적이 없어.

파랗고 둥글고 삐죽삐죽해. 그걸 보면서 예전에 내가 본 무엇과 닮았다는 생각을 했는데, 그게 뭐였는지 지금은 떠오르지 않아. 모르겠어. 왠지 나는 지금 이렇고 저런 기억과 감정들의 덩어리라는 느낌이 들어. 그리고 말(言)과 말(言)과 말(言)과, 말(言). 나는 지금 꽤 많은 말을 하고 있는데, 이것은 아주 오랜만의 일이야. 오랫동안 입을 다물고 살았으니까. 말을 건네지도 말을 건네받지도 못하면서 내가 누구에게 대답하는 일도 없이 누군가 내게 대답하는 일도 없이. 역에서 네가 나를 제대로 바라보며 대답해주었을 때는 좋았어. 그렇게 내가 말하고, 누군가 내게 대답하는 상황은, 정말, 오랜만이었어. 그래서, 그러고 보니, 아, 그때 조금 기뻤던 기억도 남아 있어. 여기, 오른쪽 어깨 밑에. 하지만 이름을 비롯해 몇 가지 기억과 느낌은 영영 사라져버렸어. 여기저기 이상한 공동(空洞) 같은 것이 있는데, 내 얼굴과 등뼈가 쪼개졌을 때 그런 것들이 어딘가로 튕겨나가고 남은 구멍 같아. 거기에 있던 것들이 어떤 것들인지 아무래도 알 수가 없어. 완전히 사라져버렸어. 모르겠어. 이름을 기억할 수 없는 것은 최근에 좀처럼 불린 적이 없었기 때문일지도 몰라.

뭐를 불린 적이 없다고?

이름.

그가 말했다.

그러니까 사과라고 불러도 좋아.

사과.

두리안이라도 상관없어.

그 말을 끝으로 그는 입을 다물어버렸다. m은 다시 말이 이어지지 않을까 싶어서 기다렸지만, 아무리 기다려도 아무런 말도 나오지 않아서 동이 틀 무렵엔 이불 속으로 다리를 뻗고 다시 잠이 들었다.

아침에 일어나고 보니 그가 보이지 않았다. 그래서 m은 그가 어딘가로 가버렸다고 생각했다. 하지만 그것은 아니고 다만 흐릿해졌을 뿐이었는데, 너무 흐릿했기 때문에 m은 여러 번 그의 앞을 지나가고도 그를 알아보지 못했다.

바닥에 늘어진 그의 팔이 펄럭이는 바람에 m은 간신히 그를 알아보았다. m은 냉장고 문을 열다 말고 그를 향해 말했다.

두리안.

응.

왜 그렇게 흐릿해.

죽었기 때문 아닐까.

너무 흐릿한데.

m이 말하자 두리안은 손을 펼쳐서 손바닥을 들여다보았다. 왼쪽 손바닥이 얇은 기름종이처럼 펄럭였다. 두리안이 입술을 조금 움직였다. 뭔가를 말하는 것 같았는데 제대로 들리지 않아서 m은 그의 흐릿한 얼굴이 있는 쪽으로 몸을 구부렸다. 두리안은 입을 다물고 귀찮다는 듯 흐릿한 팔을 저었다. m은 냉장고 선반 안쪽에서 요구르트를 찾아냈다. 이틀이나 유통기한이 지나 있었지만 밀봉필름을 벗겨 냄새를 맡아보니 괜찮은 것 같았다. 바나나를 조금 잘라넣고 스푼으로 떠먹었다. 먹을래? 하고 물어도 두리안이 대답하지 않아서 m은 그것을 혼자 먹었다. 바나나

도 이게 마지막이구나. m은 용기 바닥에 남은 요구르트를 긁으며 생각했다. 저녁에 먹을 것을 좀 사와야겠다고 생각하고, 메모지와 볼펜을 가져다 몇 가지를 적어넣었다. m은 그것을 여러 번 접어 주머니에 넣고 벽시계를 보았다. 집을 나설 시간이었다.

m은 집 안에 두리안을 남겨둔 채로 문을 잠갔다.

삼층에서 일층까지 계단을 내려가는데, 어느새 m의 등뒤로 바짝 따라붙은 두리안이 m을 앞질러 계단을 내려가기 시작했다. 계단 아래쪽의 벽이 비쳐 보이는 등을 바라보며 m은 천천히 발을 내려놓았다. 다음 계단, 그 다음 계단.

새벽에 비가 내린 듯 포석에 물기가 배어 있었다. 두 블록 정도를 걸어 전철역으로 가는 길이었다. 두리안이 m의 옷자락에 달라붙었다.

저걸 타자.

두리안은 첫번째 마디가 거의 사라진 집게손가락으로 버스정류장을 가리켰다. 뭐? 하고 바라보자 두리안이 흐릿한 주제에 단호한 표정으로 고개를 끄덕이며 m을 보았다.

저걸 타.

이 녀석은 제멋대로군, 생각하면서도 m은 두리안이 이끄는 대로 버스정류장 쪽으로 걸어갔다. 노선도를 살필 여유도 없이 버스가 도착했고, 두리안이 m의 소매를 잡아당겼다. 똑같은 번호의 버스가 두 대 연달아 와서 m은 잠깐 망설이다가 뒤쪽 것을 택했다. 늘 사용하던 교통카드가 읽히지 않아 주머니를 뒤져서 동전을 찾아냈다. 두리안의 것까지 두 사람 몫을 내야 할까 생각하다가 동전이 모자라 한 사람 몫만 지불했다. 요금함 속으로 찰랑찰랑 동전이 떨어졌다. 커다란 버클이 달린 백을 멘 여학생이 m의 뒤를 따라 버스에 올랐다. 탑승객이 많지 않아서 m과 두리안은 곧장 빈자리를 발견하고 앉을 수 있었다.

은행나무와 플라타너스 가지들이 탁탁 차창에 부딪혔다. 따뜻하고 포근한 날이었다. 햇빛을 받는 쪽의 무릎이 따끈해져서 졸음이 쏟아졌다. 삼촌에게 연락을 해야 한다고 생각했지만, 햇빛과 버스의 진동 때문에 찰떡 안에 든 앙꼬처럼 머릿속이 바슬바슬해져서, m은 곧 그것을 잊어버리고 말았다.

두리안.

m은 중얼중얼 말했다.

버스를 왜 탄 거야.

그냥. 타고 싶었어.

이 버스, 지금 어디로 가는 걸까.

모르지.

두리안.

응.

저길 나오기 전에.

m은 어깨 뒤를 손가락으로 가리키며 말했다.

네가 있던 곳은 어땠어?

……그건 그냥 방이었어. 하얀 방. 천장이 너무 높아서 아예

보이지도 않았어.

m은 그것을 생각해보았다. 하얀 벽으로 둘러싸인 방과 그곳에 우두커니 선 두리안. 끝이 없는 천장을 올려다보는, 파란 얼굴의 두리안. 두리안이 말했다.

탁자와 의자가 하나씩 있었고 높다란 곳에 창도 하나 있었어. 창밖은 아주 밝아 보였는데, 파도소리 같은 것이 계속 들려왔어.

파도소리?

응. 싸아아아아아, 아아아아, 하고. 하지만 줄곧 듣다보니 파도소리라기보다는 바람소리에 가까워서, 어딘가로 끊임없이 바람이 새고 있구나, 생각했어. 그게 그 방에서 맨 처음 들었던 생각이야. 두번째 든 생각은 말을 하고 싶다는 것이었어.

말?

말. 말을 하고 싶다. 말을 하고 싶다. 뭘 말하고 싶은지도 모르면서 그런 식으로 생각이 반복되어서 괴로웠어. 하지만 그 방에는 나 말고 다른 사람은 없었으니까, 들어줄 사람이 없잖아. 들어줄 누군가가 있으면 좋겠다고 생각했어. 그게 세번째 생각이야. 어느 순간 고개를 들고 보니 위쪽에 문이 하나 달려 있었어. 저기까지 걸어서 올라갈 수 있을까 생각하면서 발을 움직였더니 정말 걸어올라갈 수 있어서, 이런 식으로 뚜벅뚜벅하고, 거기까지 걸어서 그것을 열고 나왔어. 그랬더니 네가 있었어.

그랬구나.

그랬어.

뒤쪽에서 누군가 떨어뜨린 동전이 m의 발치까지 데굴데굴 굴러왔다. m은 허리를 구부려서 그것을 줍고 뒤를 돌아보았다. 약간 오른쪽으로 옮겨간 m의 문 너머로 구불구불한 파마머리를 늘어뜨린 여자가 난처하다는 듯한 얼굴을 하고 있었다. m이 동전을 건네주자 그녀는 그것을 손바닥에 받아서 손가락을 오므렸다. 고맙습니다. m은 여자의 인사에 목례로 답하고 다시 앞을 보았다.

이전에도 저 문이 열렸던 적이 있어. m은 따뜻하게 달궈진 무릎을 손가락으로 감싸고 말했다.

그땐 할머니였어. 할머니는 눈이 내린댔어.

눈?

눈이 내리는데 혼자 서 있었다고 했어. 그래서 계속 걸어볼 생각이라고 했는데 그뒤로 문을 열고 나온 적이 없어서 상당히 멀어졌구나, 하고 생각했어. 그라인더도 치우지 않고 놔두었는데. 할머니는 커피를 굉장히 좋아해서, 그날도 저 문을 열고 나와서 그라인더를 돌리고 커피를 만들었거든.

커피 때문만은 아닐 수도 있지.

무슨 말이야.

네가 걱정되었을지도 몰라. 할머니는.

그랬을까.

쓸쓸하다. 그 얘기.

그런가.

그렇지 않아?

나는 잘 모르겠어.

m은 머리를 저었다.

잘 모르겠어. 아주 전부터 그랬어. 희로애락이 희박해.

희박하다고?

희박해. 그밖의 다른 감정도. 그건 그러니까.

m은 생각에 잠겼다가 입을 열었다.

엔터가 없다는 느낌이야. 전동식 타자기나 키보드를 보면 ㄱ자나 ㄴ자로 구부러진 자판이 있잖아. 그 부분의 블록이 없다는 느낌이야. 이렇게 말하고 보니 그건 꼭 그렇게 생겼어. 그 한 조각이 없어.

결정적으로.

응, 결정적으로.

하지만 네겐 문이 있잖아.

버스가 덜컹, 튀어올랐다.

m은 창밖으로 눈을 옮겼다. 보도의 물기는 이제 거의 다 말라서 그늘진 곳만 얼룩이 조금 남아 있었다. 버스가 다시 한번 정차하고 사람들을 실었다. 가로수가 창에 바짝 다가와 있었다. 껍질이 벗겨진 회백색 둥치에 여러 개의 옹이가 불거져 있었다.

두리안이 m을 돌아보고 히죽 웃었다. 입술 근처가 묘하게 진해졌다.

무서운 얘기 해줄까. 두리안이 말했다.

무서운 얘기?

그래. 있잖아, 나는 배가 고팠어.

*

아마도 삼 일 정도는 아무것도 먹지 못했을 거야. 그래도 구걸은 하지 않았어. 자발적으로 구걸하지 않는 한 걸인은 아니다, 라고 생각하는 마음이 있어서. 하지만 얻고자 하는 사람에게도 별로 주는 것이 없는 세계에서, 그런 마음으로는 그냥 굶고 돌아다니는 수밖에 없는 거야. 어느 순간엔가 자기 자신에 대한 의무도 버리고 말(言)도 버리고 의욕도 버린 채로.

그날은 밤부터 비가 내렸어. 배고픔도 추위도 한계에 도달해서 나는 머릿속이 멍한 채 어딘가로 걸어가고 있었어. 고가도로 밑에 포장마차가 하나 있었는데, 그것은 꼭 썩어버린 오렌지 같은 느낌으로 불빛을 밝히고 있었어. 구겨진 포장을 들치고 누군가 바깥으로 나왔어. 커다란 냄비를 양손으로 들고 있었어. 그는 그것을 근처에 있는 하수구에 쏟아부었어. 팔다 남은 어묵 국물인 것 같았어. 김이 피어오르고 짭짤한 냄새가 났는데, 그건 아주 맛이 좋을 것 같은 냄새였어. 거기 버릴 거라면 내가 한 모금쯤 먹는다고 나쁠 것은 없었을 거야. 어쩌면 두 모금쯤. 아니 다섯 모금쯤. 하지만 나는 그냥 입을 다물고 있었어. 수치심 같은 것이 아직도 남아 있었다니. 그건 정말 이상한 기분이었어. 어묵

28

몇 조각이 하수구를 덮은 철망 위에 얹혀 있었어. 젖어서 풀어진 담배꽁초도 몇 개 섞여 있었어. 나는 뭘 어쩌겠다는 생각도 없이 그걸 보고 있었어. 그런데 그걸 입은 여자가, 그런데 그걸 뭐라고 하지, 크고 번들거리는, 젖지 않으려고 입는 외투 같은 것을.

방수복.

방수복.

우비.

우비. 검은 우비. 그것을 입은 여자가 나타나더니 하수구 위에 얹힌 어묵들을 줍기 시작했어. 그녀는 그것들을 검은 비닐봉지에 넣었어. 그녀는 약간 제정신이 아닌 것 같아 보였어. 왜냐하면, 다 주워버려서 주울 만한 것이 남아 있지 않은 하수구 철망 위에서, 몇 번이나 헛손질을 하며 무언가를 쓸어담는 듯한 행동을 했으니까. 나는 그녀를 따라갔어. 그녀는 모퉁이에서 멈춰 서기도 하고 무언가를 골똘히 들여다보다가 비닐봉지에 주워담기도 하면서, 계속 걸어갔어. 그녀는 낡은 지하도로 내려갔어. 노란색 타일들 위로 녹물이 흐르고 아주 나쁜 냄새가 났어. 그곳이 그녀의 집이었어. 그녀는 기둥과 벽 사이의 모퉁이를 플라스틱 박스로 막아서 아주 작은 공간을 만들어놓았어. 거기 그녀의 모든 것이 다 들어 있었어. 그녀는 그 안으로 들어가서 얼마쯤 혼잣말을 하다가 비닐봉지에 담긴 것들을 먹기 시작했어. 나는 계단 근처의 모퉁이에서 그녀가 그것을 다 먹고 우비를 입은 채로 잠들 때까지 기다렸어. 충분히 시간이 흘렀을 때 나는 가까이 가서 그녀의 얼굴을 들여다보았고, 그녀가 아주 늙었다는 것을 알 수 있었어. 그녀의 모퉁이엔 여러 가지 것들이 있었어. 래커가 벗겨진 미니포트와 녹슨 손수레와 낡은 운동화끈 같은 것들을 한데 묶어놓은 꾸러미. 살이 부러진 우산과 찌그러진 박스들. 쓸 만한 것은 별로 없어 보였어. 옷가지를 잔뜩 넣어서 팽팽해진 배낭이 그녀의 발치에 있었는데, 지퍼가 열려서 맨 위쪽의 셔츠가 바깥으로 빠져나와 있었어. 그것은 곧 배낭 밖으로 흘러내릴 것처럼 보였어. 나는 아무 생각 없이 그것을 집어들고 그곳을 빠져나왔어.

나는 불빛이 있는 쪽으로 걸어갔어. 새벽 내내 영업을 하는 대형 쇼핑몰의 불빛이었어. 입구 근처에 화장실이 있어서, 나는 거기서 몸을 좀 말리고 셔츠를 갈아입었어. 그 카키색 셔츠는 썩 괜찮았어. 소매가 지저분하고 닳아 있었지만 그거야 주머니에 손을 넣으면 거의 눈에 띄지 않았고, 다른 부분은 멀쩡했거든. 어쨌든 전에 입던 것보다는 나아 보였어. 나는 배에 달린 커다란 주머니 속으로 손을 넣었어. 작게 접힌 종잇조각이 하나 잡혔어. 꺼내서 펼쳐보았더니, 그것은 상품권이었어. 십만원짜리 상품권. 나는 화장실 문을 열고 나와서, 제일 처음 만난 사람에게 그것을 보이고 물어보았어. 여기서 이것을 쓸 수 있습니까. 사용할 수 있습니까. 그는 나를 의심스러워하는 기색이었지만, 상품권을 이리저리 뒤집어보더니 그렇다고 대답했어. 나는 그것을 도로 주머니에 넣고 매장 안으로 들어갔어. 그건 간단하지 않은 일이었어. 많은 사람들. 적지 않은 사람들이 입구를 통과해 안으로, 안으로 들어가고 있었지만 누구도 그 입구에 겁을 먹은 것 같지는 않았어. 그 입구를 지금부터 내가 통과한다고 생각하니 가슴이 뛰었어. 양복을 입은 파수꾼이 서 있었으니까. 입구에 겁을 먹지 않은 사람들이 꾸준히 그곳을 통과해 안으로 들어가고 있었으니까. 나는 두려웠어. 아무도 나를 눈여겨보지 않는 것 같았는데, 다음 순간엔 또 누구나 나를 바라보고 있는 것 같았어. 입구를 통과해 몇 걸음 걷기도 전에 누군가에게 목을 잡힐 것 같았어. 최악의 경우엔 내 주머니를 뒤져서 그것을 빼앗아갈 것 같았어. 더 최악의 경우, 그들은 나를 감옥에 가두지도 않고 오직 그것만 빼앗아서 다시 바깥으로 내쫓을 수도 있었어. 하지만 나는 해냈어. 아무도 나를 잡지 않았어. 그래서 나는 점점 더 안쪽으로 들어갈 수 있었어. 나는 천천히 걸으며 매대를 둘러보았어. 주머니에 이따금씩 손을 넣어 상품권을 만지작거리면서, 매대에 놓인 물건들을 진지하게 들여다보고, 먹을 수 있는 것과 먹을 수 없는 것을 구분했어. 밀가루. 이건 먹을 수 있어. 식용 기름. 이것도 먹을 수 있어. 고무장갑. 이건 먹을 수 없어. 가루 세제와 욕실용 선반. 기타 등등. 생각으로는, 모조리 둘러본 뒤에 마지막에 먹을 것이 있는 곳으로 가자는 것이었지만, 차츰 견딜 수가 없어서, 나는 빠르게 움직였어. 먹을 것들이 진열된 매대를 둘러보고, 두리안을 본 것도 그때쯤이었는데, 이것저것을 손에 쥐었다가 놓았다 하면서, 마침내 소시지와 우유를 먹기로 하고 우유를 먼저 집어들었어. 소시지를 가지러 가기 위해 걸어가면서 나는 다시 한번 주머니에 손을 집어넣었고, 그게 거기 없다는 것을 알게 되었어. 상품권 말이야. 훔친 셔츠 안에 들어 있었던 상품권. 머릿속이 순식간에 깨끗해졌어. 어딘가에 영혼을 흘려버려서, 생각할 만한 것이 남아 있지 않다는 느낌이었어. 그때부터 나는 바닥을 훑으며 돌아다녔어. 내가 오갔던 동선을 짚어가며 몇 번이나 오갔는데도, 그건 없었어. 나는 내가 가지 않았던 곳까지 가보았어. 몇 번이나. 몇 번이나. 필사적으로 바닥을 살피는데, 바닥에 떨어진 것은 상품권 한 장이 아니라 그보다 더 무거운 것이라는 생각이 들었어. 이제 나는 상품권 한 장보다 더 가벼워져서 쇼핑몰 통로를 지나고 있었어. 그보다 더 나쁜 상황도 얼마든지 있었지만 그보다 더 나쁜 상황은 사실 없을 것 같다는 생각이 들었어. 누가 주웠건, 마침내 그것이 내가 아닌 다른 사람의 손에 넘어갔다는 것을 납득하고 나서는, 아무것도 생각할 수 없었어. 나는 아침이 올 때까지 이런저런 모퉁이에 멍하니 서 있다가, 파수꾼들에게 떠밀려 그곳을 빠져나왔어. 한동안 걸어다니다가 전철역으로 내려갔어. 무슨 생각이 있었던 것은 아니었어. 정말 그랬어.

*

버스가 박물관 앞을 지나고 있었다. 시내로 진입할수록 속도가 떨어진다 싶었는데, 거기서부터 다시 빨라져 창밖의 풍경이 빠르게 뒤편으로 흐르기 시작했다. 팔을 뻗어서 창문을 조금 열자 연료 타는 냄새가 섞인 마른 바람이 불어왔다. m은 눈을 감았다가 떴다.

무섭지.

두리안이 말했다.

무섭지, 무섭지, 라며 흐릿한 머리를 몇 번이나 끄덕이고 나서 말했다.

아, 이거야. 바로 이거야. 다 말해버렸다.

흘러내릴 것처럼 의자에 몸을 푹 가라앉힌 채, 두리안은 미소를 짓고 있었다. 조금 전보다도 더 흐릿해져서, 머리와 가슴 일부를 제외하고 벌써 많은 부분이 눈에 보이지 않았다. m은 그것을 지적했다.

상관없어. 두리안이 말했다. 이제 가장 무겁고 무서운 말들이 사라졌으니까, 얼마든지 흐릿해져도 괜찮아.

그들은 완만한 커브를 그리며 교차로 모퉁이를 돌고 있었다. 교차로를 지난 지 얼마 되지 않은 지점에서 버스가 다시 한번 정차했다. 빨간 우체통 곁에 사람들이 서 있었다. 낚시조끼를 입은 남자가 담배를 던지고 버스에 올라탔다. 정류장에 남아 있던 그의 일행들이 그에게 작별인사를 건넸다. 창을 사이에 두고 버스 안팎이 떠들썩해졌다.

할머니에겐 손수 갈아서 내린 커피 같은 것. 두리안에겐 말(言)

같은 것. 그리고 그밖의 것들.

　m은 생각에 잠겼다가 거의 다 사라져가는 두리안을 향해 말했다.

　두리안.

　응.

　결정적이지 않은 상태로 살아간다는 건 나쁜 걸까.

　그렇지 않아. 두리안이 말했다. 그대로도 좋아.

　그건 그거대로 좋아. 왜냐하면……

　두리안의 목소리도 이제 너무 흐릿해서, 집중해서 듣지 않으면 잘 들리지 않았다.

　마지막 남은 부분이 아지랑이처럼 흔들리며 풀어졌을 때였다. 두리안의 정수리가 있던 부근에서 무언가 데굴데굴 굴러서 의자 위로 툭 떨어졌다. m은 그것을 집어들었다. 손바닥에 올려놓고 보니 ㄱ자로 구부러진 작은 조각이었다. 아무것도 씌어 있지 않은, 엔터 모양의 조각.

　그것을 쥐었다 놓았다 하면서 m은 창밖을 보았다. 더는 말이 없었지만 두리안의 상태가 괜찮다는 것을 알 수 있었다. 문을 열고 나와서 두리안이 되었던 것처럼 두리안은 이제 다른 것이 되어 있었다. m은 손바닥 속의 엔터를 달각달각 눌러보다가 그것을 호주머니에 넣었다.

　버스가 덜컹덜컹 소리를 내면서 달렸다. 알아채지 못한 사이 꽤 많은 사람들이 어딘가에 내려서 여기저기 빈자리가 눈에 띄었다. 창밖은 맑고 포근한 낮이었다. m은 창밖을 바라보다가 삼촌에게 연락을 해야 한다고 생각했다. m은 휴대전화기를 가지고 있지 않았다. 공중전화를 찾아 창밖을 내다보다가, 전화를 걸려면 우선 거기서 내려야 한다는 것을 깨달았다.

m은 길음에서 내렸다.

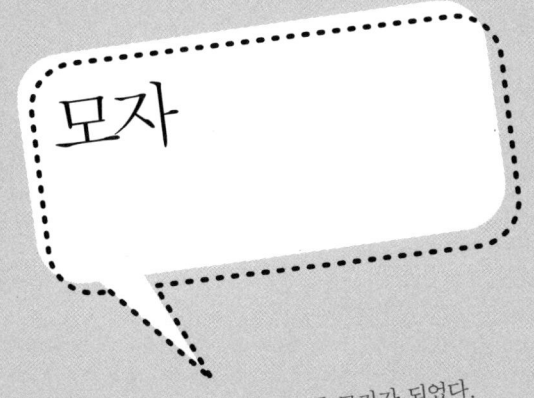

모자

세 남매의 아버지는 자주 모자가 되었다.

일단 모자가 되면 언제 아버지로 돌아올지 알 수 없었다.

세 남매의 아버지는 자주 모자가 되었다.

이사를 하면 첫째가 가장 먼저 하는 일이 장도리를 들고 다니며 벽에 박힌 못을 뽑아내는 것이었다. 못이 있으면 아버지가 집 안을 돌아다니다가 거기 걸리고, 틀림없이 모자가 되어버리기 때문이었다.

일단 모자가 되면 언제 아버지로 돌아올지 알 수 없었다.

못이 있을 때만 모자가 되는 것도 아니었다. 남이 보는 곳에서도 곧잘 모자가 되곤 해서, 소문이 번지는 바람에 그들 가족은 자주 이사를 다녔다.

*

그만둬.

봄에 이사했을 때 셋째가 말했다. 첫째가 못을 뽑다 말고 셋째를 보았다.

왜.

그걸 다 뽑아버리니까 아버지가 아무 데서나 모자가 되잖아. 일전엔 냉장고 앞에서 모자가 되는 바람에, 밟아버렸다고.

그러고 보니. 첫째는 생각했다. 자기에게도 그런 경험이 있었다. 밤에 오줌을 누려고 거실을 가로질러 가다가 발로 차고 말았다. 모자가 되어 있던 아버지는 그대로 마루 끝까지 굴러가서 구겨진 신발 위로 떨어졌다. 장마라서 신발도 현관 바닥도 굉장히 더러웠다. 모자에서 아버지로 돌아온 뒤에도 별말은 없었지만, 왠지 아버지가 그걸 기억하고 있는 것 같아 며칠 동안 서먹서먹했다. 첫째는 안방과 거실에 못을 한 개씩 남겨두었다.

첫째는 새로 이사한 집이 마음에 들었다. 낡은 집이었지만 채광이 좋은 편이라 집 안 곳곳에서 잘 마른 지푸라기 냄새가 났다. 마당엔 사다리꼴 모양의 잔디밭도 있었다. 노랗게 말라버린 잔디가 절반이라 깔끔한 모양새는 아니었지만, 여기서는 좀 오래 살고 싶다고 생각했다. 삼 미터쯤 자란 살구나무도 한 그루 있어서 여름엔 마당에 열린 살구를 볼 수 있겠다고 생각하니 좋았다.

잠깐. 살구가 여름에 열리나.

열리겠지.

하지만 상황이 그렇게 잘되어가지는 않았다.

목요일에 빨래를 널려고 나갔더니 해바라기가 프린트된 스커

트를 입은 여자가 마당을 들여다보고 있었다. 이웃에 살고 있어
요, 라고 그녀가 인사했다. 안녕하세요, 라고 첫째도 인사했다.
첫째는 집 안쪽을 가리켰다.

들어오세요.

아니에요.

이웃 사람은 뭔가를 곰곰 생각해보는 듯하더니 등을 펴고 다
시 한번 말했다.

아니에요.

그녀는 그 부근의 집들에 담이 없다는 말부터 시작했다. 골목
에 주차난이 심했는데, 주차공간을 확보하기 위해 담을 허물겠
다는 신청서를 제출하면 구청에서 공사비를 대준다고 해서, 재
작년 봄부터 여러 집이 담을 없앴다는 것이었다. 그러다보니 싫
어도 남의 집 마당을 보게 되는 일이 많은데, 일전엔 자기 아이
가 이 앞을 지나다가 이 집 마당을 들여다보았다는 것이었다.

우연히 모자를 봤다고 하네요.

이웃 사람이 말했다.

댁의 아버님이 마당에서 모자가 되어 있는 것을 그애가 본 모
양이에요. 우리 부부가 그 문제에 굉장히 신경을 쓰고 있다는
걸 말씀드리고 싶었어요.

그냥 모자가 됐을 뿐인데요.

하지만 애들이 보잖아요.

전혀 해롭지 않아요. 머리 하나 정도의 공간을 차지하고 있을

뿐인걸요.

애가 자꾸 물어봐서요. 뭐라고 대답해야 할지도 모르겠고.

이웃 사람은 정말 난처한 이야기라는 듯 얼굴을 찡그리고 말했다.

모자가 되니까 말이죠.

그런가요.

모두가 볼 수 있는 장소에서 모자가 되는 것은 바람직하지 않은 일이라고, 우리 부부는 생각하고 있어요.

……

아무튼 유감이에요.

저녁을 먹으면서 첫째는 낮에 있었던 일을 모두에게 천천히 말해주었다.

그렇게 말하는 사람하고는 이웃할 수 없지.

셋째가 오이절임을 오독오독 씹고 나서 말했다.

그래.

둘째가 고개를 끄덕였다. 아버지는 말없이 젓가락 끝으로 콩장을 집어 밥 위에 얹었다.

여름이 오기 전에 그들은 다시 이사를 했다.

*

짐이 많지 않아서 소형 트럭을 임대하는 것으로 충분했다. 늘

이사를 다녔기 때문에 조금씩 가구를 줄이다보니 남은 것이 별로 없었다. 세 남매와 아버지가 직접 짐을 날랐다. 하지만 아버지는 금세 모자가 되어서 별 도움이 되지 않았다. 셋째가 두번째 이불보따리를 가지러 트럭으로 돌아갔을 때 아버지는 벌써 모자가 되어 있었다.

뭐야, 아버지.

셋째는 이불보따리 위에 모자를 얹어서 안방에 들여놓았다.

새로 이사한 집은 이전보다 더 낡은 집이었다. 골목의 막다른 곳이라서 햇빛이 잘 들지 않았다. 그 집에도 마당은 있었지만 집의 앞쪽이 아니라 뒤쪽에 있어 어두컴컴했다. 떠돌이개들이 물어다놓은 돼지뼈 같은 것이 축축하게 젖은 흙 속에 박혀 있었다. 우묵하게 파인 부엌엔 새카맣게 그을린 아궁이가 두 개 있었다. 마루와 부엌 바닥 사이엔 낙차가 상당했다. 그러니까 부엌으로 들어가는 것이 아니라 부엌으로 내려가는 것이었다.

조심해.

둘째가 책이 든 박스를 들고 마루를 건너며 모두에게 말했다. 마루가 낡아서 밟으면 휘어졌다. 어떤 부분은 발가락만 댔는데도 바삭바삭 비스킷 부스러지는 소리가 났다. 둘째가 상태가 괜찮은 마룻장을 골라 매직으로 동그라미 표시를 해두었다. 모두 그것을 골라서 밟고 다녔다. 현관에서 안방까지는 곧장 갈 수 있었다. 현관에서 부엌까지는 ㄴ 자를 그리며 걸어갔다. 부엌에서 안방까지는 좌우가 뒤집어진 ㄴ 자, 안방에서 세 남매의 방까지는 ㄹ 자로 마루를 건넜다.

셋째는 그 집의 신발장이 마음에 들었다.

크잖아.

감탄해서 허리에 두 손을 얹고 바라보았다. 신발장이 천장에 닿아 있었다. 폭도 넓어서 안방에 놓인 이불장만한 크기였다. 꼭 대기 쪽의 선반을 사용하려면 사다리를 놓아야 할 것 같았다. 매머드급 신발장. 모든 선반이 가득 차려면 신발이 몇켤레나 필요할까. 한 켤레. 두 켤레. 세 켤레. 넷. 다섯. 열여섯. 스물일곱. 마흔여덟. 선반을 죽 들여다보며 투명한 신발을 세다가, 신발장 밑에서 손가락처럼 생긴 다갈색 덩어리를 찾아냈다. 이게 뭐지. 손끝으로 집어들었더니 가볍고 단단했다. 회색 털이 고불고불하게 섞여 있었다.

고양이 똥이야. 첫째가 장도리를 쥐고 다가와서 함께 들여다보다가 말했다.

여기서 누군가 고양이를 길렀나봐.

에취.

고양이 알레르기가 있는 둘째가 부엌에서 재채기를 했다.

*

둘째는 중학교 때 모자가 된 아버지를 그린 적이 있었다. 미술부 활동을 할 때였다. 물감이나 그림붓을 다루는 것이 좋아

한동안 열심히 활동했다. 집에서도 틈이 날 때마다 그림도구를 펼쳐놓고 이것저것을 그렸다. 첫째와 셋째를 관찰하며 크로키를 하거나 아버지를 그렸다. 모자가 된 아버지도 서너 번쯤은 공들여 그렸는데, 액자를 하지 않고 놔두는 바람에 조금씩 버리거나 잃어버려서 지금은 모두 어디로 갔는지 알 수 없었다.

둘째는 개인적인 꾸러미 몇 개를 일요일까지 신발장 앞에 내버려두었다. 발에 차인다고 셋째가 투덜대는 바람에 더는 미룰 수 없어 짐을 풀었다가, 둘째는 그 시절의 그림 한 장을 짐 속에서 발견했다. 초록색과 금색이 섞인 모래밭에 의자와 비치파라솔이 꽂혀 있었고, 한복판에 모자가 놓여 있었다. 달리를 흉내낸 듯 모든 것이 녹아내린 듯한 풍경이었는데, 모자만 또렷했다.

그땐 그려놓고 꽤 닮았다고 스스로를 대견해했지만 다시 보니 약간 달랐다.

그림 속의 모자는 치즈케이크처럼 납작했다. 닮았지만 훨씬 높아. 둘째는 생각했다. 정수리 위로 손바닥을 펼쳐서 키재기를 하듯 팔을 뻗으며 혼자 말했다.

운두라고 하나, 그게 훨씬 높아.

뭐라고?

마루 끝에서 구두를 닦고 있던 첫째가 물었다. 둘째는 아무것도 아니라고 대답한 다음 그림을 말아쥐고 안방으로 들어갔다.

아버지는 텔레비전을 앞에 두고 조용히 모자가 되어 있었다. 아침까지만 해도 집 안과 마당을 돌아다니고 있었는데, 어느 틈에 방으로 들어온 듯했다. 요즘은 자주 모자가 되었다. 모자로 머무는 기간도 길어져서 첫째가 걱정을 하고 있었다. 둘째는 아버지 앞에 무릎을 세우고 앉았다.

이거 찾았어.

그림을 방바닥에 펼쳤다.

이거 아버지야.

……

운두가 낮으니까, 젊은 시절이야.

……

벽에 붙여줄게.

……

텔레비전이 와글와글 떠들고 있었다. 주말에 방영되는 오락 프로그램이었는데 두 사람이 통나무 모양의 다리를 끼고 앉아서 방망이로 서로를 두들기고 있었다. 아래쪽은 얼음을 띄운 풀이었다. 먼저 떨어지는 쪽이 벌칙을 받는 모양이었다.

둘째는 턱을 무릎에 얹고 텔레비전을 보았다. 뚱뚱한 쪽이 떨어졌다.

……

뭐라고요?

아버지 쪽을 돌아보았다. 뭐라고 말을 한 것 같은데 듣지 못했다. 둘째는 리모컨을 꾹꾹 눌러서 소리를 줄였다.

뭐라고 했어, 아버지?

한동안 모자를 바라보다가 한숨을 쉬었다. 모자가 되었을 때의 아버지는 조용했다. 한마디도 말을 하지 않았다. 입이 없으니까, 라고 첫째는 말했다. 하지만 모자의 세계엔 모자의 언어라는 것이 있을지도 모른다고 둘째는 생각했다. 모자의 언어를 말하는 데 입은 필요 없어. 아버지는 아무런 말도 하지 않는 것처럼 보이지만 사실은 모자가 되어 있는 사이 혼자서 굉장한 수다를 떨고 있을지도 몰라.

모자의 세계에도 '모자'란 말이 있을까. 그림 속의 모자를 바라보며 둘째는 생각했다.

있다면, 거기선 그게 무슨 뜻일까. 조용하다는 뜻일까. 외롭다거나 재미없다는 뜻일 수도 있어. 모자는 대부분의 시간을 혼자 놓여 있으니까. 모자의 세계에서 누군가 나 오늘 모자야, 라고 말한다면 다른 모자들이 모두 안됐다는 눈길로 그 모자를 바라볼지도 몰라. 하지만 모자니까, 포개어놓아도 좋을 텐데. 그래서 다른 모자가 나타나 이렇게 말하는 상황도 생기지 않을까. 너랑 포개어져도 좋아. 하지만 모자의 세계에서도 사는 건 만만치 않으니까, 어느 모자도 선뜻 나서주지 않을지도 모르지.

나 오늘 모자야.

이렇게 말해놓고 석양에 잠길 때까지 모자인 채로 묵묵히 하루를 보내는 모자세계의 모자. 둘째는 볼을 씹으며 멍하니 그것을 생각해보았다.

안 보인다. 비켜라.

스윽 아버지로 돌아온 아버지가 둘째에게 말했다.

*

그건 그렇고 세 남매의 아버지는 언제부터 모자가 되기 시작했을까.

이 점에 대해서는 첫째와 둘째와 셋째의 기억이 매번 달랐다. 몇 번을 맞추어봐도 말할 때마다 시기가 제각각이라서 마지막엔 자기 것이 진짜라며 셋이서 언성을 높이게 되는 일도 종종 있었다. 그래서 세 남매는 가급적 그 이야기를 서로에게 하지 않았다.

지난 겨울에 첫째가 기억하고 있는 상황은 이랬다.

하교하는 길이었는데.

전을 해먹을 생각으로 감자를 강판에 갈며 첫째는 말했다.

친구들하고 걸어가고 있었거든. 토요일이었어. 주말이니까 이 대로 누구네 집에 놀러 가서 비디오를 빌려보자는 둥, 그런 이 야기를 하고 있었는데 저만큼 앞에 아버지가 서 있었어. 상당히 멀리 떨어져 있었지만 단번에 알 수 있었어. 맑은 날이었는데 아버지는 정말 구깃구깃해서, 그렇잖아, 우리 아버지는 셔츠 같은 것을 칼라나 앞섶이 때에 절 때까지 입곤 했으니까. 갈아입으라고 옷을 챙겨줘도 말이지, 이상하게 고집을 부려서 바지도 무릎이 완전히 솟아서 각이 잡혀버릴 때까지 입고 다니고. 아버지는 그때 일자리를 잃은 상태였고, 그것 때문에 어딘가를 가려는 것 같았는데, 그러다 먼 데서 나를 알아보고 거기 서 있는 듯했어. 안색이 좋지 않은 상태로 전단지 따위가 잔뜩 달라붙은 전봇대 옆에서. 부끄러워서, 모르는 척했어. 거리가 좁혀질수록 초조했지만 끝까지 아버지 쪽은 바라보지 않고 그곳을 지나갔어. 멀리 떨어져 있었고 우리는 여덟 명이나 되는데 그 틈에서 나를 정말 알아보았을까, 몰랐을 거다, 어쩌면 아버지는 그냥 볼일이 있어서 거기 잠깐 서 있었을지도 모른다고 애써 생각하면서. 하지만 그렇게 생각할수록 기분이 나빠졌어. 친구들이 놀러 가자고 말했지만 나는 이미 그럴 기분이 아니라서, 애들하고 헤어진 다음 슬금슬금 거기로 돌아가봤더니, 전봇대 밑에서 모자가 되어 있는 거야.

그래서?

감자 껍질을 벗기며 둘째가 물었다.

그래서, 서둘러 가방 속에 구겨넣고 집으로 돌아갔어.

그거 지독하네.

셋째가 전을 부칠 팬을 닦다 말고 이마를 찡그렸다. 둘째도 천천히 고개를 끄덕였다.

성장기엔 그럴 때가 있는 거잖아.

볼이 붉어진 첫째가 작게 줄어든 감자를 고쳐쥐며 말했다.

둘째가 기억하고 있는 상황은 이랬다.

라디오가 하나 있었다. 첫째도 셋째도 알고 있는 라디오였다.

큼지막했지.

셋째가 팔을 벌려서 어림해보며 말했다.

둘째 전용이었어.

첫째가 말했다.

계속해도 돼?

둘째가 흠, 기침을 하고 말했다.

음악을 좋아하는 둘째는 그것을 굉장히 아꼈다. 카세트텍이 두 개나 달린 카세트라디오라서 쓸모가 많았다. 어느 날 그게 고장이 났다. 테이프를 넣으면 씹어버리고 라디오 주파수도 제대로 잡지 못했다. 어머니가 한창 투병중이었기 때문에, 자고 일어나면 문밖에 대야가 놓여 있고, 피를 먹은 타월이 그 속에 담겨 있곤 할 때였다. 어렸지만, 고장난 라디오 따위를 말할 때가 아니라는 것은 알고 있었다. 그래도 라디오를 듣지 않으면 불안해서 아버지의 눈치를 살폈다. 기회를 봐서 고쳐달라고 부탁해볼 셈이었다. 하지만 그즈음의 아버지는 혼자 멍하니 앉아 있을 때가 많아서, 말도 붙이지 못했다. 둘째는 어떻게든 혼자 해결해보려고 나사를 풀고 부품을 뜯어냈다. 나중엔 뭐가 뭔지 모를 지경이 되어서 간신히 부품을 쑤셔넣고 뚜껑을 덮었다. 완전히 망가뜨리고 말았다. 혹시나 해서 플러그를 꽂아봤지만 전원조차 들어오지 않았다. 누구 때문이랄 것도 없이 서러워져서, 망가진 라디오를 들여다보며 울었다. 그게 며칠이나 계속되었다. 고집스럽게 입을 다물고 누가 말을 걸어도 대답하지 않았다. 그날도 방에 틀어박혀서 라디오를 껴안고 울고 있었는데, 문턱을 쿵쿵

넘어온 아버지가 딱 하고 뺨을 때렸다.

아버지는 아무것도 몰라, 하고 나는 생각했어.

반죽을 국자로 떠서 팬에 동그랗게 부으며 둘째는 말했다.

아무것도 모르면서, 하고 더 울었어. 그랬더니 한 대를 더 때리잖아. 아버지 손바닥이 좀 두꺼워야지. 되게 아프고 억울해서, 고치지도 못하고 사다주지도 않을 거잖아, 라고 소리를 질렀어. 아버지는 땀을 흘리면서 나를 바라보고만 있었어. 눈을 이렇게 부리부리하게 뜨고.

그런 일이 있었어?

하고 첫째와 셋째가 물었다.

있었어.

둘째는 고개를 끄덕였다.

얼마나 서러웠던지, 눈앞에서 아버지가 모자가 되었을 때는, 그거 고소하다고 생각했던 것 같아.

그것도 지독하네.

셋째가 말했다.

응, 하고 둘째가 다시 고개를 끄덕였다.

셋째가 기억하고 있는 상황은 이랬다.

학부모 참관일이었는데, 웬일인지 모자가 되어서 사물함 위에 얹혀 있었어.

셋째는 감자전을 한 젓가락 떼어내 우적우적 씹었다.

*

그게 전부야?
첫째가 물었다.
전부야.
셋째가 말했다.

*

세 남매의 어머니로 말하자면, 이미 죽었지만, 좀더 오래된 기억을 가지고 있었다. 그녀는 시어머니 되는 사람과 사이가 좋지 않았다. 그녀의 시어머니는 노골적인 편이었고 그녀는 은근한 편이었다. 그런 식으로 여러 가지가 서로 맞지 않았다. 비좁은 집에 시누이와 시동생까지 여섯이나 함께 살아서 충돌이 더욱 잦았다. 시어머니는 말보다 행동이 먼저인 사람이라 그녀 쪽에 선 머리채를 휘어잡힐 때도 있었다. 그땐 절대 용서할 수 없다고 생각했다. 죽어도 용서할 수 없다고 생각했다. 하지만 죽음에 임박한 순간에 생각하니 꼭 그렇지도 않아서, 마지막 순간에 맥이 빠져버렸다. 너무 몰랐다고 그녀는 생각했다. 자기에게 이런 이야기가 있는 것을 아는 것처럼 그 누구에게도 저런 이야기가 있다는 것을 충분히 알았다면 도저히 용서할 수가 없다는 식의, 건강에도 나쁜 생각은 하지 않았을지도 모르는데.

어쨌든.

하루는 싸움이 꽤 격렬해져서 저녁때까지 계속되었다. 약으로 고아먹으려던 늙은 호박이 마루에서 박살나고 주전자며 구두 같은 것이 마당의 수돗가로 내던져졌다.

퇴근해서 집으로 돌아온 그녀의 남편은 드물게 화를 냈다.

어쩌자는 거야.

그는 안방에서 숨을 몰아쉬고 있는 두 여자에게 소리를 지른 다음, 누나와 동생들을 한 바퀴 돌아보더니, 집을 나가버리겠다며 이불장을 둘러멨다. 세 남매의 어머니는 깜짝 놀라서 머릿속이 고요해졌다. 이불장에서 이불을 모조리 빼내 마당에 던지는 것을 볼 때까지만 해도 저 조용한 사람이 설마, 했는데 정말로 장을 둘러메다니. 너무 뜻밖의 일이라 모두 입을 벌리고 그것을 바라보았다. 기세 좋게 장을 업고 마당으로 내려간 것까지는 좋았다. 하지만 마당을 가로지르는 동안 힘이 다 빠져버렸는지, 대문을 나서지도 못하고 모자가 되어버렸다.

그대로 며칠씩이나 모자로 머무는 바람에 대문을 가로막은 이불장을 피해 드나드느라고 온 식구들이 애를 먹었다. 식구가 많아서 더 큰 일이었다. 하지만 모두 그가 장을 업었을 때의 기세를 기억하고 있었기 때문에, 한동안은 집 안이 조용했다.

세 남매의 할머니는 그보다 더 오래된 기억을 가지고 있었다. 세 남매의 아버지는 아주 어렸을 때부터 간혹 모자가 되곤 했던 것이다. 그땐 모자의 운두가 너무 낮아서 거의 접시나 다름없는 형태였지만, 어쨌든 모자였다.

할머니의 남편, 그러니까 세 남매의 할아버지는 고집이 센 사람이었다. 폐암에 걸려 죽는 날까지도 꼿꼿하게 등을 펴고 누워서 이런저런 잔소리를 했다. 그 남편이 아직 젊었을 때, 하루는 밥상에 밥알을 너무 많이 흘렸다고 아들의 바지를 벗겨놓고 엉덩이를 팡팡 때린 일이 있었다. 고작 다섯 알 정도를 흘렸고 주워먹으면 그만이라고 그녀는 생각했지만, 쓸데없이 꼬장꼬장한 남편을 상대로 말해봤자 입만 아플 뿐이라고 생각했기 때문에 내버려두었다. 새벽에 목이 말라 일어났더니 자리끼로 놓아두었던 주전자가 비어 있었다. 할 수 없이 주전자를 들고 마당으로 나간 그녀는 낮에 엉덩이를 두들겨맞은 둘째아들이 우물가에서 조그마한 모자가 되어 있는 것을 목격했다. 그것은 어디까지나 모자였지만, 그녀는 그 모자가 그 아들인 줄을 단번에 알아볼 수 있었다.

누구도 묻지 않았기 때문에, 할머니는 자기에게 그런 기억이 있다는 것도 알지 못한 채 과묵한 구관조를 한 마리 기르며 조용히 나이를 먹고 있었다.

*

아버지는 왜 모자가 되는 걸까요.

어느 날 둘째가 국그릇에게 중얼중얼 물었다. 모두 모여서 아침을 먹는 참이었다. 국그릇을 향해 말했기 때문에 딱히 아버지에게 물었다고는 할 수 없는 상황이었다.

첫째가 젓가락으로 계란말이를 집다 말고 아버지를 보았다. 셋째가 국에서 미역을 건져먹다 말고 둘째를 보았다. 기묘하게 정지된 순간이었다. 텔레비전만 그들 사이의 공백을 메우듯 열심히 떠들고 있었다. 짝짝짝짝. 이제 붉은색 단추를 중앙에 붙여주세요. 아주 잘했어요. 짝짝짝.

아버지는 후루룩 국을 마신 뒤 잠자코 숟가락을 내려놓았다.

나도 모르겠다.

아버지가 말했다.

확실한 것은, 좋아서 모자가 되는 것은 아니라는 거다.

*

아까시가 한창인 계절이었다. 근처 나지막한 산 어딘가에 아까시나무가 무리지어 있는지 날이 저물면 온 동네가 시럽처럼 진한 아까시 향기에 푹 잠겼다. 수요일 저녁엔 그 향기에 떠밀린 듯 고양이 한 마리가 마루 위로 성큼 올라왔다. 털이 짧은 은색 고양이였다. 머리도 발도 너무 작아서 무게감이 거의 느껴지지 않았다. 첫째가 먹다 남은 생선구이 반토막을 접시에 담아서 마루에 놓아주었다. 고양이는 야옹, 하고 울었지만 그대로 앉아서 움직이지 않았다. 초록색 눈으로 뭔가를 안다는 듯 모두를 빤히 응시하고 있었다. 유리 같네. 둘째가 물끄러미 보고 있다가 말했다. 유리야, 하고 불렀더니 꼬리로 바닥을 탁 치고 접시를 향해 사뿐사뿐 다가왔다.

금요일 저녁엔 외출하고 돌아온 셋째가 모두에게 산언저리까지 산책을 가자고 제안했다.

아까시 냄새로구나.

이렇게 말해놓고 아버지는 진작부터 모자가 되어 있었기 때문에 세 남매만 운동화며 슬리퍼를 신고 집을 나섰다. 셋째가 조금 앞서고 첫째와 둘째가 팔짱을 끼고 따라갔다. 집을 나서고 얼마 되지 않은 지점에서 유리가 따라붙어서 일행은 넷이 되었다. 유리는 모두에게서 조금 앞서거나 뒤처지거나 하면서 여유롭게 따라왔다. 세 남매처럼 아까시 냄새에 이끌려 저녁 산책을 나온 사람들이 더러 있었다. 저기 봐. 첫째가 손가락으로 가리키며 말했다. 커다란 공터에 빨갛고 노란 전구 불빛이 크리스마스처럼 반짝거리고 있었다.

야시장이다.

오랜만이네.

요즘엔 좀처럼 없었지.

하지만 가까이 다가가서 봤더니 경마장이라는 현수막이 걸린 천막이라서 모두 허탈한 표정이 되었다. 바지 주머니에 손을 넣은 남자가 공터를 가로질러 천막 안으로 들어갔다. 저 안에 말이 있다는 걸까. 셋째가 멍한 얼굴로 팔뚝을 긁으며 중얼거렸다.

동네 입구의 초등학교에서는 커다란 조명을 몇 개나 밝혀놓고 있었다. 해가 지면 언제나 어두웠던 운동장이 야구장처럼 밝았다. 군복을 입은 사람들이 스탠드에 앉아서 확성기로 전달되는 지침을 듣고 있었다. 확성기 소리가 귀에 거슬린 듯 유리가 야옹거리며 둘째의 다리에 달라붙었다. 둘째가 유리를 안아들었다. 유리는 둘째의 팔 안에서 멋대로 다리를 늘어뜨려 자리를 잡았다. 체온이 높아서 둘째의 팔에 금세 땀이 배었다. 재채기가 문제였다. 둘째는 조금 더 안고 있어도 상관없다고 생각했지만, 결국 첫째가 유리를 건네받았다. 첫째의 팔 안으로 넘어가는 중에도 넘어가고 나서도, 유리는 다리를 축 늘어뜨린 채 눈을 가늘게 뜨고 기묘한 얼굴을 하고 있었다.

초등학교를 거의 다 지나 구멍가게 앞을 지날 때였다. 군복을 입은 사람들이 가게 앞에 몰려서 있다가 유리를 보고 다가왔다. 모두 다섯으로, 어떤 사람은 둘째보다도 어려 보였다. 다섯에게 둘러싸이자 세 남매는 좀처럼 앞으로 나아갈 수가 없었다. 좀 지나가자고 첫째가 말했지만 다섯은 조금도 물러나지 않았다. 다섯이 쥐고 있는 종이컵에서 알코올 냄새가 났다. 그거 술이지, 라고 셋째가 말하자 그들은 서로의 얼굴을 바라보며 웃었다.

우리는 이런 곳에서 술을 마시고 있으면 안 돼요.

훈련중이니까요.

하지만 뭐, 어때요.

어때요.

예쁜 고양이네요.

갈색으로 머리를 물들인 남자가 말했다. 다섯 중에 가장 키가 큰 남자도 고개를 끄덕이며 빙글빙글 웃었다. 그가 유리를 향해 손을 뻗었다. 에취, 하고 둘째가 재채기를 했다.

장바구니를 얹은 자전거 한 대가 벨을 울리며 지나갔다. 유리가 등을 비틀어 첫째의 팔에서 풀쩍 뛰어내렸다. 확성기 소리가 비잉비잉 높아지고 있었다. 그날 훈련의 중요한 일정이 이제 시작되려는 참인 듯했다. 갈색 머리의 남자가 종이컵을 구겨 바닥에 버렸다. 다섯이 침착하게 몸을 돌려 훈련장 쪽으로 달아난 뒤, 머뭇거리며 서 있던 첫째가 입을 열었다.

만진 것 같아.

뭐.

만진 것 같다고.

뭐를.

가슴을.

어, 하고 셋째가 뒤를 돌아보았지만 다섯은 벌써 담을 넘어 사라지고 없었다.

*

비비비비, 하는 울음소리가 들려왔다. 오래된 빌라 단지 앞을 지나는 길이었다. 빌라 화단에 우거진 개나리 덤불 속에서 들려오는 것 같았는데 확실하지는 않았다. 이상하게 우는 벌레네. 셋째가 조그맣게 중얼거렸다. 중간까지 따라오던 유리가 뭘 봤는지 어느 모퉁이로 쏜살같이 달려가버린 뒤라서, 일행은 다시 셋이 되어 있었다.

만진 걸까. 아니면 닿은 걸까.

모두 그것을 생각하고 있었기 때문에 입을 다물고 있었다. 모르겠어, 하고 첫째는 생각했다. 만졌다기보다는 스친 것 같았다. 손가락 두 개가. 어설프다면 어설프게 가슴 위쪽을. 유리를 만지려다 우연히 닿은 것일 수도 있었고 처음부터 가슴을 만지려고 유리를 만지는 척했을 수도 있었다. 미묘하네, 하고 둘째도 생각했다. 모두의 머리 위에서 플라타너스 잎이 파삭파삭 흔들렸다. 가슴과 손가락과 우연과 어쩌면 우연을 가장한 의도와 확성기 소리 사이에서 산책 끝이 묘해지고 말았지만, 아까시 냄새는 여전히 짙었고 기온도 적당했다. 언제까지나 가슴만 생각하고 있을 수는 없다고 생각한 첫째가 가장 먼저 입을 열었다.

튀김 먹고 싶다.

응.

소금을 찍어서.

모두 동감했지만 튀김집이 문을 닫아서 튀김은 살 수 없었다. 어쩌다 하루 문을 닫은 것이 아닌 듯 버려진 기름통과 방수포 같은 것이 쌓여서 가게 앞이 어수선했다. 털이 지저분하게 엉킨 개가 바닥에 엎드려서 발등을 핥고 있다가 세 남매를 물끄러미

보았다.

돌아갈까.

첫째가 한숨을 쉬고 말했다.

여름은 이제 막 시작이라서 비다운 비도 아직 내리지 않았는데 모기가 적지 않게 날아다녔다. 반나절 만에 모자에서 아버지로 돌아온 아버지가 마루 끝에 모기향을 피워두고 세 남매를 기다리고 있었다. 유리는 셋보다 먼저 집으로 돌아와서 빨갛게 달아오른 모깃불을 상대로 수염을 곤두세우고 있었다. 세 남매가 기묘하게 침울한 기색으로 입을 다물고 있자, 아버지가 물었다.

무슨 일이 있었냐.

그래서 산책길에서 있었던 일이 이것저것 아버지에게 전달되었다.

앗, 했을 때에는 모두 달아난 뒤였어.

여기까지 얘기가 진행되었을 때, 뜻밖에 아버지가 버럭버럭 소리를 질렀다.

너희는 바보냐.

아버지.

그런 일을 당하고도 그냥 집으로 돌아오면 어쩌자는 거야.

하지만 미묘했어.

미묘고 뭐고.

정말 그랬어.

셋이 같이 있었으면서 말 한마디 못 하다니.

못 한 게 아니라.

셋이 똑같다.

……

보통 일이 아니다.

아버지가 벌떡 일어났다. 찌푸린 얼굴로 세 남매를 하나하나 유심히 바라보더니 현관 쪽으로 성큼성큼 걸어갔다. 세 남매가 말렸지만 어디서 나오는지 모를 힘으로 모두 뿌리치고, 아버지는 집을 나가버렸다.

셋이서 곧장 아버지를 쫓아나갔다. 금방 따라 나갔는데도 아버지는 벌써 저만큼 비탈길을 내려가고 있었다. 세 남매는 열심히 달렸지만 어찌나 빠르게 걸어가는지, 그들이 아무리 달려도 아버지를 따라잡을 수가 없었다.

세번째 모퉁이에서 그들은 아버지를 놓쳐버렸다.

엄청 빠르잖아.

무릎을 잡고 헉헉 숨을 몰아쉬면서 셋째가 말했다.

거기부터 세 남매는 온 동네를 뒤졌다. 아버지는 어디로 간 걸까. 훈련장으로 간 것이 아닐까 싶어서 맨 먼저 그곳에 가보았지만, 그사이 훈련이 끝났는지 커다란 조명도 꺼지고 운동장은 평소처럼 어두컴컴하게 비어 있었다. 어딘가에서 모자가 되었을지도 모르기 때문에, 자판기 뒤쪽이나 담장 위, 덤불 속이나 주차된 자동차의 그림자, 누군가 길가에 내놓은 화분 같은 곳도 샅샅이 들여다보았다. 하지만 아버지는 어디에도 없었다.

자정이 훨씬 넘어서 집으로 전화가 한 통 걸려왔다.

첫째가 전화를 받았다.

파출소입니다.

무겁게 가라앉은 목소리 너머로 전화벨 소리와 전화를 받는 소리와 누군가 중얼거리는 소리와 종이를 주욱 찢는 소리 등이 들려왔다. 낯선 이가 마른기침을 하고 난 뒤 말했다.

그 댁의 부친이 여기서 모자가 되어 있습니다. 모셔가세요.

파출소에서의 앞뒤 사정은 이랬다.

늦은 저녁에 웬 남자가 나타나서, 자기 자식이 추행을 당한 것 같다며 근처의 예비군 동원훈련장을 고발하겠다고 말했는데, 훈련장을 고발하겠다니 전례는 없지만 어쨌든 피해자를 데리고 오라고 말했더니, 아니 글쎄 피해자는 그게 고의로 벌어진 일이 아닐 수도 있다고 하지만 자긴 그렇게 생각하지 않는다고 해서, 그렇다면 피해자의 신고의사나 증인도 없는 상태인데다 다른 일이 많아 지금 당장은 해결이 곤란하다고 했더니, 애들 아버지인 자기가 고발을 하겠다는데 왜 안 되느냐고 고집을 피우다가, 아무도 대꾸를 해주지 않으니까 잠잠해졌고, 조금 뒤에 보니 의자

62

위에서 모자가 되어 있었다는 것이었다.

첫째가 모자가 된 아버지를 데리러 갔다.

둘째와 셋째는 집에 남아서 완전히 어두워진 바깥을 내다보고 있었다. 바람이 불기 시작해서 저녁보다 기온이 많이 떨어진 것 같았다. 창문이 덜컹덜컹 흔들렸다. 둘이서 그 소리를 듣고 있다가, 둘째가 말했다.

마중 나갈까.

아까시 냄새는 바람에 흩어져 많이 엷어져 있었다. 둘은 집으로 올라오는 완만한 비탈길에 서서 길 아래쪽을 지켜보았다. 드문드문 선 가로등 불빛 때문에 길은 어두운 오렌지색을 띠고 있었다. 티셔츠를 입은 남자가 커다란 개를 데리고 천천히 비탈길을 올라오고 있었다. 둘째는 다리를 접고 앉아서 주먹으로 턱을 괴었다. 아버지는 왜 파출소 같은 곳에서 모자가 되어버렸을까.

어, 하고 둘째는 생각했다.

이것 봐. 나도 모자가 될 것 같아.

둘째는 자기가 모자가 되는 것을 지켜보려고 발끝을 내려다보았다. 하지만 아무 일도 일어나지 않아서, 슬리퍼 속의 발가락은 언제까지나 다섯 개의 발가락이었다. 밤이 싸늘해서 발이 점점 차가워졌다. 춥네, 하고 둘째의 곁에서 셋째가 투덜거렸다.

……또 이사 가야 할까.

둘째가 작게 중얼거렸다.

아버지다.

셋째가 비탈길 아래쪽을 가리키며 말했다.

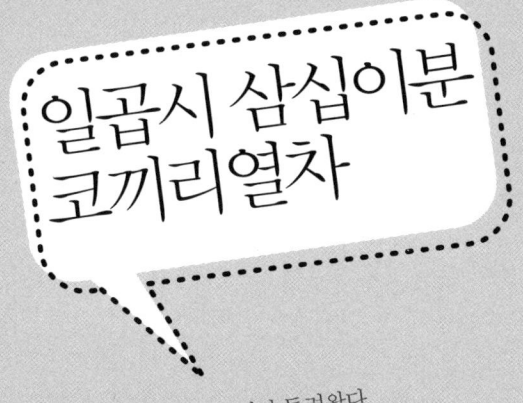

일곱시 삼십이분
코끼리열차

밤의 짐승들이 깨어나 수런거리는 소리가 곳곳에서 들려왔다.
오릭스들의 눈이 편광유리처럼 복잡한 빛깔로 반짝였다.

그 방은 아주 좁았다. 집의 형태가 비틀어져서 남동쪽 모서리
가 예각이고 바닥이 고르지 않았다. 물을 흘려보면 알 수 있었
다. 물은 빠르게 전진하다가 느리게 왼쪽으로 구부러지고 다시
빠르게 오른쪽으로 구부러져 동그랗게 고였다. 다탁을 펼치면
늘 한쪽 다리가 바닥에 닿지 않았다. 이상한 각도로 벽이 틀어
져서 햇빛은 아주 짧은 시간 동안만 방 안으로 들어왔다가, 급
격하게 사라졌다. 그 거리에는 그런 집들이 많았다. 집들은 모두
비슷비슷하게 생겼다. 이주를 목적으로 한꺼번에 지어졌기 때문
이었다. 이주는 완벽하게 이루어지지 않았다. 밤에 멀리서 그 거
리를 보면 벌판에 솟은 캄캄한 집들의 윤곽을 볼 수 있었다. 그
것들은 버려진 상자처럼 보였다.

파씨는 창밖으로 빈집의 창들을 내다보며 그곳이 마음에 든다
고 말했다. 다음 순간엔 마음에 들지 않는다고 말했다. 모두 진

심일 거라고 나는 생각했다. 파씨는 밤에 잠을 잘 자지 못했다. 나는 잠귀가 얇은 편이었다. 파씨가 잠을 자지 못하고 부스럭거리면 나도 잠을 잘 수 없었다. 우리는 카드를 가지고 놀았다. 그런 밤들이 계속 이어졌다. 파씨가 나를 깨우고, 내가 일어났다. 파씨가 불을 켜고, 내가 카드를 꺼냈다. 파씨가 이불을 손바닥으로 두드려서 주름을 없애고, 둘이서 함께 이불 위에 카드를 늘어놓았다. 세로로 아홉 장, 가로로 여섯 장씩을 늘어놓고 번갈아가며 한 쌍씩 카드를 뒤집었다. 무작위로 두 장을 뒤집어 숫자가 같으면 열에서 제하고, 다르면 그대로 엎어뒀다. 다른 것을 뒤집더라도 위치를 기억해두는 것이 중요한 게임이었다. 파씨의 집중력은 기복이 심했다. 세 판을 연달아 이긴 다음엔 네 판을 연달아 졌다.

오늘은 굉장히 많은 사람들이 찾아왔어. 스페이드 퀸을 성의 없이 뒤집으며 파씨는 말했다.

우유외판원, 인구조사원, 택배가 두 개 도착하고, 생수가 배달되었어.

수요일이니까.

그래. 생수는 수요일에 배달되니까. 그리고 마지막엔 가스검침원이 방문하겠다고 연락을 해왔어.

전화로?

응, 전화로.

지금 가도 되나요? 가스검침원이 물었다. 파씨는 그렇게 하라고 대답했다. 전화를 끊고 시계를 보았다. 다섯시가 조금 넘은 시각이었다. ESPN채널에서 골프경기를 중계하고 있었다. 작고 단단한 공이 멀리 날아갔다. 갤러리들이 박수를 쳤다. 파씨는 텔레비전을 껐다. 가스검침원이 두번째로 벨을 눌렀을 때 파씨는 현관에 서 있었다. 세번째 벨이 울렸다. 네번째 벨은 울리지 않았으나 파씨는 가스검침원이 문밖에 서 있는 것을 알고 있었다.

무릎 앞에 놓인 카드를 뒤집으며 파씨는 말했다.

문 너머로 굉장한 밀도가 느껴졌거든.

하트 원. 내가 말했다. 파씨는 다른 한 장을 뒤집었다.

문을 열어줄 수가 없었어.

하트 식스.

찌를 거라고 생각했어. 문을 열면, 틀림없이, 볼펜으로.

너를?

나를.

내 차례였다. 오른쪽 끝에 놓인 카드를 뒤집었다. 클로버 나인. 다른 한 장을 뒤집었다. 다이아몬드 나인. 카드 두 장을 이불 밖으로 집어냈다. 파씨는 무표정한 얼굴로 짝짝짝 박수를 쳤다. 잘하는데. 파씨도 한 장을 뒤집었다. 스페이드 원. 다시 한 장을 집어들었다. 나는 카드들의 뒷면을 응시했다. 파씨는 입을 다물고 스페이드 원과 클로버 잭을 있던 자리에 뒤집어놓았다. 파씨가 말했다. 망상이라는 걸 머리로는 알고 있었는데, 몸이 그걸 믿었어.

가스검침원으로 위장한 강도였을 수도 있지.

그런 게 아냐. 방문객이 많았다니까. 그전까진 아무렇지도 않았는데 덜컥, 멈춰버린 거야.

나는 씹어먹는 비타민제의 은박포장을 벗겨 입에 넣고 파씨에게도 한 알을 주었다. 파씨는 그것을 녹여먹었다. 비타민제를 빨며 다시 생각에 잠겼다가 파씨가 확인하듯 말했다.

조금도 움직일 수 없었어.

가스검침원은 쉽게 돌아가지 않았다. 파씨는 닫힌 문을 마주하고 서 있었다. 방 안에서 전화벨이 울렸다. 벨은 한동안 울리다가 멈췄다. 문 저쪽에서 구두를 바닥에 비비는 소리가 들려왔다. 파씨는 계단을 내려가는 발소리를 들었다. 발소리는 삼층에서 일층에 이를 때까지 계속 들려왔고, 조금씩 아래쪽으로 멀어졌다. 파씨는 단단하게 굳은 껌을 뱉고 수돗물을 틀었다. 귀가너무 뜨거워서 물을 묻혀 식혔다. 종이타월로 얼굴을 문지르고 손가락 사이와 귀를 닦았다. 그때 생각했어. 파씨가 말했다.

동물원에 가야겠다고.

동물원?

어째서 동물원이냐고 나는 물었다. 파씨는 숫자가 같은 카드 두장을 뒤집어 이불 바깥에 내려놓았다. 화가 난 듯한 얼굴이었다.

설명할 수 없어, 그런 건. 일단 동물원을 떠올렸으니까. 가느냐, 가지 않느냐의 문제만 남은 거야. 지금은 오직 그것만 물어볼 수 있는 거야.

*

파씨는 동생과 함께 외삼촌의 집에서 자랐다. 그가 파씨의 친척 중 가장 넉넉한 생활을 하고 있었다. 외삼촌 내외에게는 달리 양육해야 할 아이도 없었다. 육 년을 그곳에서 살다가 열두 살 때 이모에게 구출되었다. 육 년의 기억은 하나의 자세로 압축되었다. 팔꿈치와 무릎이 닿도록 엎드려서 바닥에 손등을 대고 손바닥 위에 이마를 얹고 허벅지를 꽉 붙인 채 왼쪽 발바닥 위에 오른쪽 발등을 얹은 다음 관절을 딱딱하게 조인다. 나는 이 자세를 몇 번 본 적이 있었다. 처음 본 것은 어느 계절인가의 석양 무렵이었다. 방으로 들어가니 파씨가 창을 향해 엎드려 있었다. 단지 '엎드려 있다'고만은 할 수 없는 압도적인 몰입으로 만들어진 자세였다. 모든 뼈마디가 하나하나의 자물쇠로 완벽하게 잠겨서, 파씨의 의지 말고 그것을 풀 수 있는 열쇠는 없는 것처럼 보였다. 두부를 파는 트럭이 확성기로 두부, 두부, 라고 떠들며 골목을 지나갔다. 나는 구토가 치밀었다.

뭘 하고 있어?

내가 묻자, 상당한 시간이 흐른 뒤, 상당한 시간을 들여 자물쇠를 하나하나 풀고, 파씨는 등을 세우고 앉았다. 나는 텔레비전을 켰다. 오래 전에 본 영화가 더빙으로 방영되고 있었다. 둘이 함께 앉아서 그것을 보았다. 파씨가 두부를 데워왔고 내가 술을 내왔다. 둘이서 영화를 보며 두부를 잘라먹고 술을 마셨다.

파씨의 외삼촌은 부드러운 목소리와 인상을 가진 남자였으나 남이 보지 않는 곳에서는 잔혹한 행동을 하는 사람이었다. 잔혹한 사람, 이라고 말할 때 파씨는 거의 입술을 움직이지 않았다.

맞았어? 주먹이나 도구 같은 것으로?

나는 물었다.

파씨는 앞뒤로 몸을 흔들었다. 그건 좀더 미묘한 형태의 학대였어. 물리적인 형태가 느껴지는 악담들. 악의적인 행동들. 쾌적하지 않은 접촉들. 예를 들어, 말을 할 때는 반드시 귀 위쪽을 잡아당기는 거야. 이렇게. 파씨는 귓바퀴 위쪽을 엄지와 검지로 잡아올렸다. 근육이 당기면서 파씨의 오른쪽 얼굴이 미묘하게 밋밋해졌다. 어린아이는 목이 가늘기 때문에, 위쪽에서 이렇게 귀를 당기면 대번에 머리가 기울어지잖아. 이렇게 한 다음에 귀에 대고 소리를 지르는 거야.

또, 또, 애, 새, 끼, 또, 밥을, 흘, 렸, 어, 거기를, 찢어, 버리기 전에, 줏어, 처먹, 어, 또, 또, 또.

파씨는 누군가의 흉내를 내고 있었다. 그 음성을 듣자 나는 얼굴이 싸늘하게 식었다. 파씨가 그런 목소리를 내는 것을 나는 한 번도 들어본 적이 없었다. 끈적이는 질감이 느껴지는 어조였다. 나는 예전에 페인트를 갓 바른 벽을 만졌을 때를 떠올렸다. 손바닥을 벽에서 떼자, 두꺼운 에나멜질의 페인트층이 피부처럼 묻어나왔다. 온갖 종류의 세제를 사용해서 닦았는데도 제대로 지워지지 않았다. 그것을 들여다보는 느낌이었다. 파씨는 귀에

서 손가락을 떼고, 달아오른 귀를 손으로 문질렀다.

평범한 말도 그런 식으로 했어. 그럴 때 외삼촌의 입술엔 늘 침이 고여 있었는데, 그 입술이 귀에 닿았어. 몇 번이나. 귀에 멍들어본 적 있어?

나는 기억이 나지 않는다고 대답했다.

다른 부분하고는 좀 달라서 멍이 잘 들지 않아. 나는 나중에 귀에 멍을 만들려고 해본 적이 있었는데, 잘 되지 않았어. 그런데 외삼촌이 만지고 나면 늘 귀에 멍이 들었어.

외숙모는 그걸 보고 아무 말도 하지 않았어?

아무 말도 하지 않았어. 모르는 것 같았어. 모르는 척한 걸지도 몰라. 아무튼 외숙모는 일을 다녔고, 저녁 늦게 돌아왔어. 표면적으로 그녀는 상냥한 편이었지만, 어떤 선을 넘는 것을 용납하지 않았어. 거기다 외삼촌의 잔혹한 짓은 남에게 설명할 수 없는 점이 있었어. 외삼촌은 우리를 방에 세워두는 것을 가장 좋아했어. 세워두고, 귀를 잡아당기거나 연필 같은 뾰족한 물건을 눈앞에서 흔들며 악담을 하는 거야. 몇 시간이고. 물을 마시고 화장실에서 용변도 봐가면서, 반드시 우리가 있는 곳으로 돌아와 질이 나쁜 말들을 퍼부었어. 우리는 서 있었어. 그런 걸 어떻게 설명해. 외삼촌이 우리를 세워두고 욕을 합니다. 그렇게? 외삼촌의 악담을 듣고 있으면 몸의 구조가 서서히 비틀어지고 달라지는 느낌이 들었어. 머리가 팔이고 팔이 다리고 다리가 팔이고 팔이 머리고 등이 배고 배가 등이고. 나는 다리에서 생각하고 손가락에서 생각했어. 악담을 견디면서, 이것은 이상하고 괴롭다고 생각했지만, 그걸 남에게 이상하고 괴롭다고 말할 수가 없었어. 그게 왜 이상하고 괴롭게 여겨지는지, 설명할 수 있는 방법이 없었어. 너무 어렸기 때문이었을지도 몰라.

그 집에서 지낸 마지막 해의 여름에 파씨는 머리를 발로 걸어차였다. 외삼촌의 엄지발가락이 오른쪽 눈을 깊숙이 찔렀다. 그것이 계기가 되어 파씨와 파씨의 동생은 이모의 집으로 옮겨갔다. 파씨의 오른쪽 각막이 아무는 데는 오랜 시간이 걸렸다. 미약하게 시력은 남았지만, 심한 각막혼탁이 발생했다. 왼쪽 눈을 감고 오른쪽 눈으로만 세계를 보면, 모든 것에서 김이 피어오른다고 파씨는 말했다. 얼굴. 얼굴들. 거리. 거리들. 가로수. 가로수들. 불빛. 불빛들. 오른쪽 눈의 세계가 멀어져버렸어. 나는 거리감각을 잃어버렸어. 이쪽과 저쪽을 동시에 볼 수 없다는 건 그런 균형을 제대로 맞출 수가 없게 되었다는 의미야. 자기 내부의 잔혹한 광경들과 거리를 둘 수가 없게 된 거야. 이모와 함께 살게 된 이후에도 나는 여러 번 그 집 앞까지 갔었어. 모퉁이에 서서 그 집을 바라보며 잔인한 일들을 상상했어. 외삼촌 내외가 그 집 안에서 괴한에게 습격당해 난도질당하는 일 같은 것. 그게 나야. 그게 나야. 이것을 몇백 번이나 생각했어. 완벽하게 시뮬레이션해서, 준비가 되면 들어가는 거야, 하고 생각했어. 다트를 던지는 것과 비슷했어. 다트를 쥐고, 표적을 노려보고, 표적의 동심원들을 머릿속으로 장악한 뒤, 자신감이 생기면, 다트를 던지는 거야. 머릿속으로 몇 번이나 세부적인 장면과 순서를 생각하고, 녹초가 되어 이모의 집으로 돌아가곤 했어. 나는 기다렸어. 죽이고 싶고, 죽여야 하고, 죽여도 된다는 식으로 매끄럽게 생각이 발전하기를. 그런데 정말 죽어버렸어. 외삼촌이. 자유로에서. 덤프트럭 밑에 처박혔어. 이모는 나와 동생을 장례식장에 데려갔어. 기린은 열 살이었는데, 모두 그애가 말을 할 줄 모른다고 생각했어. 이모는 영정 앞에 우리와 함께 서서, 외삼촌을 용서해야 한다고 말했어. 외삼촌은 할아버지 때문에 비뚤어진 거니까, 모든 것이 완전히 외삼촌의 탓만은 아니라는 말이었어. 이모는 울었어. 그때 나는 이모의 말을 더는 알아들을 수 없었어. 나는 바닥에 떨어진 다트를 보고 있었어. 외삼촌이 갑자기 죽어버려서, 표적을 잃은 다트는 바닥에 떨어지고 만 거야. 사라지지도 않고, 에너지를 가득 담은 채, 바닥에 놓여 있고, 가운뎃부분이 두툼한 다트의 붉고 단단한 몸통을, 나는 언제까지나 응시하고 있었어. 이것은 아주 오래 전의 일이야.

*

파씨는 조커 한 쌍을 뒤집으며 하품을 했다. 이제 이불 위에는 두 장의 카드만 남아 있었다. 나는 남은 카드들을 뒤집었다.

클로버 잭. 파씨는 자기가 뒤집은 카드다발을 내게 건넸다. 나는 그것을 세지 않고 내가 뒤집은 카드다발과 섞었다. 누가 이겼어? 이불 속으로 다리를 집어넣으며 파씨가 물었다.

내가 이겼어.

거짓말.

그러면 네가 이겼어.

거짓말.

우리는 불을 끄고 누웠다. 사방이 조용했다. 여러 가지 것이 떠올랐다. 나는 잠이 잘 오지 않았다. 파씨는 조용해져서 잠들었나 싶으면 하품을 했다. 시계가 걸린 벽 쪽에서 초침이 움직이는 소리가 들려왔다. 나는 얇게 잠이 들었다가 깨기를 반복했다. 초침 소리가 들리지 않으면 나는 내가 잠든 것을 알았다. 소리가 들려오면 잠에서 깬 것을 알았다. 파씨가 이불을 잡아당겼다. 동물원에 가자. 얼굴을 베개에 누르고 있는 듯 목소리가 짓눌린 채 들려왔다. 나는 고개를 끄덕였다. 파씨가 다시 이불을 잡아당겼다. 나는 방금 고개를 끄덕였다고 말해주었다. 가자고, 동물원에.

가자.

그래.

주말에?

주말에.

*

목요일에 나는 파씨의 동생에게 전화를 걸었다. 파씨의 동생은 자다 깨서 전화를 받았다. 나는 미안하다고 말하지 않았다. 통화를 하려면 어쩔 수 없이 벌어지는 일이었다. 파씨는 동생을 기린이라고 불렀다. 그 편이 훨씬 좋기 때문이라고 했다. '기린'은 기린의 원래 이름과 한 글자가 같았다. 기린은 언제나 잠을 자고 있었다. 전화를 하면 받지 않거나 자다 깨서 전화를 받았다. 기린은 돈이 다 떨어지고 냉장고가 완전히 빌 때까지 잠을 자다가, 생활이 말할 수 없이 황폐해지면 세수를 하고 바깥으로 나가 아르바이트 자리를 얻었다. 어느 정도 돈이 모이면 냉장고를 가득 채운 뒤 일을 그만두고 다시 잠을 잤다. 기린은 일자리를 얻고자 하면 어떻게든 일자리를 얻었다. 보기 좋게 마른데다 목소리가 아름답기 때문일 거라고 나는 생각하고 있었다.

동물원?

긴 하품 끝에 기린은 나와 똑같은 반응을 보였다.

응.

자야 되는데.

하루쯤 어때. 데리러 갈게. 주말에.

수도꼭지를 비트는 소리와 물이 흐르는 소리가 들려왔다. 나는 잠시 기다렸다. 목으로 물을 넘기는 소리를 내면서 기린이 말했다.

그럴 필요 없어. 나 혼자 갈 수 있으니까. 깨워주기만 해.

전화로?

응, 전화로.

그러면 입구에서 봐.

주차장에서.

그래, 주차장에서.

전화를 끊자 곁에서 기다리고 있던 파씨가 싱긋 웃었다. 파씨는 보라색 사인펜의 뚜껑을 열고 달력에 커다랗게 마킹을 했다. 김밥을 싸야 한다고 파씨는 말했다. 김밥을 싸지 않으면 소풍답지 않다는 것이 파씨의 의견이었다. 파씨는 말했다. 소풍을 가서 소풍답지 않으면, 즐겁지 않잖아.

일요일에 우리는 함께 김밥을 쌌다. 파씨는 뚜껑이 빨간 플라스틱 용기에 김밥을 담았다. 나는 탄산음료에 과일을 잘라넣은 칵테일을 만들었다. 쿠킹포일에 올리브도 열 알쯤 쌌다. 도시락을 준비하느라 꽤 시간이 걸렸고 기린이 한참 전화를 받지 않아 출발이 늦어졌다. 파씨와 나는 세시가 조금 넘어 동물원으로 가는 전철을 탔다. 우리 말고는 두 사람뿐이었다. 작업용 방수바지를 입은 남자가 구석자리에서 신문을 읽고 있었고, 노약자석에 할머니가 앉아 있었다. 할머니는 괴상한 형태로 불룩한 자루를 바닥에 놓아두고 잠에 빠져 있었다. 나는 도시락이 든 가방을 무릎 위에 올리고 맞은편의 빈 좌석을 바라보았다. 커브를 돌아가며 아코디언처럼 주름진 굴절부가 휘어졌다. 철로의 요철로

발밑이 덜컥덜컥 흔들렸다. 파씨와 나는 입을 다물고 그 소리를 들었다.

기린은 밑창이 납작한 운동화를 신고 주차장 팻말 아래 서 있었다.

여긴 굉장히 넓어. B라고 적힌 팻말을 턱으로 가리키며 기린이 말했다. 어디쯤에서 기다려야 할지 몰라서 그냥 서 있었어.

기린은 후드티 주머니에 손을 찔러넣었다. 짧게 자른 머리카락이 귀 뒤편으로 비죽 뻗쳐 있었다. 잠을 충분히 자지 못해 불만스러워 보이는 얼굴이었다. 우리는 주변을 둘러보았다. 광범위하게 주차장이 펼쳐져 있었다. 주차장 둘레를 따라 굵은 플라타너스들이 서 있어 그 너머에 무엇이 있는지 잘 보이지 않았다. 브라스밴드가 연주하는 음악이 희미하게 들려왔다. 우리는 B에서 C 쪽으로 걷기 시작했다. 저기가 아닐까. 파씨가 손가락을 들어 위쪽을 가리켰다. 나무 너머로 케이블과 그것에 매달려 서서히 움직이는 리프트가 보였다. 우리는 그쪽으로 걸어갔다. 좁은 도로를 건너자 광장이 나타났다. 나는 광장에 압도되었다. 모든 동물원과 놀이공원은 이런 광장을 가지고 있는 걸까, 나는 생각했다. 입구부터 벌써 이렇다면 안은 어떨까.

삼천구백 명은 되겠어. 파씨가 말했다.

무슨 말이야. 기린이 말했다.

여기 말이야. 삼천구백 명 정도는 할 수 있겠다고. 여기에서, 에어로빅을.

검지를 펴서 거칠거칠한 바닥을 가리키며 파씨가 말했다. 동물원 광장에서 에어로빅을 하는 삼천구백 명의 사람들. 이상한 소리를 한다고 기린이 투덜거렸다. 우리는 매표소를 향해 걸어갔다. 소매 밑으로 드러난 손목이 시렸다. 맑은 날이었고 아직 해는 지지 않았지만 공기가 싸늘했다. 무지개 조형물이 달린 매표소 앞에 서서 요금표를 읽었다. 동물원으로 들어가는 요금과 테마공원으로 들어가는 요금이 구별되어 있었다. 파씨는 테마공원에도 들어가고 싶다고 말했다. 안내문에 당나귀를 타거나 만져볼 수 있다고 쓰여 있었다. 나는 도시락을 기린에게 맡기고 지갑을 꺼냈다. 어깨가 좁은 매표원이 매표구를 통해 지폐를 건네받으며 몇사람이냐고 물었다. 나는 성인 세 사람이라고 대답한 다음, 테마공원 입장권도 달라고 말했다. 매표원은 죄송하다고 말했다. 지금 시간에는 한 곳만 입장하실 수 있습니다. 관람시간이 부족해서 충분히 둘러보지 못할 거예요. 동물원과 테마공원 중 한 곳을 선택해주세요.

아직 네시밖에 안 되었는데요.

폐장시간이 일곱시입니다.

나를 머리를 긁었다. 동물원과 테마공원 중 어느 쪽이 더 넓습니까. 나는 물었다. 매표원이 이상하다는 듯이 나를 보았다.

동물원이 훨씬 넓습니다.

나는 더 넓은 쪽을 택했다. 성인 세 사람 몫의 입장권과 잔돈을 건네받으며 나는 리프트를 가리켰다. 안으로 들어가려면 저걸 반드시 타야 하나요? 그렇지 않다고 매표원은 대답했다. 걸어서 들어가는 방법도 있고, 코끼리열차를 타는 방법도 있는데, 걸어 들어가면 오래 걸리고, 코끼리열차를 타려면 탑승권을 구입해야 한다고 말했다. 코끼리열차 쪽이 좋았다. 나는 성인 세 사람 몫의 탑승권을 구입했다. 입구로 나오는 마지막 코끼리열차는 일곱시 이십분에 있습니다. 매표원이 탑승권을 건네주며 말했다.

*

아, 좋다.
파씨가 말했다.
정말.
내가 말했다.
시원해.
기린이 말했다.
우리는 코끼리열차를 타고 동물원으로 들어가는 길이었다. 좌석이 마주 보는 형태로 되어 있었다. 파씨와 내가 나란히 앉고 기린이 맞은편에 앉았다. 사람이 많아서, 포장용기에 든 찰떡처럼 모두 엉덩이를 붙이고 앉아 있었다. 기린의 짧은 머리카락이 팔랑팔랑 날려서 이마를 덮었다. 코끼리열차의 질주는 유쾌했다. 빠르게 달려서 풍경들이 휙휙 지나갔다. 뺨이 차갑게 식었지만 나는 기분이 좋았다. 파씨가 웃었고 기린도 우리를 보면서 웃었다. 모두의 몸이 덜컹덜컹 흔들렸다. 모두 얼굴에 잔뜩 주름을 만들면서 웃었다. 통제가 되지 않는 웃음이었다. 목구멍 깊숙한 곳에 추가 달려서 열차가 덜컹거릴 때마다 그게 덜컹거리며 흔들리고 여기저기에 부딪혀 웃음이 터지는 것 같았다. 나는 도시락이 바깥으로 튕겨나가지 않도록 꽉 붙들었다. 동물원에 도착했다는 안내방송이 흘러나왔다. 우리는 내렸다. 큼직한 배낭을 멘 외국인이 내렸고 어린아이 세 명과 누가 어느 쪽의 일행인지 알 수 없는 사람들이 대여섯 명 내렸다. 머리를 대강 올려 묶어 정수리가 울퉁불퉁해 보이는 십대 여자아이가 껌을 씹으며 우리를 보았다. 재미없다는 듯한 눈빛이었다. 동물원을 막 관람하고 나온 사람들이 우리가 내린 코끼리열차에 올라탔다.

거북등 모양으로 갈라진 포석을 밟고 서서 열차가 떠나는 것을 바라보았다. 웃느라 생겼던 야트막한 주름들이 사라지고 얼굴이 수축되었다.

모두 어디로 가는 거지?

멀어지는 코끼리열차를 바라보며 기린이 물었다.

놀이공원이야. 근처에 있어. 내가 말했다.

거기 가면 즐거울까? 파씨가 물었다. 파씨는 외국인을 멍하니 바라보고 있었다. 외국인 남자는 손마디를 딱딱 꺾으며 동물원 입구 쪽을 바라보았다. 무료해 보이는 얼굴이었다.

파씨는 홍학을 보고 싶다고 말했다. 홍학사에는 홍학이 없었다. 오목한 접시처럼 생긴 하늘색 물웅덩이가 비현실적인 색감으로 반짝거렸다. 선명한 주홍색 깃털이 지저분한 수면에 떠 있었다. 우리는 두서없이 방향을 틀어가며 동물들을 둘러보았다. 가슴 부근의 털이 녹색으로 물든 백곰을 보았다. 타조는 깃털이 빠져 볼품없는 모습을 하고 있었다. 나뭇가지를 든 사육사가 하마의 입 안에서 납작해진 페트병을 빼냈다. 페트병을 하나씩 빼낼 때마다 관람객들이 박수를 쳤고, 사육사는 증오심 어린 시선으로 관람객들을 노려보았다. 호로새라는 이름이 적힌 안내판을 보고 파씨와 기린이 한참 웃었다. 코끼리는 간신히 엉덩이만을 볼 수 있었다. 기린아, 기린이다. 파씨가 손가락을 흔들며 말했다. 기린은 나무에 달린 플라스틱 통 속으로 자주색 혀를 들이밀어 건초를 먹고 있었다. 혀가 저렇게 긴 줄은 몰랐는데. 기린이 하품을 하고 난 뒤 헐거운 발음으로 말했다. 나는 사진을 좀 찍고 싶었다. 사진을 찍고 난 다음엔 우리 속으로 들어가 기린의 머리를 만지고 싶었다. 기린의 머리엔 뭉툭한 뿔처럼 보이는 돌기가 두 개 있는데 그게 정말 뿔인지, 얼마나 단단할지도 알아보고 싶었다. 누구도 사진기를 가져오지 않았다. 나는 단념하고 우리 속의 기린을 바라보았다.

텅 빈 물범 우리 속에서 모자를 쓴 남자가 바위에 앉아 무언가를 씹고 있었다. 물이 든 양동이와 나뭇잎이 엉긴 빗자루가 바닥에 놓여 있었다. 우리는 한동안 그를 구경하다가 다시 걷기 시작했다.

다리를 쉬려고 들른 카페테리아에서 기린은 잠이 들었다.

우리는 오래된 영화에 대해 몇 마디를 나누고 있었다. 기린은 비디오방에서 아르바이트를 할 때 그 영화를 보았는데, 여배우의 얼굴이 설득력 있게 생겨서 영화를 보는 내내 기분이 좋았던 기억이 난다고, 웃으면서 말했다. 배 부분에 집중적으로 살이 찐 남자가 카페테리아로 걸어들어왔다. 그가 큰 목소리로 커피를 주문했다. 그를 잠시 돌아보고 다시 고개를 돌렸더니, 기린은 이미 손등을 베고 잠들어 있었다. 동물원 카페테리아에서 낮잠을 자지 말라는 법은 없었다. 반복해서 우리 안쪽을 들여다보는 일에도 좀 지쳤으므로 나는 그대로 두자고 생각했다. 파씨는 가방을 열고 손톱깎이를 꺼내 손톱을 깎기 시작했다. 카페테리아의 점원이 굳은 얼굴로 우리를 보았다. 기린이 일어나면 도시락을 먹자고 내가 말했다. 파씨는 응, 하고 고개를 끄덕였다. 햇빛이 오렌지색으로 조금씩 탁해지고 있었다. 곧 날이 저물 것 같았다. 한산한 카페테리아에 손톱을 깎는 소리가 딱, 딱, 하고 울렸다. 나는 손을 내리고 무릎 위에서 손가락을 펼쳤다. 헐겁게 감은 실타래 속에 두 손을 넣고 있는 것 같은 기분이 들었다. 손가락 사이로 빈 공간이 느껴져 실을 당기면 다른 곳이 비었다. 따뜻하지만 가볍고, 곳곳이 비어서 불안했다. 불안해서 손가락을 자꾸 움직이다보면 손마디에 팽팽하게 실이 감겼다. 나는 탁자 가장자리로 튄 손톱을 쓸어냈다. 기린이 빨리 잠에서 깨서, 셋이서

도시락을 배부르게 먹고 싶었다. 물소 울음소리가 근처에서 들려왔다.

왜 동물원에 오자고 했어. 나는 물었다.

평범하니까. 인간답고.

무슨 말인지 모르겠어.

동물원은 가장 인간적인 영역이잖아.

그런가.

우리를 만들어서 동물들을 넣어두고 관람료를 받는 일 같은 것을 인간 외에 어떤 동물이 생각해내겠어. 동물을 관리하는 인간이 있고 동물을 관람하는 인간이 있고 동물을 관람하는 인간들을 관리하는 인간이 있고 그런 인간들에게 통제되고 영향받는 소수의 동물들이 있는 곳. 압도적인 인간의 영역, 그게 동물원이야. 동물원의 동물들이 어딘지 사람의 얼굴을 하고 있는 것은 그 때문이야. 그런 걸 보고 싶었어. 사람들에게 통제되고 영향받는 동물들이 사람들이 붙인 이름이 적힌 우리 안에서 온순하게 살고 있는 것. 그런 걸 보고 싶었다고. 아니야. 보고 싶었다기보다는, 먹고 싶었어. 그런 경험을.

먹고 싶었다고?

응. 파씨는 새끼손톱을 잘라내며 몇 번이고 고개를 끄덕였다. 먹고 싶었어. 그런 경험을.

기린은 조금도 움직이지 않고 잠을 자고 있었다. 내버려두면 언제까지나 잘 것 같았으므로 내가 기린을 깨웠다. 이제 밥을 먹을 차례지. 도시락을 펼치고 나무젓가락을 쪼개며 파씨가 말했다.

우리는 김밥을 먹고 칵테일을 마셨다. 밥알이 좀 굳어 있었지만 김밥은 맛이 좋았다. 과일칵테일은 김이 빠져서 단맛만 남아 있었다. 나는 올리브 한 알을 입에 넣었다. 초반의 짠맛에 익숙해지면 올리브는 얼마든지 먹을 수 있었다. 정성껏 살을 발라먹고 씨를 뱉었다. 파씨가 젓가락으로 씨를 집어 멀리 던지며 기린에게 말했다.

잠을 좀 줄여봐.

기린이 부숭부숭하게 부은 눈을 깜박이며 파씨를 보았다. 파씨가 말했다.

여러 면에서 손해야. 네가 자는 동안에도 시간은 흐르고, 여러 가지 것들이 지나가잖아.

상관없어. 잠을 자는 게 가장 즐거워.

더 재미있는 것을 해. 내가 말했다.

재미있는 것?

그래, 재미있는 것.

재미있는 계획이라면 하나 가지고 있어. 기린이 김밥을 입에 넣고 말했다.

우는 레스토랑을 경영하고 싶어. 밥을 먹으면서 우는 레스토랑. 북미 쪽에는 그런 레스토랑이 벌써 생겼다고 하던데. 나도 그런 가게를 가지고 싶어. 손님들은 밥을 먹기 위해서가 아니라 마음놓고 울기 위해서 레스토랑을 찾아오는 거야. 밥을 먹으면서 울다니, 어색해, 라고 생각할 수도 있지만, 그게 상당히 서럽고 간단해. 밥을 먹으려면 입을 벌리잖아. 입을 벌리면 울 수 있어. 실은, 입을 벌리니까 울 수 있는 거야. 거기다 음식물 때문에 목이 꽉 막혀서 통곡할 수 있는 조건을 모두 갖춘 상태가 되는 거야. 손님은 먹으면서 울고, 더러운 것을 모두 테이블에 쏟아버린 뒤에, 깨끗해진 상태로 그곳을 떠나 집으로 돌아가는 거야. 집으로 돌아가 열쇠구멍에 열쇠를 밀어넣으면서, 생각하는 거야. 괜찮아. 그것들은 모두 거기 테이블에 버리고 왔으니까. 나는 지금 한결 나아졌으니까, 라고.

근사하다. 파씨가 말했다. 내가 첫번째 손님이 될래.

뭐라고 했어? 기린이 이마를 찌푸렸다. 입에 든 걸 삼키고 말해.

나는 말했다. 파씨가 가고 싶대. 파씨가 그 레스토랑의 첫번째 손님이 될 거래.

파씨라고?

파씨.

파씨가 누구야.

파씨가 누구냐니.

나는 내 오른쪽 자리를 돌아보았다. 거기에 파씨는 없었다. 방금 누군가 박차고 일어난 듯 빈 의자가 비틀린 채 놓여 있었다. 나는 카페테리아 계산대 쪽을 돌아보았다. 거기에도 파씨가 없

었다. 기린이 물끄러미 나를 보다가 김밥 한 조각을 집었다. 기
린은 김밥을 우물우물 씹었다. 칵테일을 마시고, 바닥에 달라붙
은 파인애플 조각을 손가락으로 집어서 곰곰 따져보듯 씹었다.
몸집이 큰 초식동물의 배설물 냄새가 바람을 타고 날아왔다. 나
는 쿠킹포일을 구겨 휴지통을 향해 던졌다. 포일뭉치는 휴지통
가장자리에 맞아 바닥으로 떨어졌다.

어째서 자기를 파씨라고 불러.

휴지통을 응시하며 기린이 말했다. 기린은 파인애플 조각을
아직도 씹고 있었다. 나는 고개를 돌려 기린의 옆얼굴을 바라보
았다. 기린이 주먹으로 턱을 받치며 뚱하게 말했다.

파씨는 어렸을 때 우리가 기른 토끼의 이름이잖아. 왜 자기를
그런 것으로 불러.

터지겠구나, 하고 나는 생각했다. 목덜미에서 단단하고 차가
운 것이 부풀고 있었다. 손가락으로 더듬자 차갑고, 축축하고,
딱딱했다. 자꾸자꾸자꾸자꾸 부풀어서 팡, 터지는 소리가 났다.

*

다트 말인데. 파씨가 이마의 땀을 닦으며 말했다. 내 얼굴 앞
으로 얼굴을 바짝 들이대고 있어 땀이 샘처럼 고인 모공이 자
세히 들여다보였다. 파씨의 입김 때문에 내 속눈썹이 하늘거렸
다. 나는 간지러워서 눈을 깜박였다. 그 다트 말이야. 파씨가

말했다.

고등학교를 졸업한 해였을 거야. 나는 벽에 등을 대고 앉아 있었는데, 해가 진 뒤였고, 오렌지를 손에 쥐고 있었어. 먹겠다는 생각도 없이 나는 껍질을 벗기기 시작했어. 껍질이 두꺼운 오렌지라서 굉장히 손톱이 아팠지만, 끝까지 칼을 사용하지 않고 손톱으로 찢었어. 껍질을 벗기는 동안 엄청나게 땀이 났어. 그렇게 땀을 흘려본 적은 없었어. 오렌지를 쪼개면서 나는 생각했어. 외삼촌과 같은 인간이 되어서 어두운 얼굴로 어두운 짓을 되풀이하고 싶지는 않다, 그건 정말 끔찍하게 싫다, 라고. 이모는 완전히 외삼촌의 탓만은 아니라고 말했지만, 그건 사실과 다르다고, 오렌지를 씹으면서 나는 생각했어. 외삼촌은, 자기를 괴롭힌 사람의 다트를 응시하느라 자기 속의 다트를 보지 않은 거야. 그러니까 외삼촌이 우리에게 한 일에 대한 몫은 완전히 외삼촌 한 사람만의, 자발적인 몫인 거야. 그러니까 내가 가지고 있는 다트를 계속 지켜보자, 나는 생각했어. 내가 뭘 하려고 했는지, 내가 하려고만 하면 뭘 할 수 있었는지를 정확하게 아는 것이 중요하다고 나는 생각했어. 다트가 있고, 그걸 지켜보는 내가 있어. 잔혹한 방법으로 어딘가에 보복하고 싶어하는 내가 있고, 그것을 하지 않는 내가 있어. 외삼촌과 나는 바로 여기서 구별되는 거야. 나는 다트가 거기에 있다는 걸 알고 있고 그게 바로 그것이란 걸 알고 있으니까. 이것은 상당히 안전하고 유리한 일이야. 있잖아. 자기 속에 그런 게 어디 있는지 모르거나 그런 걸 충분히 보려고 하지 않는 인간들은, 자기가 받은 고통스러운 경험을 남에게 되풀이하는 거야. 할아버지가 아버지를 괴롭혔고 아버지가 자기를 괴롭혔고 이제 자기가 누군가를 괴롭힌다는 식의, 어쩔 수가 없다는 식의 지저분한 연쇄를 되풀이하는 거야. 오렌지 한 알을 먹으면서 나는 그걸 생각했어. 덕분에 다트는 별탈 없이 여기 있어. 내가 다트를 보고 있으니까. 다트의 에너지는 전혀 사라지지 않아. 다트는 굉장해. 그것을 계속 들여다보는 나도 굉장해. 그런데 이것은 좀 쓸쓸한 일이야.

파씨는 말을 점점 빠르게 해서 나중엔 거의 숨을 쉬지 않고 말했다. 쓸쓸한 일이라고. 파씨의 말을 받아 내가 말했다. 기린이 천천히 하품을 한 뒤 나를 바라보았다. 해가 졌어.

응.

폐장이 몇시야?

일곱시.

그럼, 가자.

우리는 어둑한 비탈길을 내려갔다. 가방 속에서 빈 도시락이 달각거렸다. 샛길과 나무 뒤에서 사람들이 하나둘씩 나타나 비탈길에 합류했다. 나무와 캄캄한 철창들과 앞서 내려가는 사람들의 등이 부옇게 흐려졌다. 나는 메마른 눈을 문질렀다. 음료를 판매하는 가판대에서 얼음을 채운 콜라를 샀다. 빨대에 입을 대고 단숨에 반을 마신 뒤 기린에게 건네자, 기린이 나머지 반을 마셨다. 차가운 날씨에 차가운 음료를 마셔 안팎으로 배가 싸늘하게 식었다고 기린이 투덜거렸다. 늑대들이 울부짖기 시작했다. 비탈길을 내려가던 사람들이 울부짖는 늑대를 보러 달려올라갔다. 회중전등을 든 남자가 스쿠터를 타고 비탈길을 내려왔다. 야. 야. 야. 그는 재규어 우리 앞에서 스쿠터를 앞뒤로 몰아가며 외쳤다. 회중전등 불빛이 재규어의 날렵한 점박무늬 등을 훑었다. 약이 오른 재규어가 우리 속을 빠르게 왕복하며 이를 드러냈다. 그는 그런 식으로 야행성동물들을 깨우고 다니는 모양이었다. 그는 다시 스쿠터를 몰아 아래쪽으로 내려갔다. 우리는 터벅터벅 비탈길을 내려갔다. 저것 봐. 기린이 말했다. 저 뿔 좀 봐. 소를 닮은 흰 동물들이 우리 속의 완만한 구릉지에 서 있었다. 목 부근의 뚜렷한 갈색을 제외하고는 몸의 대부분이 흰 빛깔이었다. 두 개의 긴 뿔이 등 쪽을 향해 활처럼 휘어 있었다. 흰오릭스래. 기린이 안내문에 눈을 바짝 대고 말했다. 점프를 잘하고, 잘 뛴대.

그런데 왜 뛰지 않아. 내가 중얼중얼 말했다.

야. 야아. 야. 오릭스야. 여기까지 와봐. 우리 가장자리를 탁, 탁, 두드리며 기린이 말했다.

야아. 야. 야. 오릭스야. 이걸 넘어봐. 우리 가장자리를 텅, 텅, 두드리며 내가 말했다.

야. 야. 야. 오릭스 무리가 머리를 돌려 이쪽을 바라보았다. 우리는 입을 다물었다. 침묵이 갑작스럽게 머리 위로 내려왔다. 잠기가 완전히 가신 목소리로 기린이 말했다.

일곱시야.

이제 완전히 어두웠다. 기린의 얼굴이 제대로 보이지 않았다. 곁에서 목소리가 들려왔다.

십칠분이야.

응.

그렇게 대답하고 나는 계속 우리 안을 바라보았다. 기린이 아프다고 투덜대며 발을 번갈아 들었다가 내려놓았다. 그런 뒤엔 모두 입을 다물었다. 밤의 짐승들이 깨어나 수런거리는 소리가 곳곳에서 들려왔다. 오릭스들의 눈이 편광유리처럼 복잡한 빛깔로 반짝였다. 우리는 언제까지나 그것을 바라보고 있었다.

무지개풀

얼마 전에 책을 한 권 읽었는데, 둘이 뭔가를 기다려.
그런데? 사람들이 등장했다 사라지고 둘은 다시 기다려.
뭘. 나도 몰라. 실은 그 두 사람도 모르는 것 같아. 쓸쓸한데.

풀을 하나 가지고 싶다고 P는 생각했다. P는 아침을 먹으면서
그렇게 말했다. 휴일이었다. 공영방송에서 코미디 프로그램이 재
방영되고 있었다. 텔레비전에서 눈을 떼지 않으며 K는 말했다.

뭐에 쓰려고.

뭐에 쓰냐고? 글쎄. 풀을 뭐에 쓰냐니. 풀은 풀로 쓰는 거지.

나, 거기서 수영할 거야.

좁을걸.

그럼 몸만 담그고 있지 뭐.

아니, 욕실이 말이야.

거실에 두면 되지.

K가 P를 돌아보았다.

진심이야?

진심이야.

그들은 점심때쯤 차를 몰고 마트로 갔다. 여름샌들과 밀짚모자가 할인판매되고 있었다. P는 밀짚모자 하나를 집어 머리에 눌러썼다. K는 벽시계가 있는 쪽을 두리번거리고 있다가 P를 보았다. 뭐 하러 그래. K는 말했다. 그거, 살 거면 카트에 넣어.

이마가 따끔따끔해. P는 말했다. 그래도 P는 모자를 벗지 않았다. P는 양파를 쥐어보고 무의 생채기를 유심히 들여다본 뒤, 그중 가장 싱싱해 보이는 것을 카트 속에 옮겨담았다. K는 P의 곁에서 카트를 밀었다. 해산물을 삼십 퍼센트 할인판매한다는 외침이 들려왔다. 탁탁탁탁. 사람들이 뛰기 시작했다. P도 달렸다. K는 야채 판매대에 카트를 바짝 붙이고 섰다. P의 머리에서 모자가 벗겨졌다. 파란 줄무늬셔츠를 입은 여자가 맹렬하게 카트를 밀며 해산물 판매대를 향해 돌진하고 있었다. K는 카트 손잡이에 팔꿈치를 얹고 서서, 그 여자의 카트와 P가 충돌하는 것을 바라보았다. P는 기죽지 않고 맨 위에 얹힌 스티로폼팩을 꽉 잡아챘다. 운이 좋았어. K가 있는 곳으로 돌아오며 P는 상기된 얼굴을 찡그렸다. 팩에 든 것은 오징어였다.

이런 거 낮에는 할인판매 잘 안 하잖아. 이상한데. K가 카트 속 오징어를 미심쩍게 내려다보며 말했다. P는 카트 가장자리에 한쪽 손을 얹고 무릎을 만졌다. 나쁜 년. 미안하다는 말도 안 하는 거 있지.

그들은 한동안 카트를 끌고 다니며 일층에 머물렀다. P는 냉동만두와 콜라를 카트에 넣었고 K는 포장용기에 담긴 순대를 넣었다. 저게 더 싸지 않아? 다른 포장용기를 손가락으로 가리키며 P가 말했다. K는 카트에서 순대를 꺼내들고 가격을 살폈다.

저게 더 비싼데.

잘 봐. 이건 삼백십 그램에 삼천오백원이고 저건 삼백오십이 그램에 삼천팔백원이잖아.

과연. K는 고개를 끄덕였다. 그들은 삼백십 그램짜리 순대를 반납하고 삼백오십이 그램짜리 순대를 카트에 담았다. 이제 풀을 보러 갈 차례였다. 유제품 판매대를 지날 때 P가 문득 머리에 손을 올리고 외쳤다. 내 모자.

저게 내가 봐둔 거야. K는 P가 가리키는 풀을 바라보았다. 옆구리가 잘록하게 들어가 땅콩 껍질처럼 생긴 풀이었다. 옆에 놓인 보트형이나 원형 풀보다 크기는 작았지만 파란색이 짙어 질겨 보였다. K는 풀을 끌어내렸다. 가장자리에 배를 걸치고 바닥을 손바닥으로 짚어보았다. 틀렸어, 이건.

너무 얇아?

얇고, 바닥이 너무 얇아. 이런 걸 깔고 앉으면 엉덩이가 배길 것 같은데.

저건 더 깊어.

P는 별 모양의 풀을 손가락으로 가리켰다. 전시된 풀 중 가장 큰 것이었다. 깊이가 오십삼 센티미터래. 땅콩 풀보다 육 센티미터나 더 깊어. 음. 바닥에도 공기를 넣게 되어 있고.

저걸로 하자.

얼마나 하지?

가격표가 없어.

너무 비싸면 어떡해.

일단 가지고 가. 계산대까지 가져가서 오만원 이상이면 안 산다고 하지 뭐.

별 모양의 풀이 담긴 종이박스를 빼내 카트에 실으며 K는 고개를 끄덕였다. 한 개만 남아 있다는 게 마음에 드는데.

무슨 소리야?

인기품목이란 말 아니겠어. 다른 건 몇 개나 남아 있잖아.

음. 그런가? 그런데 너무 크지 않을까. 길이가 백팔십오 센티미터나 되는데. 거실에 충분히 들어가겠어?

충분해, 충분해.

별 모양의 비닐 풀은 사만오천원이었다. 생각보다 싸네. 계산대 직원에게 신용카드를 내밀며 P는 눈을 동그랗게 떴다. 짐을 트렁크에 실은 뒤 그들은 차 안에서 순대를 먹었다. 순대는 벌써 식어 있었다. 풀을 고르느라 시간을 보낸 탓이었다. 집에 전자레인지가 없었으므로 둘은 기분 나쁜 냄새를 견디며 순대를 먹었다. 주차할 자리를 찾지 못한 차들이 바닥에 그려진 화살표를 따라 어슬렁거리고 있었다. 뒷좌석에 아이를 셋이나 태운 아반테가 그들의 차 앞을 머뭇거리며 지나갔다. K는 마지막 두 조각을 한꺼번에 집어 입에 넣은 뒤 사이드브레이크를 내렸다.

일회용 넥타이가 필요해.

가스불에 모기향 끝을 갖다대며 P는 말했다. 지금 내가 넥타이라고 했나? P는 생각했다. 라이터라고 할 셈이었는데. 이번에야말로 K가 웃겠군. P는 웃음을 참으며 모기향 끝을 바라보았다.

전혀 상황에 맞지 않는 말이 튀어나올 때가 많았다. 리퍼블릭 오브 코리아를 리버플릭 오브 코리아라고 하는 정도는 애교이고, 마른오징어를 젓가락이라고 한다거나 가위를 보자기라고 한다거나. 젓가락 좀 구워와. 보자기로 좀 잘라봐.

P는 시침을 뗀 얼굴로 자신의 오류를 지적당해 둘이 함께 웃게 될 순간을 기다렸다. K가 땀에 젖은 셔츠를 벗으며 욕실에서 나왔다.

싱크대 서랍 속에 많잖아.

아, 그래. 대답하며 P는 어쩐지 K와의 관계가 재미없어졌다고 생각했다. 잘못 나온 말을 바로 교정해서 알아듣는다. 예전엔 뭐라고? 뭐라고? 뭐라고? 몇 번이고 묻다가 둘이서 배를 잡으며 웃곤 했는데.

모기향엔 불이 잘 붙지 않았다. 불꽃에 닿아 검게 그을린 부분이 휘어졌다. P는 손가락에 모기향 가루가 달라붙는 게 싫었다. 전용집게를 준비해야겠다고 생각할 즈음 주홍색 불꽃이 옮겨붙었다. P는 이 빠진 사기접시에 모기향을 세워서 창턱에 얹으며 말했다. 이 동네는 모기가 너무 많아.

뒤쪽에 논이 있어서 그래.

모기장도 뚫고 들어오잖아.

향을 두 개 피워.

모기들이 잘 죽지도 않아. 이전에 이 집에서 살던 사람들은 어떻게 견뎠지.

모르지.

K는 찬장을 뒤져 볶은 콩이 담긴 봉투를 꺼냈다. P가 식기건조대에서 마른 그릇을 골라 K에게 건네주었다. K는 만성적인 변비를 앓고 있었다. 매 끼니 사이에 콩을 한 사발씩 먹고 K는 콩냄새가 나는 변을 누었다. K가 싱크대에 기대서서 그릇에 담긴 콩을 오독오독 씹는 동안 P는 별 모양의 풀이 담긴 상자를 무릎 위에 올리고 들여다보았다. 꽤 묵직해서 무릎이 저렸다. 상자를 봉한 테이프를 떼어내고 입구를 열었다. 두꺼운 비닐 냄새가 났다. 물놀이 냄새다. 박스를 양손으로 꽉 붙들고 P는 외쳤다. 박스 속에 팔을 넣고 내용물을 끄집어냈다. 별 모양이라는 것이 믿기지 않을 만큼 꼬깃꼬깃하게 구겨져 있었다. 간신히 공기주입구를 찾아냈다. 측면에 세 개, 바닥에 세 개 있었다. P는 공기주입구를 손가락으로 눌러 톡 튀어나오도록 만든 뒤 핸드타입 에어펌프를 찔러넣었다. 기다려. K가 말했다.

K가 작은방으로 들어갔다. P는 에어펌프로 어깨를 툭툭 두드리며 기다렸다. K가 줄자를 가지고 나왔다. 싱크대 앞 바닥에 줄자 끝을 눌러놓으며 K는 말했다. 잡아봐.

벽까지 백구십이 센티미터였다. 충분해. K가 줄자를 손가락에
감으며 말했다. 세로는 따로 재지 않았다. 그들의 거실 겸 부엌
은 눈으로 얼른 보기에도 세로가 훨씬 길었다. 시작해볼까. 가장
편한 자세로 앉을 수 있도록 엉덩이를 움직이며 P는 말했다.

폽폽폽폽폽폽폽폽폽폽폽폽폽폽폽폽 폽폽폽폽 폽폽폽폽폽폽
폽폽 폽폽폽폽 폽폽폽폽폽폽폽 폽폽폽폽폽폽폽폽폽폽폽폽폽 잘
못 생각했어 폽폽폽폽 뭘 폽폽폽 펌프 말야 폽폽폽폽 폽, 폽, 폽
팔이 폽폽폽 폽, 폽 떨어질 것 같아 폽폽폽폽 벌써 폽폽폽 조금
만 더 기운내봐 폽, 폽, 폽폽 폽폽폽 폽폽폽폽폽폽 폽폽폽 자동
차 엔진에 연결해서 쓰는 거 폽폽폽폽폽폽 그런 거 폽폽 살걸
폽폽폽폽 폽폽폽폽 바람 다 넣은 풀을 삼층까지 어떻게 옮기려고
폽폽폽폽 폽폽폽 폽폽폽폽폽폽 폽폽 그런가 폽폽폽폽 당연하
지 폽폽폽폽폽 폽폽폽 폽폽폽폽 폽폽폽폽폽폽폽 폽폽, 폽, 폽,
폽, 폽, 폽폽폽폽 폽폽폽폽 폽폽폽폽폽폽폽 폽폽폽폽 하하
폽폽폽폽폽 왜 웃어 폽폽폽폽, 폽, 폽 힘없어서 폽폽폽폽 폽폽
교대할까? 폽폽폽폽폽폽폽 아직 괜찮아 폽폽폽폽폽폽폽폽 폽폽
폽폽폽 폽폽폽 폽폽폽 폽폽폽폽폽폽폽 근데 이것은 뭐랄까
폽폽 폽폽 단순한 에어펌핑이 아니라 폽폽 폽폽 폽, 폽, 폽폽폽
폽폽폽폽폽폽폽폽 우리들한테 무언가 중요한 폽폽폽폽 에너지
를 넣고 있다는 느낌이 들지 않아? 폽폽폽폽 폽폽폽 배터리 충
전 같은? 폽폽폽 폽, 폽, 폽폽폽폽폽폽폽폽 음 딱 맞는다고 할

순 없지만 풉풉풉 풉풉 풉풉풉풉 풉풉풉풉 그런 느낌 풉풉풉풉
풉풉풉풉 풉풉풉풉풉풉풉풉 근데 이 소리 풉풉풉풉풉풉풉풉풉
풉 옆집에 들리지 않을까 풉풉풉 풉풉풉 풉풉풉풉 풉풉풉풉 들
키면 곤란한데 풉풉풉풉 풉풉 뭐 풉풉 곤란하기까지 하냐 소심
하기는 풉풉풉 풉풉 풉풉풉풉 이제 풉풉풉 기운이 풉풉 없어 풉
풉 니가 좀 풉풉 해봐 풉풉 음 풉, 풉, 풉, 풉, 풉풉풉 풉풉풉풉
풉풉풉풉 풉풉풉풉풉풉풉풉풉풉풉풉풉풉풉풉풉풉풉풉풉풉
풉 풉풉풉풉풉풉풉풉풉풉풉풉풉풉풉풉 풉풉풉풉풉풉풉
틀렸어 풉풉풉풉 뭐가 풉풉풉풉 이렇게 소리를 내다간 옆집에서
알아챌걸 풉풉풉풉 괜찮아 풉풉풉 틀림없이 풉풉풉 누가 들어도
비닐풀에 바람 넣는 소리잖아 풉풉풉풉풉 그런가 풉풉풉풉 경
악할 거야 풉풉풉 그럴까 풉풉풉풉 자기들은 다음달에 수도요금
을 분담하지 않겠다고 할지도 몰라 풉풉풉풉풉풉 으음 풉풉풉풉
상상도 풉풉 못 할걸 풉풉풉풉풉풉풉풉 계속 의심할지도 몰라
풉풉 풉풉 풉풉풉풉풉풉풉풉 저 집 거실엔 오늘 뭐가 있지 풉풉
풉 하면서 풉풉 그럴까 풉풉풉풉 틀림없이 풉풉 풉풉 기다려 풉
풉풉 거의 다 풉풉 됐어 풉풉, 풉, 풉, 풉, 풉, 풉.

   별 모양의 풀이 완성되었다. 바닥부터 파란색, 연두색, 노란
색, 분홍색으로 올라온 테두리 덕분에 그들의 풀은 아주 화려하
고 발랄해 보였다. 바닥에도 충분히 공기를 넣어 두 겹의 꽃을
품은 노란색 별이 터질 듯 팽팽하게 부풀어 있었다. 별 모양의

무지개 같아. 공기를 주입하느라 시뻘겋게 달아오른 얼굴을 문지르며 P는 말했다. 이제 자리를 잡을 차례였다.

그런데 문제가 생겼다. 사이즈가 맞지 않았다. 어떻게 놓아도 한쪽 귀퉁이가 들렸다. K는 한쪽 모서리 끝을 싱크대에 바짝 밀어놓고 반대쪽으로 걸어갔다. 벽에 걸린 채 더이상 바닥으로 내려가지 않는 모서리를 양팔로 힘껏 눌렀다. 뿌드드득 소리가 나고 싱크대가 흔들렸다. 좀 잘 해봐. P가 초조한 목소리로 말했다. 이상한데. K가 공기를 주입하느라 빨갛게 달아오른 뺨을 긁으며 말했다. 그쪽 좀 잡아봐. 그들은 각각 반대편에서 모서리를 잡고 시계방향으로 세 발짝씩 걸었다. 빙글 별이 돌았다. 그래도 자리에 맞지 않았다. 다시 한번 별을 돌렸다. 그래도 맞지 않았다. 돌출된 다섯 개의 모서리를 이리저리 돌려가며 놓아봤지만 아무래도 풀 바닥이 거실 바닥에 완전히 닿지 않았다.

오 분이 흐르고 다시 오 분이 흘렀다. 그들은 땀을 흘리며 풀에서 손을 떼고 물러섰다. K는 양손으로 허리를 짚었다. 날이 많이 어두워졌으므로 P는 거실의 불을 켰다. 그들의 그림자가 풀 위로 길게 내려왔다. P는 침울한 얼굴로 풀을 내려다보았다. 천장까지 올라간 모기향 연기 때문에 형광등 불빛이 탁했다. K는 구석에 놓인 박스를 집어들었다. 백팔십오 센티미터. 거실의 가로 길이는 백구십이 센티미터. 칠 센티미터나 남잖아. K는 외쳤다. 오차가 어디서, 어떤 방식으로 발생한 건지 알 수 없었다. K는 다시 한번 별 모양의 풀을 바라보았다. 어떡하지. P가 말했다.

　가만있어봐.

　K는 무릎을 꿇고 측면에 달린 공기주입구를 더듬었다. 오목하게 눌러놓은 그것을 돌출시키고 마개를 뽑아 공기를 뺐다. 피이이. 바람이 새어나왔다. 뭐 하는 거야. P가 말했다. 맨 아랫단에 주름이 생길 때까지 기다렸다가 K는 마개를 막았다. 그런 식으로 측면 세 개의 공기주입구에서 얼마간 바람을 빼냈다. 쪼글쪼글해졌잖아. P가 말했다. K는 한쪽 모서리를 싱크대에 바짝 붙인 뒤 다시 반대편으로 걸어갔다. 벽에 걸린 모서리에 손바닥을 얹고 누르자 풀은 수월하게 바닥을 향해 내려갔다. 풀 바닥이 거실 바닥에 닿았다. 주름졌던 부분이 다시 팽팽해졌다. 와아. 감탄한 뒤 P는 바로 이마를 찡그렸다. 한쪽이 찌그러졌잖아.

　추락한 거야, 별이. 이쪽 모서리가 맨 먼저 바닥에 닿아서, 찌그러진 거야.

　유치해. P는 외치고 활짝 웃었다. K도 씨익 웃었다. 이제 풀에 물을 채울 차례였다.

　K는 샤워기 헤드를 돌려서 떼어내고 고무호스를 연결했다. 끝부분을 풀 속에 넣은 뒤 수도꼭지에 손을 올렸다. P가 고개를 끄덕였다. K는 수도꼭지를 지그시 올렸다. 새애애. 칠 미터짜리 고무호스 속으로 물이 뻗어들어갔다. 동그랗게 호스가 말린 부분에서 물은 몇 번이고 맴을 돌았다. P는 풀 가장자리에 손바닥

을 올리고 고무호스 끝부분을 바라보았다. 꼬르륵 소리와 함께 풀 속으로 물이 풀려나왔다. 불룩불룩 튀어나온 별 모양의 바닥에 부딪혀 물은 맑은 거품을 일으키며 소용돌이쳤다. 그들의 거실 겸 부엌의 온도가 일순 몇 도 내려갔다고 P는 생각했다.

P는 풀 바닥의 누수구 위로 물이 고이는 것을 바라보았다. 공기주입구와 구별되도록 하얀색 마개가 달려 있었다. 크기도 다섯 배 정도는 컸다. 나중에 물을 어떻게 빼내지, 잠깐 생각했으나 풀에 공기를 넣고 거실 바닥에 온전히 놓기까지 너무나 힘이 들었던데다 이미 풀 속에 물이 차오르고 있었으므로 그것은 나중에 생각할 문제라고 P는 생각했다.

물이 차는 동안 그들이 할 일은 없었으므로 K는 방에 들어가 만화책을 펼쳐들었다. P는 최근에 도서관에서 빌려온 소설책을 들고 풀 곁에 앉았다. 조르르 조르르. 물은 일정한 압력으로 쏟아지고 있었다. P는 조금씩 고이기 시작한 물 위로 다시 물이 떨어져내리는 소리를 들었다. 옆집이 왜 이렇게 조용하지. 생각했다. 방 안에서 K가 콩을 씹는 소리가 이따금씩 들려왔다. 왜 이렇게 조용하지. P는 말했다. K는 대답하지 않았다.

P는 펼쳐진 책을 향해 고개를 숙이고 있다가 풀을 바라보았다. 책으로 눈길을 돌렸다가 다시 풀을 보았다. 꽤 오랜 시간이 흐른 것 같은데 물은 좀처럼 차오르지 않고 있었다. P는 물속에 팔을 집어넣고 풀 바닥을 짚어보았다. 팔꿈치에도 닿지 않았다. 손가락 사이로 흐르는 물의 움직임이 기분좋았다. P는 팔을 그대

로 두고 책을 들여다보았다. 달려라 토끼야. 왜 이 책의 제목은 그것일까. P는 생각했다. 첫번째 장면을 읽고 페이지를 넘겼다. 토끼라는 별명을 가진 남자가 아이들과 농구시합을 벌이고 있었다. 토끼는 골대를 향해 농구공을 던졌고 그것은 골대 가장자리를 건드리지도 않고 네트를 쑥 통과했다. 토끼는 어렸을 때 촉망받는 농구선수였지만 이제는 아니었다. 조르르르 조르르. P는 천천히 다음 문장으로 눈을 옮겼다. 슈우우슈. 벽 속에 파묻힌 수도관을 타고 물이 올라오는 소리가 끊임없이 들려오고 있었다.

P는 책을 덮었다. 풀 가장자리와 수면을 유심히 살펴보았다. 흔들리는 수면에 부딪혀 천장으로 튕겨올라간 형광등 불빛이 성긴 그물 모양으로 너울거리고 있었다. P는 책을 바닥에 내려놓고 일어났다. 손끝에 달린 물방울이 책 위로 투둑 떨어졌다. P는 욕실 쪽을 바라보았다. 풀이 거실 바닥을 가득 차지하고 있었으므로 욕실로 가려면 물이 고인 풀을 가로질러야 했다. P는 물속에 발을 집어넣었다. 발톱과 종아리가 시렸다. 거실 복판에서 옷을 입은 채로 물속에 서 있는 것이 이상해 웃음이 났다. P는 발등으로 물을 가르며 욕실로 들어갔다. 수도꼭지를 눌러 물을 잠갔다. 다 찼어? K가 방 밖으로 머리를 내밀며 물었다.

아직. 하지만 충분해.

한참 남았잖아. 왜 물을 잠근 거지?

물을 너무 많이 쓰는 것 같아.

뭐라고?

물을 너무 많이 쓰는 것 같다고.

수도요금은 어차피 이 건물에 사는 여섯 가구가 나눠서 내는 거야.

그래도.

괜찮아, 괜찮아. 소심하긴.

K가 만화책을 들고 방에서 걸어나왔다. P처럼 K도 풀을 가로질러 욕실로 들어왔다. 괜찮다니까. 우린 둘뿐이고 물도 거의 쓰지 않는데 다달이 만팔천원씩 내왔으니까. K는 P가 눌러잠근 수도꼭지를 다시 올렸다. 조르르. 물이 흐르기 시작했다.

그들은 팬티는 벗지 않기로 했다.

K는 발가락의 피부가 물에 불어터지는 것은 딱 질색이라며 팬티 외에 양말을 신은 채 풀에 들어가겠다고 했다. 그건 정말 변태 같은 모습일 거라고 P가 말하자 곰곰 생각한 끝에 고개를 끄덕이며 K는 양말을 포기했다. 그들은 풀 옆에 나란히 서서 차근차근 옷을 벗었다. 풀에는 삼분의 이에서 조금 모자라는 정도로 물이 차 있었다. P가 먼저 물에 들어갔다. 좀 전과는 비교가 되지 않게 물이 찼다. 물속에 선뜻 엉덩이를 집어넣을 수가 없었다. 무릎을 구부린 채 엉거주춤한 자세로 서서 P는 K를 돌아보았다. K도 풀 속으로 한쪽 발을 들이밀었다. 어깨를 비죽 세우더니 나머지 발도 끌어들였다. 그들은 물속에 종아리만 담근 채 구부정한 자세로 서서 한동안 서로의 얼굴을 바라보았다. 뭐

하는 거지. 한참 만에 K가 말했다. 언제까지 이러고 있을 거야. 자신에겐지 P에겐지 말하고 K는 단번에 풀 바닥에 앉았다. 흐이. K가 숨을 들이마시며 신음했다. K의 부피만큼 수면이 상승했다. P의 무릎이 잠겼다. P도 눈을 질끈 감고 물속에 주저앉았다. P의 부피만큼 수면이 상승했다. 히이. P도 신음했다. 찬물 때문에 피부가 뻣뻣해지고 가슴이 조였다. P는 물속에서 등을 구부렸다. 그렇게 차지는 않은데. K가 가슴과 배를 다급히 문지르며 말했다.

  P는 풀 가장자리에 머리를 얹었다. 반대편으로 다리를 쭉 뻗었다. 몸이 둥실 떠올랐다 천천히 가라앉았다. 자연스럽게 고개가 젖혀지고 천장을 바라보게 되었다. 기름때로 더러워진 가스레인지 버튼이 바로 머리 위에 있었다. 저 불그스름하고 끈적끈적해 보이는 얼룩이 뭐지. P는 멍하니 생각했다. P가 머리를 기대고 있는 자리 반대편에서 K도 풀 가장자리에 머리를 얹고 누워 있었다. K가 다리를 움직일 때마다 차갑고 단단하게 굳은 종아리가 P의 무릎에 스쳤다. P는 팔꿈치로 바닥을 짚어 몸을 뒤집었다. 풀 가장자리에 턱을 얹고 벽을 바라보았다. 그 자세로 가만히 있자 엉덩이가 가라앉았다. K의 발뒤꿈치가 어깨에 닿았다. P는 다시 몸을 뒤집고 천장을 향해 얼굴을 젖혔다. 그렇게 서너 번 물속에서 몸을 뒤집다보니 머리가 멍해지고 졸음이 쏟아졌다. 이제 물은 처음처럼 차게 느껴지지 않았다. 재미가 있는 건지 그래서 기분이 좋은 건지 아무래도 알 수 없는 묘한 상태

로 손발을 흔들며 그들은 계속 물속에 잠겨 있었다. 다리를 포 갠 불편한 자세이긴 했지만 성인 두 사람이 들어가 누울 수 있을 만큼 풀은 넓었다. 그러나 물놀이를 할 수 있을 만큼은 아니었다. 조금만 크게 움직여도 물이 출렁이고 풀 밖으로 물방울이 튀었다. 그들은 주의를 기울여 움직였다. 서로의 팔과 다리, 엉덩이가 끊임없이 닿았다. 그들은 풀을 가장 넓게 사용하는 방법을 말없이 깨달아갔다. 최대한 대각선으로 눕는 것이었다. P가 시계방향으로 한 뼘쯤 엉덩이를 움직이면 K도 같은 방향으로 엉덩이를 움직였다. 그들이 움직일 때마다 살갗과 풀 표면이 마찰해 뽀드득 소리가 났다. 좀 조심해서 움직여. K가 말했다.

이렇게 소리를 내다간 옆집 사람들이 알아채겠다.

같은 말을 할 참이었던 P는 어정쩡하게 입을 벌리고 있다가 다물었다. 물에 잠겨 퉁퉁 불어 보이는 몸을 내려다보았다. 생기 없는 빛깔이었다. 배꼽 주변에 작은 기포들이 달라붙어 있었다. 나쁜 건 아냐. P는 생각했다. 그래도 처음 풀을 사겠다고 결정했을 때는 뭔가, 다른 것을 기대하고 있었던 것 같아. 지금 상황이 나쁘다는 것은 아니지만. 무엇보다 풀을 사는 데 사만오천원이나 들어갔으니까.

거기까지 생각하고 P는 깜짝 놀랐다.

사만오천원이나 들여서 풀을 사고 힘들여 물을 채웠는데 즐겁지 않으면 억울하잖아.

즐겁기 위해서 샀지만 어쩌다보니 샀기 때문에 즐거워야 하는 야릇한 상태가 되어버렸다는 것을 깨닫고 P는 K의 눈치를 살폈다. K는 뒤통수가 수면에 닿을 듯한 상태로 천장을 보고 누워서 발가락을 오므렸다 폈다 하고 있었다. K의 발가락이 만들어낸 물살이 P의 앞가슴을 잘게 오르내렸다. K는 어느 정도 즐기고 있는 것처럼 보였다. P는 다시 풀 가장자리에 턱을 대고 엎드렸다. 조금 뒤 K도 출렁출렁 몸을 움직여 돌아누웠다.

그들은 이따금씩 몸을 뒤집으며 천장이나 벽이나 욕실 안쪽이나 현관 쪽을 멍하니 응시했다. 한 시간 뒤 P는 팔을 뻗고 기지개를 켰다. K가 말했다. 조심해. 기지개를 켜다가 척추를 망가뜨린 사람이 있어.

설마.

정말로. 머리를 젖히는 순간에 목뼈가 어긋났대. 아니. 목뼈에 금이 갔나? 모르겠다. 아무튼.

그래서?

불구로 살았어. 평생을. 목 아래쪽은 전혀 움직이지 못하고.

끔찍하다. 얼마나 힘을 줘서 기지개를 켰길래.

P는 다리를 구부려서 엉덩이를 풀 바닥에 대고 앉았다. 무릎이 수면 위로 불쑥 솟아올랐다. 물보다 수면 밖으로 노출된 살갗에 닿는 공기가 더 차가웠다. 턱과 입술이 싸늘하게 식었다. P는 물에 불은 입술 거스러미를 이빨로 뜯어내며 말했다. 나는 얼마 전에 책을 한 권 읽었는데 베케트라는 사람의 뭘 기다리며, 라는 작품이었어.

무슨 내용이었는데.

잘은 기억나지 않아. 둘이 뭔가를 기다려.

그런데?

사람들이 등장했다 사라지고 둘은 다시 기다려.

뭘.

나도 몰라. 실은 그 두 사람도 모르는 것 같아.

쓸쓸한데.

P는 문득 입을 다물고 K를 바라보았다. K는 풀 가장자리에 양팔을 걸친 채 머리를 젖히고 있었다. 쓸쓸하다, 라는 언어적 정서를 K에게서 처음 발견한 순간이라고 P는 생각했다. 쓸쓸하다, 쓸쓸한데, 쓸쓸해. P는 종알종알 되뇌었다. 왜 이렇게 조용하지. K가 말했다.

엿듣고 있는 거 아냐, 옆집 사람들. 저쪽 벽에 귀를 붙이고 서서. 우리가 뭘 하나, 하고.

전화벨이 울렸다.

자신들의 풀에서 물이 찰박이는 소리를 제외하고는 이상할 정도로 사방이 조용하다 생각하고 있었으므로 그들은 갑작스럽게 시작된 그 소리를 듣고 놀랐다. 한동안 전화벨 소리에 귀를 기울이며 서로의 얼굴을 바라보았다. 마침내 K가 몸을 일으켰다. 등뼈가 무거워. 주먹으로 등을 짚으며 K는 말했다. 물속에서는 몰랐는데.

P는 전화를 받기 위해 안방으로 들어가는 K의 뒷모습을 바라보았다. K의 머리카락과 등에서 물이 흘렀다. 엉덩이에 딱 달라붙은 팬티 쪽에서는 더 많은 물이 흘러내렸다. 이불 개지 않았으니까, 밟지 마. P는 입가에 동그랗게 손을 오므려 대고 외쳤다.

방 한가운데 팬티를 제외한 알몸으로 서서 K는 난감함을 느꼈다. 방바닥에 그날 아침 그들이 자고 일어난 그대로 이불이 펼쳐져 있었다. 전화기가 놓인 낮은 탁자는 그 너머에 있었다. K는 이불을 밟지 않으려고 펼쳐진 이불 둘레를 따라 돌았다. 전화벨이 계속 울리고 있었다. K는 주먹을 쥐었다 폈다 하며 오른쪽으로 접근했다가 반대방향으로 접근해보았다. 어떻게 해도 손이 닿을 만큼 전화기에 다가갈 수가 없었다. 뭐 해. P가 외쳤다. 전화 안 받고 뭐 하냐니깐.

할 수 없지. K는 말했다. 그때까지도 물을 줄줄 흘리고 있는 팬티를 말아내렸다. 그것을 방 한구석에 얌전히 놓아두고 K는 이불 위로 걸어갔다. 머리에서 목을 타고 등으로 엉덩이로 허벅지로 종아리로 마침내 발뒤꿈치까지 다다른 물이 K의 발 모양대로 이불에 스며들었다. K는 수화기를 들고 말했다. 여보세요. 여보세요? 여보세요. P의 이모였다.

누구니?

K요.

아, 난 P인 줄 알았어. 너희 둘은 왜 그렇게 목소리가 똑같지? 난 늘 헷갈려.

네에. 그런데 어쩐 일이세요?

어쩐 일이냐고? 가만있어봐. 생각나지 않는데. 용건이 있었거든. 음, 글쎄, 뭐였지. 갑자기 생각이 나질 않네. 음.

......

뭐였지. 음. 기다려봐.

그리고 전화가 끊어졌다. K는 수화기를 내려놓았다. 팔짱을 끼고 서서 전화기를 내려다보았다. 곧 전화벨이 울렸다. P의 이모였다.

나야.

네에.

방게를 볶았거든. 맵게. 가지러 오라고.

네에.

내가 요즘 이렇다니까. 오늘 아침엔 문득 거울을 봤는데 내가 화장을 한 얼굴이라서 깜짝 놀랐어. 휴일인데 화장을 언제 했지 생각하다보니까 나도 모르는 새 외출을 했었나 싶기까지 한 거야. 화장한 기억이 없는데 화장을 하고 있으니 외출한 기억이 없는 것을 믿을 수가 있어야지.

네에.

전화를 끊고 K는 팬티를 주워들었다. 젖어서 돌돌 말린 것을 다시 입기가 쉽지 않았다. 누구야. 풀 곁으로 돌아가자 P가 물었다. K는 이모의 용건을 들려주었다. 그래. P가 곰곰 생각하는 표정으로 고개를 끄덕였다. 세수를 하고 자기도 모르게 화장했을 거야. 매일 반복하니까.

샤워할 때 자기도 모르게 꼭 같은 순서로 몸을 씻는 것처럼. 예를 들어 나는 겨드랑이를 세 번 문질러 닦은 다음에 가슴을 네 번 문지르고 옆구리를 한 번 훑어내린 뒤에 얼굴을 씻어. 별로 의식하며 씻는 게 아닌데도 매번 순서와 팔의 각도까지 똑같아. 그래놓고도 점심때쯤에는 내가 오늘 아침에 씻었나, 하고 생각하게 된다니까. 아무튼 매일 똑같은 걸 하니까.

너의 이모도 풀을 사면 좋을 텐데. K는 말했다.

어쨌거나 K는 미지근하게 젖은 팬티를 입고 다시 물에 들어갈 엄두가 나지 않았다. 배가 싸늘하게 식어 공복감이 느껴졌다. 저녁 먹을 시간이 훨씬 지나 있었다. K는 말했다. 그런데 너는 언제까지 거기 있을 거야.

그들은 밥상을 펴지 않고 풀 곁에 앉아 저녁을 먹기로 했다. P는 오징어찌개를 끓이고 싶었으나 싱크대와 가스레인지를 사용하려면 풀 안팎을 넘나들어야 했다. 망설인 끝에 P는 오징어찌개를 단념했다. 그들은 거실 바닥에 오이지무침과 물김치만을 두고 밥을 먹었다. 설거짓거리를 싱크대에 담그기 위해서 P는 왼쪽 발을 물속에 집어넣었다. 종아리에 굵은 소름이 돋았다. 좋지 않은 느낌이었다. P는 눈살을 찌푸리고 어쩐지 탁해 보이는 물을 내려다보았다. 죽은 날벌레들이 수면에 떠 있었다.

초인종이 울렸다. 그들은 흠칫 놀랐다. 지금 몇시야. K가 목소리를 죽여 말했다. 이 시간에 찾아올 사람이 없는데.

그들은 서로의 눈을 바라보았다. P가 소곤소곤 말했다. 옆집 사람일 거야. 여태 엿듣고 있다가 항의하러 온 게 아닐까. 아랫집 사람일지도 몰라.

K가 문을 열었다. 택배기사였다. 한쪽 팔에 큼지막한 상자를 끼고 서 있었다. 얼굴에 땀이 흐르고 있었고 코가 불그스름했다. 죄송합니다. 그가 말했다. 이것은 아랫집에 배달되어야 할 물건인데요, 오전부터 계속 들렀습니다만 그 집에 사람이 없어서요. 좀, 맡아주시면 안 되겠습니까.

K는 어깨를 으쓱했다. 그러죠. 그나저나 휴일에도 일하시네요.

요즘은 누구나 인터넷으로 무언가를 사니까요. 배달해야 할 물건은 많고 시간은 부족하죠.

택배기사는 그들의 현관에 상자를 내려놓았다. 손바닥만한 PDA를 건네주며 그가 말했다. 여기에 서명하시면 됩니다. K는 그것을 받아들었다. 택배기사가 이마 위로 모자를 들어올렸다가 다시 눌러쓰자 땀에 전 헝겊 냄새가 물씬 풍겼다. K의 어깨 너머로 거실의 풀을 발견하고 택배기사의 눈빛이 문득 흐릿해졌다. K는 수취인란에 자신의 이름을 써서 건넸다. 저런 것은 얼마나 하나요? PDA를 돌려받으며 택배기사가 물었다. K는 어깨를 으쓱했다. P가 손가락으로 K의 등을 깊이 찔렀다. 택배기사는 다시 한번 모자를 들어올렸다가 눌러쓴 뒤 말없이 계단을 내려갔다. 그들은 문을 닫았다.

P는 K와 생각이 달랐다. 이건 확실히 문제야. P는 흥분해서 말했다. 우리는 없는 척, 소리도 내지 말고 문도 열어주지 말았어야 했어.

뭐가 그렇게 문제야.

아랫집 사람들이 저걸 가지러 왔다가 풀을 보게 되면 어떡해. 거기다 그 택배기사는 틀림없이 이상하게 생각했을 거야.

뭘 이상하게 생각해. 그도 저걸 가지고 싶어하는 것 같았잖아.

처음엔 그랬을지 몰라도 나중에 집에 돌아가서는 우리들이 과연 풀에 무엇을 입고 들어갔을까, 생각하게 될걸. 그는 틀림없이 우리 둘이 알몸으로 저 풀에 들어가 있는 장면을 상상하게 될 거야.

무슨 상관이야.

나는 낮 동안 집에 혼자 있을 때가 많아. 거실에 풀 따위를 놓아두고 알몸으로 노는 성인이니까 어떤 짓을 당해도 괜찮다고 생각해서 그가 내게 해코지하면 어떻게 하지?

비약이 심해. 거기다 애초에 풀을 사겠다고 한 건 너였어.

대체 남의 집에 배달되어야 할 물건을 왜 받겠다고 한 거야.

진정해. 그들이 올라오기 전에 우리가 가지고 내려가면 되잖아. 내일. 아침 일찍.

우리가?

아니. 내가.

116

그쯤에서 P는 입을 다물었다. 당혹스러운 눈빛으로 풀을 흘 끗 보았다. 풀이 너무 거대하다고 P는 생각했다. 한쪽 모서리는 욕실 입구를 막고 있었고 다른 한쪽은 싱크대 앞을 막고 있었는 데, 가스레인지 쪽은 아예 풀 속에 두 발을 들여놓지 않고는 접 근할 수 없는 상태였고 또다른 한쪽은 냉장고에 너무 가까워 냉 장고 문이 반밖에 열리지 않는 상태였다. 화장실에 가거나 음식 을 조리할 때마다 물속에 다리를 담가야 하고 바닥에 물얼룩이 남지 않게 하려면 그때마다 다리의 물기를 제대로 닦아줘야 하 고 누수구 등 완벽하게 처리되지 않은 어느 틈새로 물이 샐 수 도 있겠다고 생각하자 P는 뒤늦게 가슴이 묵직해지는 기분이 었다.

그날 밤. K가 잠든 뒤에도 P는 잠을 잘 수 없었다. 몸은 피로 했다. 물속에 담갔을 뿐인데 레슬링이라도 한 듯 팔다리가 저리 고 등이 뻐근했다. 그런데도 시간이 지날수록 머리가 맑아졌다. P는 벽시계의 초침이 움직이는 소리를 세며 잠이 오길 기다렸 다. 소용없었다. 눈을 감으면 어느 순간 찰박, 하고 물 튀는 소 리가 들려왔다. P는 어느새 천장에 거꾸로 달린 별 모양의 풀을 보고 있었다. 물이 자꾸 차올랐다. 이상한 광택으로 흔들리며 수 면은 점점 부풀었다. 저것은 생물이다. P는 생각했다. 거실에 그 처럼 거대한 물을 두고 있으려니 '시끄러운 고요'라는 생물이 별 모양의 물이라는 형태로 입을 꽉 다물고 있는 것 같았다. 거기다 그 생물은 한쪽 모서리가 불완전한 상태였다. 터지면 어떡하지. P는 생각했다. 물난리다. 계단을 뛰어올라오는 발소리와 얼굴을 시뻘겋게 붉힌 사람들과 의심의 눈초리, 마침내 집을 비워달라고 말하는 집주인의 얼굴. P는 흠칫 놀라 주먹을 쥐었다. 정말 물을 뒤집어쓴 듯 뺨과 이마가 차갑게 식었다. P는 거실 쪽에서 들려오는 소리에 귀를 세웠다. 찰박, 물이 튀었다. 아무튼 너무 묵직하다니까. P는 이불을 걷고 일어났다. K가 잠든 것을 확인하고 P는 거실로 나가 불을 켰다.

거기 그들의 별 모양의 풀이 있었다.

K는 소란스러운 소리를 듣고 잠에서 깼다.

철벅 쏴 철벅 쏴 철벅 쏴 철벅 쏴. 문 바깥에서 들려오는 소리였다. K는 눈언저리를 비비며 자리에서 일어났다. 납작하게 꺼진 이불을 밟고 문을 열자 형광등 불빛이 따갑게 눈을 찔렀다. K는 현기증이 사라질 때까지 눈을 꾹 감고 있다가 떴다.

P가 팬티만 입은 채로 풀 속에 서 있었다. 플라스틱 대야를 양손으로 들고 있었다. P는 허리를 깊숙이 구부려서 풀 속의 물을 떠냈다. '철벅'은 물을 떠내는 소리였고 '쏴'는 욕실에 그 물을 쏟아붓는 소리였다. K는 잠이 덜 깬 몸을 가누느라 비틀비틀 다가가서 물었다. 뭐 하는 거야.

미안. 깼어?

그런데, 뭐 하는 거야.

이걸 다 퍼내지 않으면 잠을 잘 수가 없을 것 같았어.

말을 하는 도중에도 P는 부지런히 허리를 구부렸다 폈다 하며 물을 퍼내고 있었다. K는 멍하니 입을 벌리고 P를 보았다. P는 벌써 꽤 많은 땀을 흘리고 있었다. 물고기처럼 눈이 커다랗게 확장되어 있었다. 그 눈을 제대로 깜박이지도 않으면서 P가 물을 퍼내는 데 몰두하고 있었으므로 K는 좀 겁을 먹었다. 이것 참. K는 생각했다. P를 도와 함께 물을 퍼내기로 했다.

철벅 쏴 철벅 쏴 철벅 쏴 철벅 쏴 철벅 쏴 철벅 쏴.

그들은 둘이서 물을 퍼냈다. 처음에 K는 대야나 바가지로 물을 퍼내는 것이 무식한 행위라고 생각했다. 다른 방법이 있을 것 같았다. 그러나 욕실 문턱이 풀 바닥보다 높은데다 풀의 누수구가 뾰족한 모서리가 아닌 오목하게 들어간 부분에 달려 있었다. 직접 물을 퍼내는 것 외에 달리 방법이 없었다. 그들은 열심히 그리고 말없이 물을 펐다.

P는 대야로 물을 떠내고 쏟아붓는 동안 자신의 팔에 탄력적인 리듬이 붙는 것을 느꼈다. 뜻밖에 그것은 물놀이보다 신났다. 등의 통증이 유쾌하게 느껴졌다. 등뼈가 무겁다고 했지. 헉헉 숨을 몰아쉬며 P는 말했다. 이상하지 않아? 우리는 여태껏 등뼈의 무게 따위 모르고 살아왔잖아. 이놈 탓이었던 거야. 이 거대한 물이 우리에게 이미 익숙해진 무게를 잊게 해주는 바람에, 물 밖에 나왔을 때 새삼 등뼈의 무게를 실감하게 되어버린 거야. 몸이 무겁다는 걸 새삼 깨달아봤자 좋을 리 없잖아. 어차피 우린

그 무게를 감당하며 살아야 하는걸. 그렇지 않아?

바닥이 드러나기 시작했다. 풀이 빌수록 P의 표정은 편안해졌다. 마침내 P의 대야로도 K의 바가지로도 떠낼 수 없을 만큼 수위가 얕아졌다. K가 작은방에서 등받이 없는 의자를 들고 나왔다. 그들은 그것으로 바닥을 괴어 풀을 비스듬히 세웠다. 모서리에 나머지 물이 고였다. P가 그 물을 남김없이 퍼냈다. 그들은 이제 아주 가벼워진 별 모양의 풀을 벽에 세워놓았다. P가 만족스러운 듯 한숨을 쉬었다.

그들은 녹초가 된 팔을 늘어뜨리고 이불 속으로 돌아갔다. 있잖아. P가 말했다.

난 이제 이웃집 거실에 뭐가 있다고 해도 놀라지 않을 자신이 있어.

K는 근육통 때문에 아침에 일어나는 데 고생했다. P도 마찬가지였다. 그래도 그들은 그들의 거실에 여유 있게 상을 펼치고 밥을 먹을 수 있어 좋았다. 저건 어떡하지? P가 젓가락으로 풀을 가리키며 말했다.

버릴 수도 없고.

환불이 되지 않을까? 마트에서.

포장을 뜯었는데?

물건에 하자가 있다고 우겨.

그 자리에서 실험해보겠다고 하면?

그 사람들은 그렇게 한가하지 않아. 저 큰 풀에 바람 넣고 물 넣고, 언제 그런 걸 하겠어. 거기다 저녁시간대엔 사람들이 몰려드니까.

괜찮을까.

괜찮아, 괜찮아. 우겨서, 환불해버리자.

저녁에?

오늘 저녁에.

출근하는 K를 배웅한 뒤 P는 컴퓨터를 켜고 K의 미니홈피에 접속했다. 방명록으로 들어가 망설인 끝에, 이렇게 남겼다.

풀 고마워 K. 굉장한 경험이었어.

P는 오전시간 내내 텔레비전을 보며 지냈다. 어제 공영방송에서 재방영되었던 코미디 프로그램이 유선방송에서 재방영되고 있었다. 이미 시청한 프로그램이었으나 P는 그것이 꽤 재미있었다는 것을 기억하고 있었으므로 이번에도 재미있게 보았다. 이따금씩 거실에 세워둔 풀이 떠올랐다. 그것은 이제 상당히 가벼워져 있었으므로 마음에 걸리지는 않았다. K가 돌아오는 대로 바람 빼는 작업에 들어가자고 P는 생각했다. 어쨌든 내 인생의 어느 한순간, 별 모양의 무지개빛깔 풀을 거실에 놓아본 적이 있고 그곳에 알몸으로 들어간 적이 있다고 얘기할 수 있게 됐잖아.

굉장한 경험이었어. P는 K의 방명록에 남긴 말을 중얼거렸다. 하지만 뭐가 굉장했던 거냐고 물어본다면 대답할 수 없을 것 같

왔다. 어쨌든. 이 여름의 물놀이는 이것으로 끝일 것 같다고 P는
생각했다. P는 왠지 우울했지만, 코미디 프로그램을 보는 동안
그것을 잊어버렸다.

모기씨

냉장고 앞에 계란 껍질이 쌓여갔다.
계란을 모두 먹어버리기 전에 누군가 왔으면 좋겠다는 생각을 체셔는 하고 있었다.
그게 모기라도 나쁘지는 않을 것 같았다.

비가 내리는 동안 체셔는 창문을 열어두었다. 구근식물이 담긴 유리병 속으로 빗물이 들이쳤다. 어느 날 아침에 보니 조그만 벌레 한 마리가 유리병 속에서 움직이고 있었다. 체셔는 미오를 불렀다. 미오가 와서 병 속을 들여다보았다.

뭐가 있다고?

벌레.

벌레?

벌레 같아.

안 보이는데.

여기 있잖아. 마디가 있고 꼬리가 길고, 여기 물속에.

미오는 물이 탁해서 벌레가 보이지 않는다고 했다. 자기한테는 보이지 않지만, 물속에서 움직이고 있다면 그건 장구벌레일 거라고 미오는 말했다. 그밖에 물속을 헤엄쳐다니는 다른 벌레는 알지 못한다는 것이었다. 유리병을 골똘히 들여다보며 체셔는 시간을 보냈다. 장구벌레는 물음표 모양으로 꼬리를 말며 물속을 돌아다녔다. 어느 날 오후에 체셔가 보니 사라지고 없었다. 사라졌어. 체셔는 외쳤다.

모기가 되어서, 돌아가버린 거야.

집 안 어딘가에서 미오가 말했다. 돌아가다니 어디로? 체셔는 물었다. 두번째 대답은 들려오지 않았다. 돌아가버린 거야. 정말 미오가 그렇게 말했을까. 체셔는 생각했다.

*

체셔는 빨랫줄에 목이 걸려 넘어진 적이 있었다. 여러 해 전의 일이었다. 체셔의 아버지와 체셔는 옥상으로 올라갔다. 아버지의 볼일은 안테나를 수리하는 것이었고 체셔의 볼일은 아버지가 하는 일을 좀 들여다보면서 빈둥거리는 것이었다. 날이 무척 더웠다. 시멘트 바닥이 바짝 말라 있었다. 아래층에서 갈치를 굽는 냄새가 올라왔다. 짜겠어. 아랫입술을 빨며 체셔는 생각했다. 옆집의 지붕에서 아지랑이가 피어올랐다. 체셔는 달렸다. 왜 달리기 시작했냐고? 그건 나도 모른다. 체셔가 그걸 기억하지 못하니까. 발등을 꽉 조이던 샌들의 감촉과 종아리로 튀어오르던 시멘트 부스러기들, 앞집 지붕 위로 구불거리며 피어오르던 아지랑이, 그때 자기의 정수리가 얼마나 뜨거웠는지, 이런 것들을

126

체셔는 선명하게 기억하고 있었지만 어째서 달리기 시작했는지는 끝내 떠올릴 수 없었다. 체셔는 달렸고 어느 순간 뒤로 넘어졌다. 목에 불이 붙었다고 체셔는 생각했다. 누군가 자기 목에 거칠게 성냥을 그은 것 같았다.

체셔가 넘어졌을 때 쿵 소리가 났다. 그 소리를 듣고 돌아본 체셔의 아버지가 겁을 먹었을 만큼 커다란 소리였다. 하지만 체셔는 그 소리를 듣지 못했다. 체셔는 모든 현실적인 소음들의 일시적인 소거 속에서, 엘비스의 노래를 듣고 있었다. 엄청난 양의 거품이 체셔의 가슴에서 솟아나 허공으로 날아올랐다. 체셔는 엘비스의 노래를 들으면서 그것을 보고 있었다. 노래 때문에 머리가 멍해졌다. 그것은 이런 노래였다.

그녀의 머리칼은 부드럽고 눈은 너무나 푸르고 아무튼 그녀는 완벽한 여자인데, 결과적으로 그녀는 네가 아니어서 나는 마음이 아프네.

집 안에 있을 때 체셔의 아버지는 늘 음악을 틀어놓았다. 체셔의 아버지는 음악으로 이루어진 소음이 대기에 자글거리는 상태를 좋아했다. 음악을 좋아하는 것과는 별개의 취향이었다. 그는 음반 한 개를 전축에 걸어두고 한 달이고 두 달이고 그것을 틀어놓았다. 그즈음엔 늘 엘비스의 목소리가 집 안 어딘가를 떠돌고 있었다. 체셔는 아마도 그런 식으로 그 노래를 외웠을 것이다. 체셔는 그 노래의 제목도 모르고 있었지만, 자기가 바닥에 드러누워 있다는 것을 깨닫기도 전에 엘비스의 목소리가 머릿속에서 터져나왔고, 자기도 모르는 사이에 가사와 멜로디를 좇고 있었다.

파란 하늘로 거품들이 반짝거리면서 솟구쳤다. 나쁘지 않아. 체셔는 생각했다. 유쾌하고 산뜻할 수도 있는 광경이었다. 엘비스의 노래도 어딘지 익살스러웠다. 하지만 거품 표면에서 매끄럽게 왜곡된 파란 하늘을 보면서 체셔는 뭔가 불길하다는 생각을 하고 있었다. 거품은 그냥 거품이 아니라 촉수 같은 것이라서, 수많은 촉수를 날려 '그것'을 느끼고 있다는 느낌이었다. 큰일이 벌어질 것 같아. 체셔는 중얼거렸다. 누군가에게 빨리 경고해야 한다고 체셔는 생각했다. 그러나 아래층으로 옮겨져서 물을 몇 모금 마시고 나서는 그 느낌에 대해 입을 다물었다. 자신은 멀쩡했고, 거품을 보았는데 불길한 느낌이 들었다는 따위의 말을 한다는 것이 바보 같다고 여겨졌기 때문이었다.

사고는 사흘 뒤에 일어났다. 체셔의 아버지와 어머니와 체셔는 지방에서 벌어진 사촌의 결혼식에 참석했다가 밤늦게 국도를 통해 상경하고 있었다. 운전은 체셔의 아버지가 했다. 그날 체셔의 어머니는 벨트에 유난히 신경을 썼다. 그녀는 뒷좌석에 앉은 체셔를 끊임없이 돌아보며 벨트를 확인했고 과식 때문에 불편한 배를 핑계로 벨트를 하지 않는 체셔의 아버지를 비난했다. 좀더 배가 꺼지면 그때 할게. 체셔의 아버지가 말했다. 몰래 벨트를 풀었다가 다시 채우길 반복하면서 체셔는 지루하게 창밖을 내다보았다. 비가 많이 내려서 와이퍼가 분주하게 작동되고 있었다. 체셔는 창문을 약간 내리고 이마와 눈꺼풀에 빗방울이 달라붙도록 턱을 치켜들었다. 그때 뒷바퀴 쪽이 꺼졌다 싶더니 바퀴가 헛돌기 시작했다. 그들은 빙글빙글 돌다가, 뒤집어진 채로 다시 돌다가, 다시 뒤집어져 빙글빙글 돌았다. 첫번째로 뒤집어졌을 때 전면창이 깨졌다. 두번째로 뒤집어졌을 때 많은 양의 빗물이 차 안으로 들이쳤다. 그들은 낡은 전봇대에 충돌해 간신히 멈추었다. 체셔의 아버지는 깨진 전면창을 통해 일찌감치 튕겨나간 덕분에 살 수 있었다. 벨트를 매고 있었던 체셔와 체셔의 어머니는 차와 함께 우그러졌다.

체셔는 시트에 앉은 채로 등이 부러졌다. 의식이 돌아왔을 때 체셔는 병원의 천장을 올려다보고 있었는데, 자기가 그날 오후의 옥상에 누워 있다고 생각했고, 누구도 이해할 수 없는 말을 두 마디 했다.

엘비스다.

엘비스다.

*

체셔의 어머니는 목숨을 잃었고 체셔의 아버지는 손가락 두 개를 잃었고 체셔는 하반신의 감각을 잃었다. 어머니는 즉사했는데, 체셔의 아버지는 그녀의 마지막 상태에 대해 몇 가지를 알고 있었지만 그것을 체셔에게 말하지 않았다. 그는 그냥 그녀가 죽었다고만 말했다. 그뒤로는 체셔가 물어도 대답하지 않았다. 말로 할 수 없을 만큼 어머니의 상태가 끔찍했다는 것으로 체셔는 그 침묵을 받아들였다. 체셔는 한두 번 물은 뒤 더는 묻지 않았다. 하지만 정보의 여백이 상상력을 자극해 체셔는 한동안 고통스러운 밤들을 보냈다.

체셔는 오랫동안 병원에 있었다. 체셔는 자기가 배설을 하고 있다는 것도 알지 못한 채 배설하는 상태가 되었다. 이게 웬일일까. 체셔는 생각했다. 직립하거나 걸을 수 있었던 시절보다 종일 앉거나 누워 있어야 하는 지금, 무게가 더 강하게 느껴진다. 웬일일까.

한 번도 실감해본 적 없는 중력이 몇 배나 확실하게 등뼈에 실려왔다. 조금만 앉아 있어도 등과 목이 무겁게 가라앉아 머리를 들고 있을 수가 없었다. 체셔는 베개를 작은 언덕처럼 쌓아올리고 거기에 머리를 얹었다. 크리스마스에도 체셔는 종일 그 자세로 텔레비전을 보았다. 애니메이션으로 제작된 〈이상한 나라의 앨리스〉가 방영되고 있었다. 토끼 굴에 떨어진 앨리스가 병에 든 약을 삼키거나 버섯을 잘라먹거나 하면서 커졌다가 작아졌다. 돼지가 되어버린 아기를 숲속에 놓아준 앨리스는 체셔고양이를 만났다. 체셔고양이가 나뭇가지 사이로 둥둥 떠서 사라지자 텔레비전을 보고 있던 체셔는 생각했다.

좋겠다.

체셔는 좋겠다, 고 체셔는 다시 한번 생각했다. 중력의 세계와는 상관없이 움직일 수 있는 체셔는, 좋겠다.

체셔의 아버지는 자주 체셔를 보러 왔다. 하지만 말을 많이 하지는 않았다. 체셔 역시 말이 없었으므로 그들 사이에는 대화가 별로 없었다. 체셔의 아버지는 묵묵히 입을 다물고, 이불에 덮인 체셔의 다리 쪽을 응시하지 않으려고 하면서, 왼손 검지와 중지가 있던 자리를 만지작거리며 한두 시간쯤 앉아 있다가, 병실에서 나가곤 했다. 어느 날 체셔의 아버지는 체셔에게 여권과 비행기표를 보여주었다.

나는 중국으로 간다. 체셔의 아버지가 말했다.

우린 돈이 필요하잖니.

그렇겠죠.

누군가는 돈을 벌어야 하잖니.

그렇지요.

그 누군가가 나일 수밖에 없잖니.

그럴까요.

여기보다는 거기가 사업하는 데 좋다고 사람들이 그런다.

그런가요.

응.

……언제 가시는데요?

사흘 뒤다.

그러세요, 그럼.

체셔의 아버지는 전축과 엘비스의 레코드를 체셔에게 남겨주었다.

그는 혼자 남은 체셔를 위해 미오를 고용해두었다.

기역자로 구부러진 각이 두 개나 있어.

처음에 만났을 때, 만져보라며 미오는 왼쪽 턱을 체셔에게 내밀었다. 체셔는 미오의 턱을 만져보았다. 뭉툭하게 돌출된 여분의 각 하나가 만져졌다. 피부 밑에 아주 작은 불필요한 각이 하나 있을 뿐인데, 미오의 왼쪽 얼굴은 오른쪽 얼굴과 아주 다른 인상을 하고 있었다. 미오는 돈을 많이 벌어서 턱을 고치고 싶다고 말했다. 어렸을 때부터 운이 나쁜 편이었는데 왼쪽 얼굴이 늘 울상을 하고 있기 때문이라고 미오는 믿고 있었다.

미오는 움직임이 대단히 경제적인 사람이었다. 숨도 필요한 만큼만 쉬었다. 미오는 체셔가 할 수 있을 만한 몇 가지 일은 체셔가 하도록 내버려두었다. 미오가 콘솔에 컵과 주전자를 내려놓으면 체셔가 직접 물을 따라 마셨다. 처음엔 쉽지 않았다. 상반신의 힘, 특히 손가락과 손목이 이상할 정도로 약해져서, 그다지 크지 않은 주전자였는데, 그것을 컵 가장자리의 높이까지 들어올리는 것도 힘에 부쳤다. 체셔는 계속 컵을 넘어뜨렸고 엉뚱한 곳에 물을 부어서 사방을 축축하게 만들어놓았다. 주전자 단계에서 성공한다고 해도 힘이 다 빠져버려서 컵을 입술에 대기도 전에 침대나 가슴으로 물을 흘렸다. 체셔가 거칠어져서 주전자를 던지면 미오가 달려와 물을 닦았다. 그런 뒤엔 다시 주전 자에 물을 가득 채우고 빈 컵을 그 옆에 놓아두었다. 그런 식으 로 체셔는 조금씩 개선되었다. 미오는 슬슬 바깥에 나가보자고 말했다. 자기가 조금만 힘을 쓰면 체셔를 휠체어에 앉힐 수가 있고 그러면 자기들이 집 근처를 산책할 수도 있다는 것이었다. 체셔는 괜찮은 제안이라고 말했다. 하지만 미오가 정말 휠체어 를 밀며 방 안으로 들어섰을 때는 자기를 내버려두라고 외쳤다.

체셔는 전축과 엘비스의 레코드에 먼지가 쌓이도록 내버려두 었다. 아버지가 떠난 것에 대해서도 크게 신경을 쓸 수 없었다. 그럴 만한 에너지가 없었기 때문이었다.

체셔의 머릿속에는 세 개의 점이 있었다.

첫번째 점. 거품이 솟아올랐다.

두번째 점. 큰일이 벌어질 것 같다는 확신이 있었다.

세번째 점. 그것에 대해 이야기할 수 있는 기회가 있었는데, 하지 않았다.

체셔는 이렇게 세 개의 점을 찍어놓고 점과 점 사이를 잇는 작업을 되풀이했다. 그것은 거대한 삼각형이 되었다. 체셔는 언 제까지나 중심으로 들어가지 못한 채, 점점 두꺼워지는 삼각형 의 변에 자꾸 두께를 보탰다. 점에서 점으로 다시 점으로 이동 하다가, 이따금씩 멈추면 중얼거렸다.

상황이 달라질 수 있었다.

그것은 고통스러운 확신이 되었다. 현실적으로 따져보았을 때

크게 달라질 것이 없었다는 걸 알면서도, '그렇게' 생각하자 그
것은 틀림없이 '그렇게' 되고 말았을 사실이 되었다.

삼각형은 점점 더 두꺼워지고, 어두워지고, 거대해져가고 있
었다.

*

유리병 속의 장구벌레가 사라진 오후에 체셔는 잠을 잤다. 잠
을 자는 것 자체는 평소와 다를 것이 없었다. 하지만 그날 오후
의 잠은 어딘가 달랐다. 사고 이후로 체셔는 깊이 잠든 적이 없
었다. 숟가락에 고인 물만큼 야트막한 잠을 잤고, 잠을 자는 중
에는 이런저런 꿈을 꾸었고, 잠에서 깬 후에는 그런저런 꿈을
모조리 기억했다. 잠을 자는 중에도 뇌가 쉬지 않는다는 느낌이
라서 자지 않은 것 못지않게 피로했다. 그러나 그날 오후에 체
셔는 깊이 잠을 잤다. 꿈도 꾸지 않았다. 촘촘한 스펀지 속으로
가라앉는 것 같은 잠이었다. 엉덩이에 깔린 패드를 갈기 위해
미오가 서너 번 체셔를 만지고 이리저리 뒤집었지만 체셔는 그
래도 잠에서 깨지 않았다.

체셔는 새벽에 눈을 떴다. 잠과 현실이 반죽처럼 뒤섞인 지점
에서 체셔는 어떤 말을 외치고 있었고, 실제로도 그것을 외치며,
그냥 눈을 뜬 것이 아니라 눈을 벌렸다는 느낌으로 잠에서 깼다.

더이상은 못 자겠어.

체셔는 커다랗게 말하는 자기 목소리를 들었다.

고요하고 밝은 밤이었다. 창밖으로 달이 파랗게 떠 있었다. 체셔는 어리둥절해서 사방을 둘러보았다. 조금 전의 외침을 듣고 미오가 달려올 것 같았다. 하지만 문밖에선 별다른 기척이 없었다. 체셔는 자기가 언제쯤 잠들어서 얼마나 잤는지 헤아려보려고 했다. 그때 허공에서 무언가가 떨어졌다. 체셔는 그것을 '천장에서 떨어졌다'고 생각할 수도 있었지만, 분명 '허공에서 떨어졌다'고 생각했고, 기실 그것은 허공에서 떨어졌다. 그것이 체셔의 손등에 찰싹 퍼졌다. 선득한 감촉이었다. 체셔는 깜짝 놀라서 손을 털었다. 그것은 달빛을 받아 창백한 벽에 달라붙었다. 체셔는 그 얼룩을 자세히 바라보려고 노력했다. 그것은 손바닥만한 크기로 번진 얼룩이었는데, 지켜보고 있는 사이에 불룩 솟아오르더니, 모기가 되었다.

*

모기라는 것은 그것이 구체적인 형태를 띠기 시작했을 때 체셔의 머릿속에 떠오른 말이었다. 잠들기 전에 체셔는 줄곧 장구벌레를 생각하고 있었고, 잠들기 전까지 지켜보고 있었던 것이 창턱에 놓인 빈, 손가락 한 마디 정도로 잎이 자란 구근식물이 아직 담겨 있었으므로 완전히 비었다고는 할 수 없었지만, 유리병이었다. 저것은 모기라고 체셔는 생각했고 그 순간부터 그것은 모기가 되었다.

체셔가 모기라 이름 붙인 그것은 사실 곤충과는 전혀 닮지 않았고, 사람의 형태를 하고 있었다. 윤곽이 그랬다. 머리가 하나, 몸통의 좌우와 상하로 팔이 한 쌍, 다리가 한 쌍씩 있었고, 무엇보다 직립해 있었으므로. 처음에는 지점토 반죽처럼 밋밋한 얼굴에 눈 코 입이 없었다. 눈 코 입이 없잖아, 라고 체셔가 생각하자 눈 코 입이 생겨났다.

폭. 폭.

폭.

눈과 입이 무척 컸다. 진짜들 사이에 놓인 미니장난감처럼 기묘하게 작은 비율로 코가 중앙에 있었다. 팔은 어깨에서부터 축 떨어져 무릎까지 늘어져 있었고, 손가락엔 마디가 툭툭 불거져 있었다. 왼쪽보다 오른쪽 팔이 약간 더 길어 보였는데 모기는 그것을 이상한 각도로 꺾어서 등을 긁었다.

그것은 벽에서, 다시 말해 벽의 얼룩에서, 완전히 분리되자마자 하품을 하더니 천천히 움직이기 시작했다. 머리의 무게가 생소하다는 듯 목을 흔들면서 걸었다. 끄덕끄덕 머리가 흔들렸다. 윤곽이 불분명하게 보여 체셔는 계속 눈을 가늘게 뜨며 초점을 맞춰보려고 애를 썼다. 모기의 가장자리가 끊임없이 흔들리고 있었다. 모기의 몸을 얇은 막처럼 감싼 물질 때문이었다. 그것은 푸딩 같은 젤라틴 덩어리였다. 움직일 때마다 얇은 막도 부드럽게 흔들려서, 모기가 움직이는 모습은 움직인다기보다는 흐르고 있다고 말할 수 있을 정도였다.

　모기가 침대 옆으로 다가와 입을 열었다.

　안녕.

　인사하지 마.

　안녕.

　인사하지 마. 나는 네가 환영이라는 걸 알고 있으니까.

　모기가 젤라틴 막으로 덮인 손을 체셔의 머리 위로 내밀며 말했다.

　나야. 안녕. 안녕. 안녕. 만나고 싶었어.

*

　모기가 체셔의 머리 위로 손을 내밀었을 때 젤라틴 막에서 아주 작은 부분이 분리되어 체셔의 가슴 위로 떨어졌다. 아침에 눈을 떴을 때 체셔는 그 얼룩을 가슴 위에서 발견했다. 가장자리를 향해 번져나간 엷은 얼룩이었는데 푸른색을 띠어서 아주 묽은 농도의 잉크 얼룩처럼 보였다. 손등에도 같은 얼룩이 있었다. 그것을 내려다보면서 체셔는 자기가 언제 잠들었는지를 생각해보았다. 아무것도 떠오르지 않았다. 모기가 내민 손을 잡았는지 잡지 않았는지도 알 수 없었다. 눈이 쌓인 바닥에서 갑자기 끊겨버린 발자국을 들여다보고 있는 것 같았다. 꿈일지도 모른다는 생각은 전혀 들지 않아서, 이것은 좀 이상하다고 생각하면서도, 오전에 세탁물을 든 미오가 방 안으로 들어섰을 때 체셔는 이렇게 말했다.

간밤에 모기가 나타났어.

응. 미오는 천천히 고개를 끄덕였다. 방충망을 달아줄게.

체셔는 몇 가지를 더 설명해보려고 했지만, 미오가 입을 다물고 다른 생각에 잠겨버려서, 함께 입을 다물어버렸다.

그날은 오전부터 무척 더웠다. 발열이 신경쓰여 체셔는 텔레비전을 켤 수 없었다. 에어컨디셔너를 켜고 싶지도 않아서 체셔는 창을 열고 밖을 내다보았다. 큼직한 빨랫감을 널기 위해 미오가 마당에 매어놓은 빨랫줄이 반짝거렸다. 마당에 자라난 잡초들이 생기 없는 빛깔로 바닥을 향해 늘어져 있었다. 바깥에 비하면 창 안쪽은 서늘한 편이었다.

그 방은 원래 체셔의 것이 아니었다. 사고가 일어나기 전에 체셔는 거실 건너 안쪽 방을, 미오가 온 뒤로는 미오의 것이 된 방을 쓰고 있었는데, 입원생활을 마치고 돌아와보니 방이 바뀌어 있었다. 채광과 통풍이 가장 좋은 방이었다. 북서쪽을 향한 창문과 방문과 마루 건너 현관문이 앞으로나란히 하듯 일직선으로 연결된 방이었다. 창문과 방문과 현관문을 모두 열어놓으면 체셔의 방은 바람이 빠져나가는 길목이 되었다. 환기가 잘되어서 좋다고 미오는 말했다. 체셔도 공감했다. 자기 의지로 어떻게 할 수 없는 조건들 때문에 체셔는 냄새를 약간 피우고 있었고, 아직은 괜찮지만, 세월이 좀 흐르면 사정이 더 나빠질 것이라는 걸 체셔도 알고 있었다. 환기가 잘된다는 것은 괜찮은 조건이었다. 하지만 그 방이 자기 방으로 결정되었다는 것을 처음 알았을 때는 너무 놀라서, 중국에 가고 없는 아버지를 향해 외쳤다.

이럴 수가 있어, 아버지.

그 방은 어머니의 방이었다. 체셔의 아버지로서는 가장 좋은 방을 체셔에게 양보한 셈이었다. 방 이전에, 중국으로 가버려서 공간 자체를 체셔에게 통째로 양보한 것이었지만, 이제 죽은 어머니의 방에서 지내게 된 체셔는 사고가 난 뒤 처음으로 진정을 다해 아버지를 원망했던 것이었다.

장롱과 화장대와 유리문이 달린 장식장이 빠지고 난 뒤, 그 방으로 들어간 가구는 단 하나였고, 그것은 침대였다. 침대는 크고 높고 넓었다. 리모컨을 사용해서 다양한 각도로 침대 머리 부분과 다리 부분을 올렸다 내렸다 할 수 있었다. 무릎 부분에서 한번 더 구부릴 수도 있었고, 마음만 먹으면 샌드위치처럼, 반으로 접을 수도 있었다. 녹슬지 않는 알루미늄 재질로 제작된 프레임. 오래 사용해도 냄새나 변형이 없는 재질의 매트리스. 공기층이 형성되어 있어 환자의 피부에 가해지는 압력을 효과적으로 줄임. 에이에스 기간은 이 년. 사용자의 부주의로 인한 고장은 사용자의 책임입니다.

그것은 가구나 의료기라기보다는 일종의 병기처럼 보였다.

체셔는 병원에서도 그것과 비슷한 침대를 사용해봤다. 하지만 방에 놓인 걸 보니 확실히, 너무 크고 너무 높고 너무 넓었다.

최초로 그곳에 누워서 천장을 올려다보았을 때 체셔는 그 침대 위에서 보내게 될 수많은 시간들을 생각하지 않을 수 없었다. 서랍이 세 개 달린 콘솔이 침대 옆에 놓인 것은 나중의 일이었다. 미오가 그 위에 아버지의 전축을 올려두었다. 그걸 거기 올리는 대신 서랍 하나를 초콜릿 서랍으로 만들어달라고 체셔는 말했다. 미오는 그렇게 해주었다. 두꺼운 판 모양의 밀크초콜릿, 오렌지와 자두 맛이 한꺼번에 나는 짙은 오렌지색 사탕과 각기 다른 제조사에서 만든 박하사탕 두 가지, 손가락 모양의 멕시코산 사탕들, 투명필름에 든 작은 피리 모양의 사탕들, 무지개 색깔의 설탕 부스러기들. 나는 이런 식으로 체셔의 서랍에 들어 있던 사탕과 초콜릿의 종류에 대해 하루가 저물도록 말할 수 있지만, 그러자면 우선 내가 지칠 것이므로 여기까지만 말하겠는데, 체셔는 그것을 조금씩 꺼내먹으면서 시간을 보냈다.

*

미오는 방충망을 달아주겠다는 약속을 완전히 잊어먹었다. 미오는 오전에 세 번, 한 번은 체셔의 패드를 갈아주기 위해, 다른 한 번은 세탁물을 정리하기 위해, 또다른 한 번은 체셔가 무엇을 하고 있는지 알아보기 위해 체셔의 방으로 들어왔고, 오후엔 늦은 점심식사를 가지고 왔다. 체셔는 우유를 넣고 휘저어서 익힌 계란을 밥 위에 얹어먹었다. 체셔가 밥을 다 먹을 때까지 미오는 생각에 잠긴 표정으로 침대 옆에 앉아 있었다.

할말이 있어. 미오가 말했다.

응.

아버지한테 연락 좀 해봐.

왜.

급여를 받지 못했어.

얼마나.

아무튼. 미오에게 급여를 줘야 한다고 말해.

그렇게 말한 뒤 미오는 '이런 이야기를 해서 미안해'라며 재빨리 식기를 챙겨서 방을 나갔다.

체셔는 아버지에게 전화를 걸었다. 아버지는 전화를 받지 않았다. 끊고 다시 걸기를 네 번이나 반복했는데, 아무도 받지 않았다. 체셔가 가지고 있는 번호는 아버지의 거주지 번호였다. 사업장 번호는 몰랐기 때문에, 그런데 왜 자기가 진작 그것을 알려고 하지 않았을까를 생각하면서, 더이상 전화해볼 데도 없어 나중에 다시 전화해보기로 하고 체셔는 수화기를 제자리에 내려놓았다. 그리고 수화기에서 손가락을 떼기도 전에, 체셔는 침대 발치에서 다시 한번 모기를 목격한 것이었다.

모기는 체셔에게 등을 보인 채 앉아 있었다. 그것은 아무것도 하지 않고 거기 그냥 앉아 있었다. 깡마른 어깨를 세우고 고개를 숙이고 있었는데, 가만히 보고 있는 동안 머리부터 천천히 기울여서 소리도 없이, 침대 아래쪽으로 떨어졌다.

단지 침대 아래쪽으로 떨어졌을 뿐인데, 벼랑 끝에 앉아 있다가 떨어지는 것처럼 보여 체셔는 깜짝 놀랐다. 체셔의 침대는 보통 침대보다 높은 편이었다. 그러니까 그런 식으로, 바닥을 향해 정수리를 내리꽂듯 떨어졌다면 어딘가 부서졌을 것이 틀림없다고, 체셔는 생각했다. 모기가 어떻게 되었는지 보려고 체셔는 이불을 젖히고 움직이기 시작했다.

　그건 쉽지 않은 작업이었다.

　처음에 체셔는 두 손으로 다리를 한쪽씩 잡아서 앞쪽으로 약간 밀어둔 뒤에 몸을 뒤로 젖혀서 팔의 힘만으로 상체와 하체를 밀어보려고 했다. 잘되지 않았다. 사고 이후로 체셔는 혼자서 움직여본 적이 별로 없어서 그런 방식으로 움직이는 요령이 충분하지 않았다. 한동안 애를 먹은 후에 체셔는 왼쪽 모서리를 향해 다리를 가지런히 옮겨놓은 다음, 침대 위를 가로로 구르기 시작했다. 어쩌면 이것이 자기 의지로 혼자서 이동해본 최초이자 최장의 거리일지도 모른다는 생각을 하면서, 자, 그렇다면 출정이다, 그런 생각을 하고 뱃속이 간지러워서 웃으면서, 체셔는 한 번, 두 번, 침대 위를 굴렀다. 침대 발치까지 두 번 더 몸을 굴리며 나아가서, 마침내 체셔는 다리를 침대 밖으로 내민 채 발치에 걸터앉을 수 있었다.

　체셔는 모기가 앉았던 곳에서 모기처럼 목을 구부리고 앉아서 바닥을 살폈다. 아무것도 없었다. 분홍색 사탕 껍질 하나가 구겨지고 비틀린 채 구석에 버려져 있을 뿐이었다. 체셔는 한동안 그것을 물끄러미 보았다. 이상한 기분이었는데, 실망이나 두려움이나 의아함은 아니고, 이상해서 아무튼 이상하다고밖에는 할 수 없는 그런 기분이었다.

체셔는 한동안 앉아 있다가 다시 시간을 들여 침대 머리 쪽으로, 이번엔 웃지 않으면서 이동해갔고, 베개와의 거리가 적당해졌을 때 몸을 뒤로 젖혔다. 하지만 거기엔 체셔보다 먼저 당도한 모기가 자리를 잡고 누워 있었다.

체셔는 아무것도 모르고 모기 속으로 누워버렸다. 젤라틴 같은 질감의 차가운 반고체 속으로, 푸그르르 소리를 내면서 잠기고 만 것이었다.

*

체셔는 팔을 들었다. 두 손은 아직 모기 속으로 잠기지 않았다. 체셔는 손을 노처럼 저으면서 위로 솟아오르려고 했는데 그 어설픈 동작이 결정적으로 체셔를 깊숙이 가라앉게 만들었다. 그것은 거대하고 푸른, 반고체의 풀이었다. 사방을 둘러보아도 풀이 끝나는 지점이 보이지 않았다. 거기엔 모기와 체셔 말고는 아무것도 없었다. 모기가 한 줌 체셔의 목구멍으로 넘어갔다. 그것은 젤리 덩어리처럼 부들거리며 체셔의 뱃속으로 내려갔다. 체셔는 잔뜩 모기 속에 잠겨 있었고 오랫동안 숨을 들이쉬지 못하고 있었지만 숨이 막혀 죽을 것 같지는 않았다. 모기의 세계에서 호흡은 그다지 의미 있는 생체활동이 아닌 것 같았다. 하지만 그것은 체셔에게 별로 위안이 되지 못했다. 다리가 무겁게 가라앉아서 그 반고체의 표면으로, 즉 모기 밖으로, 나가는 것은 이제 영영 수가 틀려버린 것 같았으니까. 안녕. 거대한 모기가 거대하게 진동하며 말했다. 안녕. 체셔는 머리와 배를 누르는 엄청난 파동에 실려서 어딘가로 가라앉다가 정신을 잃었다.

*

　안녕. 안녕.
　안녕. 나야. 안녕.
　안녕.
　모기는 아무 때나 아무렇게나 나타나기 시작했다. 체셔고양이처럼 입만 나타나기도 하고 저날처럼 거대한 풀로 나타나서 안녕, 안녕 하고 말했다. 체셔는 모기의 인사에 시달렸다. 안녕. 안녕. 안녕. 안녕. 그것이 모든 대화인 것처럼 모기는 그 말만 했다.
　미오는 모기에 대해 알지 못했다. 체셔는 이따금씩 미오가 곁에 있을 때도 반고체의 세계 속으로 끌려갔다가 한나절이나 반나절 만에 돌아오곤 했는데, 미오는 체셔가 잠을 자거나 깊은 생각에 잠긴 것으로만 알았다. 반고체의 풀 속에 잠기면 체셔가 할 수 있는 일은 아무것도 없었다. 끌려가면, 잠겨서 눈을 굴리며 너울거리다가, 모기가 내킬 때 침대로 돌려보내졌다. 언제나 예고 없이 끌려들어갔다가 예고 없이 끌어올려졌다. 체셔는 점점 참을 수가 없었다.

외면해버리자. 체셔는 생각했다. 없다고 생각해버리면 언젠가는 정말 없어져버리지 않을까.

그러자 어떻게든 체셔를 돌아보게 하려고 모기의 어휘와 말썽이 늘어났다. 안녕. 나야. 왜. 만나려고 왔는데. 왜. 만나주지 않아. 안녕. 안녕. 나야. 안녕. 모기는 악을 쓰고, 사탕과 초콜릿을 모두 먹어버렸다. 작은 회오리바람처럼 방 안을 뛰어다니고, 땀 띠분 상자를 던져 텔레비전 안테나를 부러뜨리고, 여기저기에 부딪혀서 물건들을 떨어뜨렸다. 밤에 모기는 벽에 등을 비비며 울었다. 안녕. 흑흑. 안녕. 흑흑흑. 안녕. 안녕. 흑흑. 안녕. 마침내 미오가 귓불까지 빨갛게 달아오른 얼굴로 방문을 열었다.

참을 수가 없어.

미오가 말했다. 밤새도록 대체 뭘 그렇게 외치는 거야. 믿을 수가 없어. 내가 너고 나에게 그런 에너지가 있다면 다른 걸 해보겠어.

내가 아니야.

아, 제발.

내가 아니야. 그건 모기라고 몇 번이나 말했잖아. 그건 내가 아니야.

미오는 입을 다물고 체셔를 노려보았다.

너의 아버지는 내게 세 달이나 급여를 지급하지 않았어. 내일이면 그게 네 달째가 되고. 그런데 이제는 그와 연락도 되지 않고 있어. 마지막으로 네가 아버지와 통화한 것이 언제지? 말해봐. 언제야. 상황이 이런데 너는 울고불고 이상한 말을 해대면서 나를 괴롭혀. 물건들을 던지고 괴상한 소리를 지르면서 매일 밤 나를 괴롭혀. 나는 내 돈으로 식료품을 사서 너를 먹이고 보살피고 있는데 너는 나를 괴롭혀. 침대에 누워서 꼼짝도 하지 않으려고 하면서.

미오. 침대에 누워 있는 것 말고 내가 뭘 할 수 있는데.

나도 모르지. 하지만 여러 가지를.

여러 가지.

체셔는 날카로운 음성으로 미오의 말을 되풀이했다. 미오가 쌀쌀맞게 입을 열었다.

어쩌면. 여러 가지. 날 귀찮게 하지 않는다거나. 모두 잠을 자야 하는 밤에는 입을 좀 다물고 있으려고 한다거나. 적게 먹고 적게 배설하려고 노력한다거나.

미친 거 아냐, 미오. 나한테 그런 식으로 말하지 마.

두 팔을 치켜들더니 미오는 문을 닫고 나가버렸다. 체셔는 닫힌 문을 향해 주전자를 던졌다. 컵도 던졌다. 플라스틱 컵이 가벼운 소리를 내며 높이 튀어올랐다가 바닥으로 떨어졌다. 체셔는 두 손으로 귀를 막고 힘껏 소리를 질렀다. 그리고 미오가 다시 돌아오려는지 보려고 귀를 기울였다. 아무런 기척이 없었다. 체셔는 다시 소리를 지르기 시작했다.

*

　체셔는 전화를 걸었다. 누구도 전화를 받지 않았다. 수화기를
전화기에 되돌려놓는 순간 모기가 체셔를 거대한 풀 속으로 내
동댕이쳤다. 체셔는 새벽까지 그 속에 갇혀 있다가, 기진맥진해
서 침대 위로 돌아왔다.

*

　……
　……
　……미오가 오지 않는다. 가버렸나?
　가버렸어.
　오후가 된 것 같다.
　오후가 되었어.
　넌 누구야.
　너의 주민. 거대한 삼각형의 주민.
　뭐의 주민이라고?
　너의 삼각형. 네가 찍은 세 개의 점 사이. 나는 너의 주민. 안
녕. 안녕. 아무리 기다려도 아무도 나를 만나러 오지 않는다. 너
도 오지 않는다. 나를 만나러 오지 않아. 나는 기다린다. 안녕. 혼
자 있는 것이 너무 쓸쓸해서 내가 그것을 말랑말랑하게 채운다.

그것도 다 차버려서, 이제 내가 너를 만나러 왔다. 안녕. 안녕.

그만둬. 나를 다시 거기로 데려가지 마.

거기.

나를 잠기게 하지 마.

거기. 똑같아. 여기는 거기하고 똑같아. 거긴 말랑말랑하고 여기도 그래. 어디로도 흐르지 않아. 나는 거기서 그걸 만들었고 너는 여기서 이걸 만들었다. 똑같아. 그런데 왜 싫어해.

숨만 쉬는 게 싫다.

여기선 다른 걸 해?

뭐라고?

다른 걸 해?

뭐라고?

너는 여기서 이걸 만들었다. 똑같아.

말하지 마. 시끄러워. 입 다물어. 시끄러워.

안녕.

인사하지 마. 너는 없어.

안녕.

너는 없어.

……

너는 없어. 너는 없어.

……

없다고.

......

......

*

체셔는 혼자 남았다. 아무리 기다려도 미오는 돌아오지 않았
다. 체셔는 초콜릿 서랍을 열었다. 모기가 거의 먹어버려서 서랍
안엔 남은 것이 별로 없었다. 체셔는 박하사탕과 초콜릿을 빨아
먹으며 오후를 견뎠다. 한두 번 텔레비전을 켜보았지만 안테나
가 부러진 탓인지 뭐가 뭔지 알아볼 수 없는 화면에 잡음만 요
란했다. 체셔는 텔레비전을 껐다. 그러자 조용해졌다. 체셔의 침
대 주변은 그런 식으로 종일 조용했다. 너무 조용해서 체셔는
아버지의 전축을 켜보았다. 버튼을 누르고 바늘을 좀 움직여주
자 지직지직하면서 엘비스가 노래했다. 체셔는 깜짝 놀랐다. 아
직도 그 레코드판이 거기 걸려 있었다니. 체셔는 병원에서 자기
가 외쳤던 두 마디를 떠올리지 않고 있었지만, 다시 그날과 같
은 말을 두 마디 했다.

엘비스다.

엘비스다.

다시 한 차례 밤이 지나가고 낮이 지나갔다.

체셔는 너무 배가 고파서 침대 밑으로 몸을 굴렸다. 다리부터 묵직하게 떨어져서 바닥에 퍼졌다. 한동안 어깨와 목에 통증을 느끼며 엎드려 있다가 부엌까지 기어나갔다. 아래칸부터 먹을 수 있는 것들을 찾아보았다. 굽지 않은 자반고등어가 한 토막 있었고 아주 작은 것으로 무가 반토막 있었다. 고춧가루와 소금이 담긴 플라스틱 용기가 있고 기름이 든 유리병이 두 개 있었다. 냉장고 선반에 매달려 팔을 뻗었다가 체셔는 위쪽에서 계란을 발견했다. 체셔는 그것의 귀퉁이를 앞니로 깨물었다. 안의 것을 먹으려면 딱딱한 껍질을 찢어야 한다는 생각밖에 나지 않았기 때문이었다. 계란을 한 개 가슴에 쏟은 뒤에야 온전히 구멍을 내서 빨아먹을 수 있었다. 체셔는 그런 식으로 계란을 한 개 더 먹었다.

조용히 밤이 지나가고 낮이 지나갔다.

*

냉장고 앞에 계란 껍질이 쌓여갔다. 계란을 모두 먹어버리기 전에 누군가 왔으면 좋겠다는 생각을 체셔는 하고 있었다.

그게 모기라도 나쁘지는 않을 것 같았다.

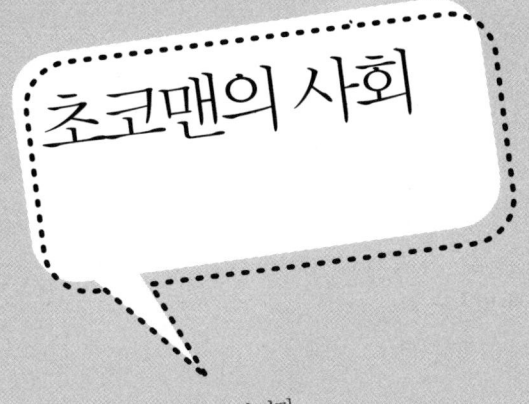

초코맨의 사회

어떻게 생각해, 라고 C는 거듭 묻고 있었지만,
나는 나중에 원망을 들을까봐 어느 쪽으로도 대답을 줄 수가 없었다.
그런 시대인 것이었다.

C는 최근 몇 년 동안 열심히 노력한 끝에 초코맨이 되었다.
카카오의 함량은 팔십육 퍼센트 정도로, 일반적으로 도달하는
함량이 오십육 퍼센트쯤이라는 것을 고려했을 때, C의 노력이
상당했다는 것은 의심할 여지가 없었다. C는 자부심을 가지고
정식 초코맨 이력서를 여기저기 넣어보았지만, 어디서도 흔쾌히
초코맨을 고용하려 들지 않았다.
　기껏 초코가 되었건만, 시대의 흐름이 바뀌어 치즈맨에 대한
선호도가 훨씬 높았던 것이었다.
　―글쎄요, 요즘은 치즈가 대세 아닌가요.
라거나,
　―초콜릿이라는 것은 아무래도 먹고 나서 뒷맛이 구린 점도
있고.
라는 식의, 노골적인 평가를 듣고 떨어질 뿐이었다.

—그게 말이 되냐고.

C가 나를 보러 와서 말했다.

—내 말은, 구린 것으로 따지자면, 치즈가 훨씬 더하지 않느냐는 말이야.

어쨌거나 치즈맨이 되지 않고서는 가망이 없겠다고 생각한 C는 관련 육성기관에 거금을 내고 전문적인 트레이닝을 받기 시작했다. '속성으로 숙성 B코스'였다. 이른바 초코맨의 재사회화라는 과정이었다. 이것이 얼마나 어려웠을지 나로선 짐작할 수가 없었다. 어엿한 초코맨이 되기까지도 몇 년이 걸렸는데, 이제 치즈맨이 되기 위해 전혀 다른 과정을 억세게 밟아야 했던 것이었다. 초콜릿과 치즈의 구조가 완전히 다르다는 것을 이해하는 사람이라면 내 말이 무슨 뜻인지 알 것이다.

C는 일 년에 걸친 각고의 노력 끝에 마침내 치즈맨으로 재사회화되었다.

그러나 그사이 이 시대의 흐름은 다시 바뀌어서, 복고의 바람을 타고 초코가 대세가 되어 있었다는 이야기였다.

—어떡할 거냐고!

C는 카망베르 계열로 훌륭하게 숙성된 얼굴을 감싸고 외쳤다. 새로운 면접관들에 따르면, 초코가 집중도 면에서 훨씬 뛰어나고, 일처리도 세련되기 때문에 업무능률이 좋다는 것이었다. 거기다 알맞게 딱딱해서, 별다른 도구 없이도 깔끔하게 부러뜨릴 수 있다는 점마저 매력으로 어필이 되는 듯했다.

—어떻게 생각해, 응?

C가 말했다. 나는 뭘 어떻게 생각하느냐고 물었다.

—이대로 다시 흐름이 바뀌길 기다려볼까, 아니면 다시 초코맨으로, 응?

—다시 초코맨이라니.

—다시 한번 트레이닝이라는 거지, 뭐.

어떻게 생각해, 라고 C는 거듭 묻고 있었지만, 나는 나중에 원망을 들을까봐 어느 쪽으로도 대답을 줄 수가 없었다. 그런 시대인 것이었다.

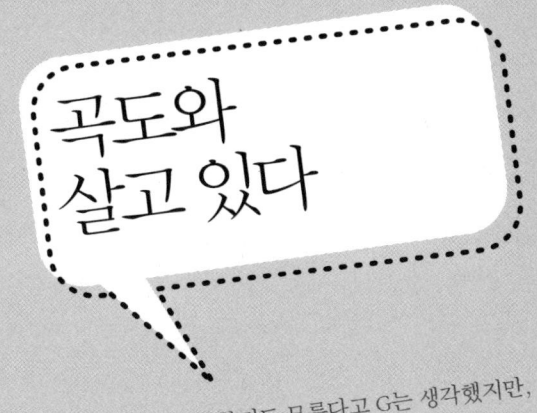

곡도와
살고 있다

어쩌면 이번에도 재미없다면서 질주를 시작할지도 모른다고 G는 생각했지만,

곡도는 웬일로 생각에 잠겨 있었어. 두툼한 반달이 뜬 밤이었어.

현관문을 열었더니 파씨가 서 있었어. 커다란 우산을 쥐고 외투 위에 검은 가방을 메고 있었지. 우산 끝에 매달린 물방울이 현관 바닥에 탁, 탁, 떨어졌어. "들어와." G는 말했어.

"출장 다녀왔어."

탁자 건너편에서 파씨가 말했어.

"……차 마실래?"

그렇게 물어놓고, 물도 차도 커피도 올리지 않은 빈 탁자를 바라보며 G는 가만히 앉아 있었어. 파씨는 물을 마시겠다고 대답은 해놓았지만 특별히 재촉하지는 않았어.

"이거."

파씨가 지퍼를 당겨서 가방을 열었어.

"특산품이래."

그러면서 가방에서 꺼낸 것은 호두과자 한 상자와 커다란 고양이 한 마리였어.

파씨는 그것들을 탁자에 올려놓았어. 고양이는 잠들어서 축 늘어져 있었어. 평범해 보이는 얼룩고양이였는데 등과 뒷다리에 강낭콩 같기도 하고 발자국 같기도 한 모양의 큼직한 반점이 번져 있었지. 무슨 색이었냐고 묻는다면, 맵지 않은 카레색이라고 말할 수 있을까.

G는 과자상자와 고양이를 번갈아 바라보았어. (그런데 어느 쪽이 특산품이라는 거야.)

"고양이는 기를 수 없어."

고양이를 가리키며 G는 말했어.

"고양이가 아니야."

파씨가 말했어.

"이건 곡도. 고양이와는 완전 다른 생물이야."

"고양이든 뭐든."

"어렵지 않아."

파씨는 왼손을 벌려서 엄지부터 하나씩 접기 시작했지.

"식사, 화장실을 깨끗하게 유지해주고, 이따금 놀아주기. 그 정도만 해주면 되니까, 전혀 어렵지 않아."

"음."

G는 뺨을 긁으면서 탁자 위의 곡도를 바라보았어. 다른 생물이라고 생각하고 보니 고양이와는 다른 듯도 했지만, 고양이라고 생각하고 보면 그건 다름아닌 고양이였어. 빈틈없이 잠에 밀

160

착된 고양이 한 마리.

파씨는 무릎을 툭툭 털고 일어나서 싱크대 쪽으로 걸어갔어. 주전자에 물을 받아서 외투를 입은 채로 커피를 끓이기 시작했지. "설탕은 어디? 아, 됐어." G는 잠자코 앉아서 병 바닥에 들러붙은 설탕을 긁어내는 소리를 듣고 있었어. 파씨가 커피를 만들어가지고 탁자로 돌아왔어.

"출장은 어땠어?"

"응."

파씨는 커피를 꿀꺽 삼키고 말했어.

"거긴 지금 우기야."

그때 곡도가 눈을 뜬 거야. G는 흠칫 놀라서 곡도의 눈을 바라보았어. 몹시 둥글고 반들거리고 여러 가지 색깔이 섞인 듯한 회색 눈이었지. 곡도가 등을 들어올리며 기지개를 켰어. 등뼈로 저 정도의 아치를 만들 수 있다면 역시 고양이가 아닌가 싶을 때쯤, 꼬리를 엉덩이 부근으로 말며 싹 앉더니, 파씨를 향해 말하는 거였어. 아니, 진짜로.

"도착했나요?"

"도착했어요."

"수고했어요."

"수고했어요."

G가 받은 첫인상으로 말하자면, 곡도라는 것은 참으로 의젓한 생물이었지. 곡도가 이번엔 G를 향해 말했어.

"실례하겠습니다."

"아."

G는 곡도를 따라서 엉겁결에 머리를 숙였다가 탁자 모서리에 이마를 찧고 말았어. 일단은 되게 아팠지. G는 손으로 이마를 누르면서, 바로 그게 다르다고 생각한 거야. (그러니까, 이 생물은 '야옹' 하는 것 말고도 상당히 다양하게 울 수 있다는 거지.)

*

"자."

하면서 파씨가 마지막으로 가방에서 꺼낸 것은 손바닥만한 책자였어. 그림도 없는 얇은 표지에 '가이드북'이라는 은박표제가 붙어 있었어. 그 책을 탁자 위에 반듯하게 올려두고 파씨는 돌아갔어.

G는 표제를 손가락으로 더듬으며 가이드북을 펼쳐보았어.

2조 6항

···로서 현대사회에서 곡도는 놀라운 속도로 진화중이라고 할 수 있겠습니다. 곡도는···········

………상당히 예민한 생물이므로 특히 피부와 관련된 질병 관리에 신경써야 하며 다 자란 곡도의 경우, 조미된 김을 좋아하는 경향이 있으나, 심각한 나트륨 중독증상을 보일 수도 있으므로 급여시 신중한 결정이 요구됩니다. 특정 상표의 '맛김'을 급여한 경우, 후천적 심성(心性) 기형을 유발했다는 보고가 있으므로 참고 부탁드리며…… 일부 개체의 경우 칼륨에도 유사한 증상을 일으킬 수 있으므로 이 또한 주의 깊게…………

…이러한 발음문제는 비교적 얇은 혀와 혀 표면의 까칠까칠한 돌기 때문으로, 고유한 특징일 뿐, 생체적 결함이 아님을 밝힙니다. 덧붙여 이 생물 특유의 음성에 대한 몇몇 문의에 관해서는…… 시각적으로 예를 들자면 타이프체 같은 음성이라고나 할까, 익숙해지면 그 질감을 상당히 즐기게 될 것이라는 점 자신 있게 말씀드리며, 2조 6항의 안내를 마치겠습니다. 그밖의 문의……

16

(잠깐.) G는 가이드북을 탁, 소리가 나게 접었어. 이건 뭐, 서너 가지만 신경쓰면 어려울 것이 없다는 이야기와는 달랐으니까. G는 가이드북을 무릎에 올려두고 싱크대 선반을 바라보았어. 해가 서서히 지고 있는 참이라서 선반 안쪽이 어두웠어. G는 곡도가 아직 탁자에 앉아서 자기를 보고 있다는 것을 알았지만 마주 바라볼 수가 없었어. (이거 지금 뭔가 말해야 되는 거지?) 하지만 G는 별로 말하고 싶지 않았어. 맥락이 G를 곤란하게 만들기 때문이었어. 좀더 분명하게 말하자면 맥락의 이미지가 G를 곤란하게 만들기 때문이었어. 허공에 몇 개의 점을 찍고 A와 B와 C, 이런 식으로 이름을 붙여보자. 누군가 "B"라고 말했을 때, 말이라는 현상은 B라는 점이 아니라 A에서 B로 이어지는 가느다란 선분이었어. "말은 결과가 아니라 A에서 B로 가는 과정이며 다시 C로 가는 과정이자 노력이잖아." 이것이 G가 가지고 있는 맥락의 이미지라는 것인데, 아무리 간단한 말이라도 듣거나 말할 때마다 G는 그것에 사로잡히는 거였어. 아니, 그러니까 진짜로. 강박까지는 아니더라도, 공들여 선분을 긋듯이 맥락을 모두 설명해야 한다는 조바심을 느끼게 되는 거였어. 하지만 그렇게 되면 너무 많은 말을 하게 되고 그 과정을 참을성 있게 기다려주는 사람도 없어서, 생각을 거듭할수록 머릿속의 말은 넘치고 A와 B가 벌어져 마침내 G는 입을 다물게 되는 거였어. 거기다 A와 B의 위치가 임의로 상정된 두 점에 지나지 않는다는 것까지 생각하면 설명하고 파악해야 할 맥락이라는 것은 전

164

방위로 늘어나는 셈이잖아. 또 거기다 그 맥락 속엔 스스로도 알지 못하는 숨겨진 맥락이라는 것도 있을 테니까, 정말로 쓸 만하거나 할 만한 말이라는 것은 없는 것이 아닐까, 하고 G는 생각하고 있던 참이었어. (이거 계속 쳐다보고 있는데.)

"저어, 뭘 좀 먹을 수 있을까요?"

곡도가 마침내 부끄러운 듯 말했어. G는 멍한 얼굴로 곡도를 바라보았어.

"……뭘 먹을 수 있는데?"

"뭐가 있는지 한번 보죠."

그들은 냉장고 문을 열고 나란히 앉아서 안쪽을 살펴보았어. 때마침 거실이 완전히 어두워졌기 때문에 G는 냉장고 불빛이 반짝 반가웠지. "음."

"우유."

"우리는 우유는 먹지 않아요. 소화를 시킬 수가 없거든요. 다른 건 뭐가 있나요?"

"음."

G는 맨 위쪽 선반에서 뭔가, 복슬복슬하고 잿빛에 노랗고 분홍색이 섞인 둥근 것을 집어들었다가, 두꺼운 곰팡이층을 뒤집어쓴 복숭아라는 것을 알고 제자리에 돌려두었어. "음."

"양파가 있다."

"삶을 건가요?"

"삶다니."

"저 뭐시냐, 솥에 물을 끓여서 익히는 거 말예요. 양파를 생으로 먹었다간 무서운 재채기병에 걸릴 수도 있어요. 삶을 건가요?"

"……그건 굉장히 번거로울 것 같은데. 적당한 솥도 없고."

"그러면 넘어가요."

"마가린도 있어."

"마가린, 마가린. 그거에 대해선 잘 모르겠는걸. 의외로 위험할 수도 있으니 그것도 넘어가죠."

"계란은."

"그건 문제없어요."

G는 부엌에 불을 켜고, 계란을 세 개 부쳤어. 곡도는 껍질을 깨자마자 노른자가 퍼져버리는 것을 보고 계란의 상태를 의심스러워하는 눈치였지만, 남기지 않고 모두 먹었어. G는 눅눅해진 김도 몇 장 찾아냈어. 질겨서 잘 씹히지 않는다고 불평했지만 곡도는 그것도 남김없이 먹었지. (저런 게 특산품이라니, 파씨는 대체 어디를 다녀온 건지.) 싱크대에 물을 받아 접시를 가라앉히며 G는 중얼거렸어.

"애완생물이라니. 정말 자신 없는데."

"이제 와서 묘한 생각은 하지 말아주세요."

"묘한 생각?"

"몰래 버린다거나."

"음."

"9조를 읽었나요?"

"그게 뭔데."

G가 묻자, 곡도는 발에 달라붙은 소금을 털어내며 말하는 거였어.

"반드시 읽어두는 편이 좋다고요."

*

G는 이제까지 도시 외곽에서 아무도 귀찮게 하지 않으면서 살고 있었어. 월세를 꼬박꼬박 지불했고 공과금도 밀린 적이 없었고 밤중에 설거지를 한다거나 세탁기를 돌린다거나 음악을 크게 틀어놓는다거나 하면서 이웃을 성가시게 하는 일도 없었고 담배꽁초나 음료수 깡통을 창밖으로 집어던지는 일도 없었고 출근시간에 늦어본 적도 없었고 일을 덜 해보겠다며 요령을 피운 적도 없었고 쉬는 시간엔 그저 숫자맞추기 퍼즐 같은 것을 하면서 보냈고 휴일엔 늦게까지 잠을 자다가 집 근처의 버스정류장까지 걸어가서 빅버거 세트나 두꺼운 핫도그를 두 개 사먹고 온다거나 하면서, 어디까지나 조용히, 혼자서 이것저것 해결하거나 놓아둔 채로 지내고 있었어. 약간 다르게 말해서 G는, "가슴 세 번, 목을 좌우로 두 번, 팔을 각각 네 번, 엉덩이를 다섯 번" 하는 식으로 씻는 순서를 몸으로 기억해두고 언제나 그 순서대로 씻어왔고, 한두 번은 조금 전에 씻었다는 것을 잊어버리고

다시 욕실에 들어가는 일은 있어도, 여전히 편하고 익숙해서 아무것도 생각하지 않고도 씻을 수 있도록 "가슴 세 번, 목을 두 번, 팔을 네 번, 엉덩이를 다섯 번" 하고 반복해왔던 거였어. 그런데 이제부터 상황은 좀 달라질 수밖에 없었어. 그야 뭐, 가이드북까지 딸린 생물이 붙어버렸으니까, 진짜로.

식사와 화장실, 그리고 놀이. 가장 쉬운 것은 화장실 관리였어. 아무튼 곡도가 변기 레버를 제대로 다룰 줄 알았기 때문에 그것에 관해선 특별히 신경을 쓸 일이 없었던 거였어. (이거 처음에 목격했을 땐 깜짝 놀랐어. 욕실 문을 열었더니 변기에 앉아 있잖아. 정말로 그럴듯하게 등을 구부리고 앉아서 용변을 보고 있었단 말이야. 온갖 고뇌를 짊어진 듯한 얼굴을 하고 있다가, 점잖게 내려와서 앞발로 레버를 찰칵, 하고 눌렀다고.) 아침이나 저녁때 거품을 내서 변기를 한 번씩 닦아주면 화장실의 하루 관리는 끝이었어. 그 정도면 간단했지. 가장 어려운 것은 놀아주기였어. 곡도가 이대로는 너무 심심하니까 놀아달라고 보챌 때, G 쪽에서 무엇을 어떻게 해야 둘이서 노는 놀이가 되는 것인지 몰라서 분위기를 침울하게 만들곤 했으니까. 아니, 진짜로.

"그러면 옛날얘기 좀 해줘요."

"재미있는 걸로 해줘요. 우리는 얘기 듣는 거 굉장히 좋아한다고요."

"음."

G는 자기가 기억하고 있는 것을 이것저것 얘기해보려고 했는

데, 그게 또 생각만큼 잘되지 않았어. (앗.) 그건 정말 이상한 일이었어. 말을 하지 않더라도 G는 언제나 이것저것 생각하고 있었으니까, 자신은 그저 말하고 싶지 않을 뿐, 말할 수 있는 것은 얼마든지 있다고 생각하고 있었으니까 말이지. G는 이것저것 생각해보고 자기가 잃어버린 말들이 너무 많아 깜짝 놀라고 말았어. 입속에서 말을 뭉개며 우왕좌왕하다보니 이제는 정말, 말하고 싶은 것이 없어서 말할 것이 없는 게 아니고, 말할 것이 없어서 말하고 싶지 않은 것이 되어버린 거 같더란 말이지.

"음."

어쨌거나 곡도의 총평은 언제나 "재미없다"는 거였어.

"요즘 잠을 못 자고 있는 거 아니야?"

점심때 소장이 머뭇거리며 다가와서 물었어.

"얼굴색이 별로 좋지 않아 보여."

"음."

"음."

"음."

"음."

"……집에 이상한 게 들어와 있어요."

"그래." 마침내 G가 입을 열자 드디어 숨통이 터졌다는 듯한 얼굴로 일단 한숨을 쉰 다음, 소장은 이렇게 물었어.

"이상한 거라니, 새나 고양인가?"

"…그건 아니고요."

"사람도 아니고?"

"네."

"아아, 그래."

소장은 알아들었다는 듯 고개를 끄덕였어. "이따금 그런 일이 생기지." "그런가요." "그렇다니까."

"어느 날 나는 말이야, 퇴근해서 집으로 돌아갔더니, 현관에 들어서자마자, 이거 뭐가 들어왔구나, 이런 생각이 딱 들더란 말이야. 아니, 그게, 아내하고 딸은 부산의 처갓집에 내려가 있었으니까 말이지, 나 말고는 그 집에 들어올 사람이 없는데 뭔가, 기척이 느껴졌다는 말이야. 사람은 아니고, 딱 알겠더라고, 이건 그거다, 라고. 그 순간엔 말이지, 이거 귀찮게 되었구나, 생각했지만 일단 지내보니 별로 그런 일도 없었어. 그야 밤중에 내 얼굴 근처에서 '마요네즈마요네즈마요'라거나 '서쪽에 다섯 개가 있어'라는 둥, 중얼거릴 때는 좀 오싹하기도 했지만 말이야, 그 정도가 전부였다고. 나도 말이지, 나이를 먹으니까 요즘엔 모든 게 예전 같지 않아서 일도 힘들고 말이지, 발 씻고 저녁 먹고 나면 바로 잠들곤 하니까, 신경쓸 틈이 있나. 또 어느 날 문을 열고 들어갔더니, 갔더라고."

"음."

"그게 어딘가로 가서 없더라고. 아니, 그야 나도 인간이니까 말이지, 나 자신이 그거한테도 재미가 없는 인간이었나 싶어서 한순간 우울하기는 했지만 말이야. 아무튼 갔어, 그런 식으로."

"음."

"무시하고, 느긋하게 기다려봐."

아니, 그게, 차라리 그거라면 좋겠지만, 하고 G는 소장의 어투를 빌려서 혼자 생각하는 거였어. 이건 도저히 무시하거나, 제풀에 사라지길 느긋하게 기다려볼 상대는 아니었으니까. 당장 그날 저녁에도 곡도는 눈썹 부근을 평평하게 만들면서 불만이 가득한 얼굴로 이렇게 말하는 거였어.

"하나도 재미없네요, 그 얘기."

*

이런 상황이 어째서 문제가 되느냐면, 불만에 가득 찬 곡도의 달리기를 초래하기 때문이었어.

"두두두두두두두두두두" 하고 일단 달리기 시작하면, 한밤의 도로에서 자동차의 미등이 만들어내는 긴 띠처럼, 카레색 궤적을 그리며 벽이나 천장까지 타고 돌아다니는 거였어. 그러다 반죽을 뚝뚝 떼어놓듯 여기저기 잔상을 남기는 거야. 이렇게까지 되면 더는 손쓸 수가 없었지. 그 잔상들이 각각의 곡도가 되어 사방에서 움직이기 시작하는 거야. 더는 달릴 공간이 없을 때까지 그런 식으로 불어나면 G는 순식간에 '곡도의 무더기'라는 것에 짓눌리게 되는 거였어. 어깨에 곡도. 왼쪽 뺨에 곡도. 턱 아래쪽에 곡도. 팔뚝에도 곡도. 등에도 빈틈없이 곡도. 뒤통수며 배꼽이며 발등이며 거기 부근까지도 곡도.

자루 속의 메주콩처럼 빼곡한 상태에서 자기들끼리 밀지 좀 말라는 둥, "내 꼬리" "은근슬쩍 어딜 만지는 거야, 변태 같은 놈", 하고 여기저기서 떠들기 시작하면, G는 골이 터질 것 같다는 말을 실감하게 되는 거였어.

"어떻게 좀 해봐."

"기다려봐요. 일단 불어나면, 원래대로 돌아가는 건 마음대로 되지 않는다고요."

이렇게 말해놓고 곡도는 시간을 들여가며 조금씩 원래대로 돌아갔지. 와글와글하는 와중에 조금씩 개체가 줄고, 일정한 방향을 향해 무더기가 꾸준히 줄어들어서, 마침내 일체(一體)화된 곡도가 눈썹에 맺힌 땀을 닦으며 욕실 같은 곳에서 걸어나오는 식이었어. 휴우, 하고 곡도는 왠지 매번 뻐기듯 말하는 거였어.

이번 녀석들은 꽤나 까다로웠어.

이따금 한 마리나 두 마리 정도를 미처 일체화시키지 못하고 남기는 일도 있어서, 이런 경우에는 며칠씩이나 식사를 두 배 이상 준비해야 하지, 화장실도 배는 북적거리지, 이야기에 대한 부담도 비례로 늘어나지, G로서는 고생이 여간 아니었던 거야. 거기다 이따금 천장이나 벽에서 빠직, 소리가 날 때까지 불어나는 등의 위협적인 경우라는 것도 있었으니까, 얼굴색 같은 게 좋을 리가 없잖아, 진짜로. 이날 저녁에도 곡도는 강낭콩 모양의 반점이 퍼진 옆구리를 툭툭 털어내며 일어서서(내 분명히 말하는데, 누가 뭐래도 곡도는 직립에 능숙한 생물이었다는 거), 둥근 앞발을 더 둥글게 말아쥔 다음, 불만의 달리기를 시작할 준비를 하는 거였어. (잠깐, 잠깐, 잠깐.)

*

이런 이유로, 저간의 일들이 벌어지는 동안 G는 가급적 아래위층 사람들과 마주치는 일을 피하고 싶었어.

"요즘 지진이 잦은 것 같지 않나요? 이 땅이 어떻게 되려는 걸까."

"지진이 아니고요, 근처의 지하철 공사 때문이라고요. 땅속에서 매일 다이너마이트를 터뜨리고 있으니 말이죠."

"저희집 사정 좀 들어보시라고요(앗, 윗집 아주머니), 언제나 밥상을 놓고 먹는 자리가 최근에 봉긋하게 솟아서, 정말로 미세하게 약간이긴 하지만, 그것이 분명하게 솟아서, 여간 신경이 쓰이는 게 아니거든요."

"이 건물, 오래되었으니까요."

"걱정이네. 철골이 비틀어지고 있는 건 아닌지 몰라."

현관이며 계단에 모여서 이런 대화를 나누고 있는 이웃들 곁을 지날 때면, 역시 원흉은 자기라는 생각에 목이 뜨거워졌고, 모두가 자기를 흘끔흘끔 쳐다보는 것 같기도 하고 말이지. 이대로라면 조만간 이웃의 방문을 받겠구나 싶었는데, 과연 방문을 받고 만 거야.

"기르고 있지요?"

아랫집 여자였어.

그녀는 노란 튤립이 그려진 티셔츠를 입고 문밖에 서 있었어. 앞머리가 말끔하게 잘려 있었는데 나머지 머리카락들은 전혀 손질하지 않은 것처럼 구겨져 있었어. G는 아무런 대답도 하지 못하고, 그녀의 부스스한 정수리만 바라보고 있었어.

"곡도 말이에요."

"……곡도요?"

"곡도."

냄새가 난다고요, 라면서 그녀는 재빠르게 발을 내밀어 현관 안쪽으로 들어섰어. 슬리퍼까지 벗고, 맨발로 거실에 올라선 그녀는 아직 문고리를 붙들고 선 G를 돌아보며 후후, 웃었어.

"저기, 우리집에도 한 마리 있는걸요. 남편이 구해다주었어요. 우리집에 있는 건 원숭이를 닮았어요. 안경원숭이, 본 적 있나요? 닮았다니까요. 저기, 내 원숭이는 자꾸."

거기서 그녀는 문득 말을 끊고 거실 한 점을 멍하게 응시하는 거였어. 뭐가 있나 싶어 G는 그쪽을 유심히 바라보았지만 아무것도 걸리지 않은 빈 벽이 있을 뿐이었어. 그녀가 불쑥 말했어.

"작아진답니다."

바람 때문에 창문이 덜걱거렸어. 오후부터 날씨가 궂을 거라는 예보가 있었지. G는 아랫집 그녀에게 앉으라고 말한 다음 녹

174

차를 두 잔 만들어서 탁자에 놓았어. 그녀가 탁자 건너편에서
까닥까닥 손짓을 했어.

"볼래요?"

그녀는 스커트 주머니를 뒤적여 성냥갑만한 금속상자를 꺼냈
어. "여기에 있어요"라면서 뚜껑을 달각 열어 보였는데, 탈지면
을 뜯어서 만든 쿠션 위에 팥알만한 덩어리가 하나 얹혀 있었지.

"이게 꼬리고, 이게 발가락."

G는 눈을 조이며 그 부근을 들여다보았지만 글쎄, 그게 워낙
작은 덩어리라서 어디가 꼬리고 어디가 발가락이라는 건지, 아무
래도 구별할 수가 없었어. "어떻게 된 거야, 아까보다 작아졌잖
니"라고 하면서 그녀는 덩어리 근처의 솜을 만졌어. 쿠션이 흔들
리고, 순간 가늘게 벌어졌다가 닫혔으니까, 거기가 틀림없이 눈이
라고 생각하면서 G가 고개를 끄덕이자, 아랫집 그녀는 만족스러
운 듯 한숨을 쉬고 상자 뚜껑을 딱, 소리가 나게 닫는 거였어.

"어제부터 종일 자고 있어요."

그녀는 소곤소곤 말하고 나서 상자를 아무렇게나 주머니에 쑤
셔넣었어. G는 말했지.

"상당히 작네요."

"본래 좀 작은 사이즈긴 했지만, 이 정도는 아니었는데요, 어
느새 줄어서 이만하게 되었죠. 원숭이는 저기, 정말 애를 먹여
요. 냄새도 나고요. 좀 점잖은 동물이었다면 좋았을 텐데요. 뭔
가 마음에 들지 않으면 굉장히 난폭해져요. 결국엔 '아, 정말이

지'라면서 작아지는데, 그 말을 할 때는 저기, 그 조그만 머리를 손으로 쥐어서 터뜨려버리고 싶을 정도로 얄미운 얼굴을 한다고요. 하지만 그런 일은 없어야죠. 내 말은, 터뜨린다는 것 말예요. 남편이 나를 정말 걱정하고 있거든요. 왜냐하면 계속 잠을 자지 못하고 있으니까. 그게 어떤 건지는 겪어본 사람만 아는 일이죠. 저기, 전혀 잠을 잘 수 없다는 것 말예요, 매순간 감각이 곤두서서, 뱃속이며 머리며 목구멍에 뜨거운 바늘이 몇 줌씩 꽂힌 듯한 기분이죠. 하다못해 남편이 곁에서 숨을 쉬거나 움직이는 소리도 참지 못할 때가 많아서, 따끔, 따끔, 하고 말이죠. 그러니까 곡도가 좀 얄미운 얼굴을 한다고 해서 머리를 터뜨려버리는 일은 없어야 하지 않겠어요? 우리 부부는 곡도에게 기대를 걸고 있어요. 특히 남편이 그렇죠. 나는 남편을 실망시키고 싶지 않아요. 저기, 그래도 작아진다는 것은 말이죠, 정말 문제랍니다. 저렇게 작아져서 아무 데나 들락날락거리는데, 사람 몸에는 여기저기 구멍이라는 게 있으니까, 큰일 아니겠어요?"

"음."

"큰일이죠. 제대로 한번 생각해봐요. 문제라고요. 곡도는 속을 썩이잖아요. 저기, 이런 자리니까 하는 말인데요, 솔직히 말하자면, 나는 성가셔요. 이대로는 눈꺼풀을 잃어버릴지도 모른다고 하지만 말이죠, 내 말은, 가이드북이며 놀이 같은 게 다 뭐야, 싶기도 하고 이것저것 성가셔서, 눈꺼풀 따위 뭐가 그렇게 중요할까 싶은 생각이 들 때가 있는데요, 저기, 그렇잖아요, 차

176

라리 눈꺼풀이란 게 없다면 잠을 자지 못하는 게 지금처럼 괴롭게 느껴지지 않을지도 몰라, 눈꺼풀이 없는 사람에게 잠을 자지 못하는 일쯤은 아무것도 아닐지도 몰라, 하고 생각하게 된다는 거죠. 누가 알아요? 내 말은, 눈꺼풀쯤, 그렇잖아요?"

"눈꺼풀이요?"

"눈꺼풀."

그녀는 천천히 녹차를 한 모금 마셨어. 눈꺼풀, 하고 G는 말했어.

"그게 어떻게 된다고요?"

"……가이드북, 전부 읽지 않았나봐요?"

"거기 그런 내용이 있어요?"

"있지요, 전부, 9조에."

9조, 하고 G는 생각하는 거였어.

"그런데 이 집의 곡도는 어디에 있나요?"

그때 누군가 벨을 눌렀어. 턱이 긴 남자가 문밖에 서 있었어. G는 그가 아랫집 여자의 남편이라는 것을 단번에 알아보았지. 길쭉하고 창백한 것이 닮았으니까. G는 인사했지만 그는 인사를 받아주지 않았어. 무표정한 눈길로 G의 이마를 바라볼 뿐이었어. 인사라는 것은 받는 쪽에서 제대로 받아주지 않으면, 하는 쪽에서 여러 가지 생각을 하게 되는 거잖아. 인사도 제대로 하지 않으면서 인사를 먼저 한 사람에게 여러 가지 생각을 하게 만드는 것은 나쁜 행동입니다, 하고 G는 생각했지만 그런 말을 하지는 않고, 그가 거실에 앉은 아내를 볼 수 있도록 옆으로 비켜섰어. 아랫집 여자가 주머니 속의 상자를 달각거리며 G의 거실에서 일어났어.

"그런데 말이죠."

현관을 나서면서 그녀가 말하는 거였어.

"대체 어떤 사람들이 곡도를 기르며 사는 걸까요. 당신도 나도, 기르고 있지만 말이죠."

G는 그날 밤 가이드북을 펼쳤어.

9조

······부작용에 관한 우리의 입장을 명확하게 말씀드리자면···

······곡도를 기르려는 사람들에게······ 좀더 엄중한 의미의 경고와 더불어······

중도 포기, 즉 사육에 실패했을 경우의 부작용이 상당히 심각한 편이므로, 처음부터 신중한 결정을···

······각 개체는 버림받는 즉시 곡도로서의 특징을

잃고 보통의 동물화 단계에 접어들게 됩니다. 이때 공평무사, 사육자에게도 같은 비중의 '분실'이라는 현상이 일어난다는 점을 명확히 인지하시기 바랍니다. 고객님들께서는 확실한 책임의식으로……

…… 분실의 항목은 개인이나 사정에 따라서 다를 수 있습니다. 특정한 어휘를 잃었다는 보고가 다수 접수된 바 있으며, 자신감이나 미소나 그림자[1]를 잃었다는 내용의 보고 또한 상당량………… 회사는 이러한 결과에 대해 미리 공지하였으며 이후 이같은 결과 발생시 법적인 책임이 없음을 밝히는 바입니다.

---

1) 드물게 눈꺼풀을 분실하는 경우가 있으므로 주의할 것.

47

그런 내용이었어. 아니, 진짜로. (이거 기분 탓인지는 모르겠지만, 앞선 항목들보다 작고 흐린 글자로 인쇄되어 있는 거 아니냐고, 이 페이지. 거기다 눈꺼풀이니 뭐니 하는 내용은 뭐 이렇게 구석에 처박혀 있어!)
이런 내용이었으니까, 무시무시했지만, 그보다 이런 것을 '별로 어렵지 않다'며 선물한 파씨 쪽이 훨씬 무서운 것 아니냐고, G는 생각하는 거였어.

곡도는 밤이 되어도 찬장 어딘가에 틀어박혀서 내려오지 않았어. 접시에 잘 마른 김을 잘라놓고 불러봤지만 대답도 하지 않았지. G는 혼자 방으로 들어갔어. 불을 끄고 누워서 9조의 내용을 다시 생각했어. 그런 것을 각오하고 곡도를 기르려는 사람들과, 아랫집 여자의 부은 듯한 눈꺼풀을 생각한 다음, 여기 방바닥에 드러누운 자신의 경우에 대해서도 생각했지. 부엌 쪽에서 바닥으로 툭, 하고 발을 딛는 소리가 났어. 어떤 사람들이 곡도를 기르며 사는 걸까요. G는 등 아래쪽에서 후후, 하며 웃는 소리를 들은 듯했어.

*

동지가 지나 낮이 조금씩 길어지고 있었어. G는 집으로 돌아오는 길에 여우를 목격했지. 퇴근할 때 언제나 가로지르는 공원에서 말이야, 여우 세 마리가 덤불 근처에서 뭔가를 먹고 있었어. 큰 놈도 있었고 작은 놈도 있었어. 몇 걸음 다가가자 하수구 속으로 휙 달아나버렸어. 이 계절에 도시의 하수구에 여우 세 마리. 한동안 그 주변을 맴돌며 기다렸지만 다시는 머리를 내밀지 않았지. 그게 벌써 몇 주 전의 일이었어.

어디선가 여우가 우는 저녁이었어.

"아랫집 원숭이 말인데."

꽁치에 칼집을 내서 구우며 G는 말했어.

"어떻게 됐을까."

"왜요."

"아니, 요즘 통 보이지 않아서. 그후로 어떻게 됐을까, 하고."

"죽지 않았을까."

"죽기도 하나."

"가망이 없다고요, 그렇게 작아져서는."

그런가, 하고 G는 생각하는 거였어. (그러면 눈꺼풀은?)

그날 밤 G는 꽁치구이와 술을 탁자에 두고, 곡도와 나눠먹으며 말했어.

"병아리 얘기는 어때?"

"들어나 보죠."

"음. 병아리가 있었어. 봄에 학교 앞에서 파는 백원짜리 병아리. 이 병아리가 죽었어. 뭣 때문에 죽었더라. 하여튼 죽었으니까, 마당 구석에 있던 화단에 무덤을 만들어주었어. 꽃삽으로 동그란 구멍을 판 다음, 거즈로 둘둘 말아서 묻은 거야. 많이 울었지만, 무덤을 만들어주었으니까, 춥지는 않을 거라고 생각했지. 다음날 아침에 일어나서 마당으로 나갔더니 창 밑의 수챗구멍 근처에 기묘한 것이 있었어. 내가 묻은 병아리였어. 전날 화단에 묻을 때까지만 해도 멀쩡했던 솜털이 모조리 벗겨져서, 분홍색이었어. 등도 분홍, 머리도 분홍, 배도 분홍. 벌거벗은 죽은 병아리. 새로운 거즈로 말아서 다시 무덤을 만들어주었지만, 이튿날 아침이 되고 보니 또 벌거벗은 채로 내 방 창 밑에 와 있었어. 밤새 누가 무덤을 파내고 거기까지 옮겨놨는지는 몰라도, 아무튼 끈질긴 녀석이었지. 이걸 나흘이나 반복했으니까. 닷새째 아침에, 수챗구멍 근처에서 나는 다시 병아리를 발견했고, 발로 그걸 슬쩍 밀어서 수챗구멍 속으로 넣어버렸어. 그러면 더는 그걸 보지 않아도 된다고 생각한 거였겠지. 그런데 구멍이 좁아서, 걸려버린 거야. 입구로부터 오 센티미터쯤 아래쪽에서. 그로부터 한 달, 매일 아침 수챗구멍 곁에 서서 조금씩 가라앉는 병아리를 내려다보았어. 시간이 지날수록 줄어들고 썩어가면서, 병아리는 아주 조금씩, 아래쪽을 향해 가라앉는 거였어. ……음."

"끝인가요?"

"아니, 뭐. 일단은 여기까지."

"흐음."

어쩌면 이번에도 재미없다면서 질주를 시작할지도 모른다고 G는 생각했지만, 곡도는 웬일로 생각에 잠겨 있었어. G는 꽁치를 한 점 떼어먹고 바깥에서 들려오는 소리에 귀를 기울였어. 두툼한 반달이 뜬 밤이었어. 저날 이후로 G는 여우들을 본 적이 없었어. 하지만 개수대나 세면대에 연결된 파이프를 통해 이따금씩 소리가 들려왔지. 부근의 덤불 속에 먹을 것과 마실 것을 놓아두면 어느 순간 없어졌어.

틀림없이 여우들이 먹었다고, G는 생각하고 있었어.

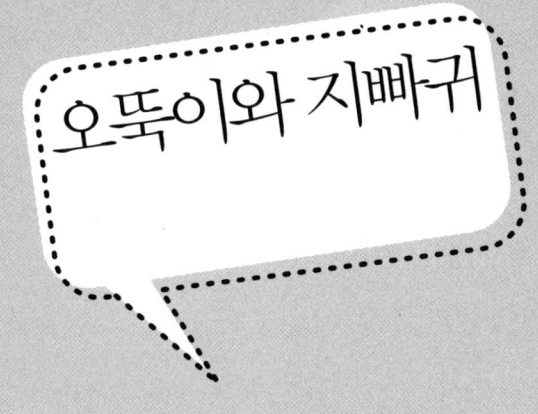

오뚝이와 지빠귀

기조는 그날 이후로도 종종 기울어졌다.

날이 갈수록 뺨이며 배가 볼록해지고 광택이 흐르기 시작해서

어쩌려나 싶어 유심히 관찰했더니,

기조는 오뚝이가 되어가고 있었다.

잠결에 무도씨, 무도씨, 하고 부르는 소리를 들었다. 기조가 머리맡에 서 있었다.

무슨 일이야.

내가 물었다.

집이 커졌어.

라는 것이 기조의 대답이었다. 욕실 문손잡이에 가슴을 긁혔다는 것이었다. 손잡이 말이야, 하고 기조가 말했다.

언제나 배를 스치는 정도였는데, 가슴을 긁혔잖아. 집이 커져서 손잡이의 높이가 달라진 거야. 게다가 문이며 슬리퍼 같은 것이 무거워.

무겁다고?

확실히 커졌어.

그게 아니라, 하고 내가 말했다.

네가 잠시 줄어든 것 아닐까.

그런가.

너는 혈압이 낮으니까.

음, 하고 기조가 눈을 굴렸다.

줄어드나, 저혈압이면.

혈압이 낮으니까 그럴 수도 있지 않겠어. 지금은 밤이고.

그런가.

더 자봐.

그날 밤엔 그렇게 마무리를 하고 다시 잠들었는데, 다음날 보니 기조는 분명 줄어들어 있었다. 저녁에 함께 밥을 먹다가 나는 그것을 알게 되었다. 기조는 식탁 맞은편에서 기운이 없는 듯한 모습으로 밥을 먹고 있었다. 보통 때보다 작아서 젓가락을 다루는 것이 버거워 보였다. 그릇이나 의자나 어깨 너머로 보이는 벽시계와도 비율이 맞지 않아서, 기조를 줄곧 바라보고 있자니 내 눈의 원근이 기묘하게 비틀리는 기분이었다.

어떻게 된 거야, 라고 했더니 말했잖아, 라고 조그맣게 대꾸하면서 기조는 푹 한숨을 쉬었다. 도대체 얼마나 줄었는지 보려고 나는 기조를 욕실 문 옆에 세워보았다.

이렇게.

손잡이를 쥐고 밀었다가 당기며 기조가 나를 돌아보았다.

가슴에 닿잖아.

이번엔 내가 손잡이를 잡아보았다. 밀거나 당기기에 이상적인 높이라고 할 수는 없었지만, 삼 년이나 이용해온 대로 그것은 익숙해서 조금도 이상할 것 없는 감촉으로 손에 잡혔다. 불룩한 가지 모양이었고 딱딱했고 약간 미지근했다. 요는 여전하다는 것이었다. 나는 욕실 문을 열어보았다. 손잡이가 내 오른쪽 옆구리에서 조금 아래쪽을 스쳤다. 기조와 나의 키가 비슷했다는 점을 나는 조심스럽게 떠올렸다. 나는 기조의 셔츠를 벗기고 지난밤에 긁혔다는 오른쪽 가슴을 살펴보았다. 유두의 위치가 조금 더 낮은 것 같았다. 자를 가져와서 대보았더니 왼쪽의 유두보다 일 센티미터쯤 아래쪽으로 내려와 있었다.

아프지는 않아?

가슴 위쪽을 손으로 눌러보며 내가 묻자 기조는 고개를 저었다. 하지만 종일 굉장히 힘들었어, 라고 기조가 말했다.

버스도 커지고 건물도 커지고 사람들도 커져서.

네가 줄어든 거라니까.

아니야.

기조가 단호하게 말했다. 다른 것들이 커진 게 틀림없다는 것이었다.

*

왜냐하면 그런 느낌이 들어.

강하게, 라는 것이 기조의 주장이었다.

나의 입장으로서는 기조가 줄어들었다고 보는 쪽이 맞는 것이었다. 하여튼 기조 말고는 달라진 것이 아무것도 없었으니까. 부피가 줄었으므로 외과 계열의 이상이 틀림없다고 생각한 나는 기조를 데리고 병원을 찾아갔다. 하지만 병원은 별 도움이 되지 않았다. 역 부근의 대장외과에서 배설이 원활하지 않기 때문 아니겠냐는 애매한 진단을 들었을 뿐이었다. 이비인후과, 내과, 신경정신과를 거쳐 한방 쪽으로 차츰 범위를 확장해봤지만 어느 곳에서도 마땅한 진단을 들을 수는 없었다.

기조로 말하자면 일정 비율 줄었기 때문에 늘 입던 옷을 더는 맵시 있게 입을 수 없게 되었다는 것 외에 특별한 이상은 없어 보였다. 줄어든 몸에 맞는 것으로 옷을 몇 벌 구입하자고 해보았지만 "글쎄, 이것은 일시적인 현상 아닐까" 하고 고개를 갸웃하며 말하는 바람에 옷을 사는 것은 그만두었다. 기조는 도무지 맞지 않는 옷을 입고 직장을 다니기 시작했다. 슈트는 헐렁헐렁하고 신발은 덜그럭거리고 끈이 긴 가방은 무릎 아래쪽에서 덜렁거렸다. 그런 모습으로 버스정류장에 서 있거나 모퉁이를 돌아 나타나거나 다녀왔다며 현관으로 들어서는 것을 보자면 이상한 기분이 들었다. 하지만 줄어든 몸도 기묘한 옷맵시도, 자꾸 보니 더는 이상할 것도 없었다. 우리는 줄곧 해온 대로 아침에 헤어져서 각자의 직장으로 출근하고, 저녁엔 달걀이나 고등어를 구워서 밥을 먹으며 텔레비전을 보았다. 기조는 텔레비전을 보는 시간이 약간 늘어났다. 새벽에 가물가물 눈을 떠보면 텔레비

전을 향해 앉은 기조의 등을 보게 되는 일이 있었다. 뭘 보고 있
나 싶어서 얼핏 브라운관을 보면, 상당히 오래 전에 방영되었던
개그쇼나 홈쇼핑 광고 같은 것이었다.

금요일 오후의 사무실에서 나는 기조의 연락을 받았다. 전화
를 통해서였다.

월말정산이 다가와 영수증을 정리하던 참이었다. 벨이 울렸지
만 손가락을 비롯해 여기저기 풀이 묻어 있었기 때문에 수화기
를 어떻게 쥐어야 할지 난감했다. 나는 엄지와 약지를 사용해
간신히 수화기를 집었다.

여보세요.

…

여보세요.

라고 몇 번이나 말해도 응답이 없었다. 먼 곳에서 속삭이는 듯
한 잡음만 들려서 끊으려는데, 무도씨, 하고 기조의 목소리가 조
그맣게 들려왔다.

자길 데리러 왔으면 좋겠다는 것이었다.

지금?

당장.

기조가 일하는 은행까지는 버스를 갈아타는 시간까지 포함해
서 이십여 분이 걸리는 거리였다. 나는 택시를 타고 갔다. 풀이
달라붙은 손가락을 씻지도 못해서, 은행 앞에서 택시요금을 낼
때 천원권 한 장이 엄지에 붙어서 떨어지지 않았다. 쥐가 갉아

먹은 듯한 모양으로 한쪽 모서리를 찢어낸 뒤에야 지폐를 내밀 수 있었다. 나는 서둘러 은행 안으로 들어갔다.

창구 안쪽에 기조가 우두커니 앉아 있었다. 종이가 담긴 바구니와 복사기 뒤쪽이었다. 기조가 담당했던 창구의 전광판은 꺼져 있었다. 왜 저런 얼굴로 가만히 앉아 있을까. 동전을 붓는 소리와 지폐를 세는 소리가 끊임없이 들려오고 있었다. 기조를 제외하고 남은 두 개의 창구에서 번갈아가며 딩동, 딩동, 하고 벨이 울렸다. 대기표를 쥔 사람들이 내 등뒤에서 좌우로 갈라져 각자의 번호를 호명한 창구로 다가갔다.

도와드릴까요, 고객님.

마른 헝겊으로 난을 닦고 있던 남자가 내게 다가왔다. 창구에 볼일이 있으시면 대기표를 발권받으셔야 합니다, 라며 그가 미소를 띤 얼굴로 말했다. 손바닥을 위로 향해서 정중하게 가리키는 방향을 보니 작은 종잇조각을 물고 있는 발권기가 있었다. 나는 아니라는 뜻으로 손을 젓고, 아까부터 움직임이 없는 기조를 가리켰다.

저 사람을 데리러 왔는데요.

아, 그렇습니까.

그런데 왜 저러고 있나요.

모르겠습니다.

움직이지 않나요?

그렇습니다. 조금 전부터 줄곧.

줄곧, 이라는 것은 저대로 줄곧 놔두었다는 말인가요.

남자는 헝겊을 쥔 손으로 코를 긁었다.

방법이 있습니까. 뭐 금고에 넣어둘 수도 없고 해서, 상당히 곤란했습니다.

나는 기조를 넘겨받는 데 이 남자의 도움을 받았다. 창구 안쪽으로 건너간 그는 기조의 겨드랑이에 팔을 끼워넣고 좌우로 흔들어보며 굳기를 확인하더니, 어금니를 뽑듯 의자에서 기조의 몸을 쑥 뽑아냈다. 그가 기조의 발뒤꿈치를 질질 끌며 두 개의 창구를 지났다. 최대한 사무실의 가장자리를 타고 이동하여 출입구 가장 가까운 곳에, 화분을 세우듯 기조를 꿍, 하고 내려놓았다.

그러면 수고하십시오.

배웅을 받으며 나는 기조를 옮기기 위해 기조의 허리를 안았다.

기조를 안고 계단을 내려가는 일은 쉽지 않았다. 무거웠다. 작아진 비율에 정비례한 정도로 밀도가 높아진 걸까, 라는 생각이 들 정도로. 특히 발 부근이 묵직해서 하단에 모터가 달린 소형 냉장고라도 껴안고 내려가는 것 같았다. 나는 기조를 길가의 은행나무에 기대놓고 택시를 잡았다. 택시 안에서도 기조는 움직임이 없었다. 어디가 아프냐고 물어도 대꾸가 없었다. 모퉁이를 돌 때마다 딱딱하게 기울어지려는 기조를 어깨로 버티며 나는 바깥을 바라보았다. 바짝 마른 날이었다. 사람들이 햇빛을 피해

그늘 쪽에서 걷고 있었다. 집 근처 교차로에 이르렀을 때 기조가 희미하게 숨을 들이마셨다. 거스름돈을 기다리는 동안 기조는 자기 발로 택시에서 내렸다. 계단을 오르고, 문을 열더니, 부엌에서 꿀꺽꿀꺽 물을 마셨다. 기조가 컵을 내려놓으며 트림을 했다. 큼직한 호(弧)를 그리며 뒤로 기울었다가 제자리로 돌아갔다.

트림의 반작용인 듯한 움직임이었지만, 각이 너무 컸다.

뭐야.

내가 묻자 기조가 나를 돌아보았다.

그게 뭐냐고.

뭐.

그거 말이야.

기조는 아무것도 모르는 눈치였다. 나는 다시 그거, 라고 말했다. 기조는 뭐, 라고 물었다. '그거'와 '뭐'가 몇 차례 반복되었다. 엄청나게 기울었다가 되돌아갔다고 하자 기조는 더 모를 소리라는 듯이 이마를 찡그렸다. 흉내를 내 보일 수도 없어서 나는 입을 다물었다.

아무 데도 불편한 곳이 없다고 기조는 말했지만, 아무래도 그냥 넘어갈 수는 없었으므로 나는 진통제와 소화제를 한 알씩 기조의 손바닥에 올려주었다. 기조는 좀처럼 그것들을 먹으려 하지 않았다.

섞어먹어도 되려나.

그런 소리를 기조는 하고 있었다. 아닌 게 아니라 비율이 좀 줄어든 기조의 손바닥에서 알약들은 평소보다 커서 섭취가 거북해 보였다. 나는 설명서를 읽어보았다. 어느 약이나 십이 세 이상 성인은 일 회 두 정씩, 하루 최대 열두 정 복용이 가능하다고 적혀 있었다. 기조의 신체비율을 십사 세 정도라고 가정한다면, 신중을 기해서 한 알씩만 주기로 했으므로 괜찮을 것 같았다. 섞어먹는 것이라면 언제나 그렇게 먹었으니까 이번에도 괜찮을 거라고 안심을 시킨 뒤 나는 잠자리를 깔아주었다. 졸리지 않다고 하면서도 기조는 금세 잠이 들었다.

　한동안 기조의 곁에 앉아 있다가 나는 거실로 나왔다. 싱크대에서 물을 틀고 손을 씻었다. 풀이 굳은 자리에 물이 닿자 한없이 미끈거렸다. 기조가 부르는 것 같아 물을 잠그고 보면 아무런 소리도 들리지 않았다. 기조는 잘 자고 있었다. 입을 꼭 다문 채 잠들어서 입가에 조그만 주름이 져 있었다. 나는 손이 마르길 기다리며 방 안을 두리번거렸다. 할 일이 없었다. 고요했다. 기조가 숨을 쉬는 소리와 부엌에서 냉장고가 징징거리는 소리밖에 들려오지 않았다. 나는 먹다 남은 강냉이 봉지와 신문을 끌어당겼다. 강냉이를 먹으며 경제면을 읽고 정치면을 읽고 국제면을 읽었다. 조금 더 젊었을 때만 해도 주식이나 정치나 국제적 분쟁에 대해 진심으로 걱정해볼 일이 있을 것이라는 생각은 하지도 않았다는 것을 나는 생각하고 있었다. 신문 모서리가 한쪽으로 늘어졌다. 나는 무릎에 떨어진 강냉이 부스러기를 털어냈다.

문득 바라보니 기조가 명료하게 눈을 뜨고 있었다.

이제 괜찮은 거냐고 물었더니 기조는 본래 괜찮았다고 대답했다. 은행에서는 어떻게 된 거냐고 나는 물었다. 생각을 좀 하고 있었어, 라고 기조가 말했다. 나는 뭘 생각했느냐고 물었다.

물.

물?

그리고 물속에 있는 절벽.

절벽?

바다에도 있잖아, 그랜드캐니언 같은 규모의, 거대한 낭떠러지.

그런 게 물속에 있었다는 것이었다.

*

아니지.

라고 기조는 말했다.

그건 바다라기보다는 강에 가까웠으니까. 강에 솥뚜껑처럼 커다란 기포가 터지는 지점이 있었는데, 많은 사람들이 강가에서, 라기보다는 물 언저리에서 그것을 바라보고 있었어. 누군가, 그기포가 터지는 지점 너머로는 절대 갈 수 없다고 말하고 있었어. 거기부터는 바닥이 낭떠러지라서, 완전한 절벽이라서, 도저

194

히 절대로, 앞으로 나아갈 수가 없다는 거야. 과연 그럴까보냐, 하고 나를 포함해서 모두 차례차례 물속으로 들어갔어. 어차피 수면 부근에서 헤엄치는데 바닥이 무슨 상관이냐, 생각하면서, 이렇게, 이렇게, 팔을 저어서 앞으로 나아갔는데, 기포를 지나고 보니 정말, 자른 듯이 낭떠러지가 시작되고 있었어. 앞으로는 자욱하고 거대한 물뿐이고 바닥은 보이지도 않아서, 나는 정말 겁을 먹고 말이지, 어느 사이엔가 강가를 향해 열심히 돌아가고 있었어. 철벅철벅, 하고 헤엄치면서 뒤를 돌아보니 다른 사람들도, 물방개처럼 팔과 다리를 열심히 움직이면서, 돌아오고 있는 거야. 눈물이 날 정도로 열심히 헤엄치는데, 물가에 가까워질수록 이대로 돌아가기는 억울하다고 할까, 분하기도 해서, 나는 도로 기포를 향해 헤엄치는 거야. 하지만 역시 기포를 지나고 보면 나도 모르게 강가로 되돌아가는 거야. 이런 식으로 줄곧 헤엄치는데, 왠지 몇 번이나 이것을 되풀이했다는 느낌이 드는 거야. 아니, 아니, 그날만이 아니고 그 전날 밤에도 그 전전날 밤에도 줄곧, 그러니까 줄곧.

그거 지금, 꿈 얘기지?

응.

뭐야, 하고 나는 바닥에 드러누웠다. 강냉이를 배부르게 먹은 탓인지 졸음이 몰려왔다.

무도씨, 하고 기조가 말했다.

사람은 언제까지고 헤엄을 칠 수는 없는 거잖아.

그렇지.

몇 번이나 그런 걸 되풀이하다가 체력이 떨어지고 머리에 치명적일 정도로 산소가 부족해지면, 어떻게 되는 거야?

가라앉겠지.

죽는 걸까.

죽는 거지.

기조는 입을 다물고 곰곰 생각에 잠긴 표정을 하고 있었다. 나는 팔로 머리를 받치고 눈을 감았다. 무도씨, 하고 기조가 말했다.

어떡하지.

뭘.

아무리 물장구를 크게 쳐서 파문을 만들어도, 그것은 내가 열심히 팔과 다리를 저을 때뿐이잖아. 뭔가, 물살을 엄청 저었다는 느낌은 있는데, 언제까지고 마침내 해냈다는 생각은 들지 않고, 팔과 다리를 멈춰버리면 곧장 가라앉기 시작해서, 일단 가라앉은 뒤로는 파문도 없이 그저 엄청난 양의 물만 있을 뿐이라면.

꿈이잖아.

꿈이래도, 있잖아, 사람들이 헤엄쳐, 난 힘이 빠져, 잠방잠방하다가, 가라앉아. 머리 위로 수면이 점점 멀어지고, 내가 가라앉은 자리에서 파문을 만들며 헤엄치는 내 다음 사람의 배가 보여. 그런데 그 사람도 결국 가라앉아. 그 다음은 어떻게 되는 거야.

사람이 많았다며.

응.

다음 사람이 지나가겠지, 하고 내가 말했다. 그 사람도 가라앉
으면, 하고 기조가 말했다.

그 다음 사람이 있겠지.

그 사람도 가라앉으면.

또 다음 사람이 오겠지.

언제까지.

졸려.

무도씨, 언제까지.

아무도 없을 때까지, 아닐까.

마지막 사람이 가라앉고 나면, 역시 물만 남을까.

남겠지.

흑. 흑. 흑.

왜 울어.

생각하니까, 너무 막막해서.

그런 걸 왜 생각해.

그런 걸 생각하는 것이 이상해?

이상해.

이상한가.

이상하잖아. 그건 꿈이고.

무도씨, 무도씨, 하고 기조가 말했다.

커다란 물만 남는다는 문제에 대해서는 어떻게 생각해?

그건, 이상하지 않아? 라고 기조가 물었지만 나는 도대체 무엇이 이상하다는 건지, 어차피 꿈인데 커다란 물이며 그 속에서 물장구를 치는 사람들이 어떻다는 건지, 아무래도 알 수가 없었다. 알 수가 없다보니 아무런 대답도 떠올릴 수가 없어서, 그런 거지 뭐, 라고 애매하게 대꾸한 뒤 잠들어버리고 말았다.

기조는 다음날 저녁에도 호를 그리며 기울었다. 소금에 절인 꽁치를 굽다가 생긴 일이었다. 기조는 마침 젓가락으로 꽁치의 꼬리를 잡고 있었기 때문에, 반쯤 구운 꽁치를 발등에 떨어뜨리고 말았다.

아.

하고 본래의 각도로 돌아온 기조가 말했다.

내 꽁치.

그 다음날 아침에도 기조는 기울었다. 현관 앞에서, 이번엔 전보다 각이 큰 호를 그렸다. 그대로 출근하겠다는 것을 내가 말렸다. 얼굴이 창백해 보인다는 둥 둘러대고, 그런가, 하며 기조가 거울을 들여다보는 사이 은행에 전화를 걸어두었다. 또 움직이지 않게 되었습니까, 라고 하길래 전혀 움직이지 않습니다, 라고 대답한 뒤 나는 전화를 끊었다. 고용이 불안정해지잖아, 라면서 기조는 한숨을 쉬고 한쪽으로 기울어진 채 한동안 원래대로 돌아오지 않았다.

기조는 그날 이후로도 종종 기울어졌다. 날이 갈수록 빻이며 배가 볼록해지고 광택이 흐르기 시작해서 어쩌려나 싶어 유심히 관찰했더니, 기조는 오뚝이가 되어가고 있었다.

*

오뚝이였다.

어느 정도냐면, 미묘한 광택을 제외하고 어느 모로나 버젓한 인간의 모습이었지만, 가만히 보고 있으면 점점 저것은 오뚝이가 아닌가, 하고 생각하게 되는 정도였다. 특히 눈썹과 목 부근이 묘해서, 줄곧 바라보고 있다가 바닥을 향해 천천히 기울어지는 장면을 목격하게 되면 틀림없이 오뚝이라고 확신하게 되는 것이었다.

기조는 부지런히 오뚝이와 보통인 상태를 오갔다. 오뚝이 상태일 때와 그렇지 않은 때의 비율이 육 대 사 정도가 되자 바닥까지 거의 수평으로 기울었다가 일어나는 때도 있었다. 이렇게 되고 보니 걷다가도 몇 번이나 멈췄다가 기울고는 했기 때문에, 집 앞에서 버스정류장까지 백여 미터의 거리를 가는 데만 몇십 분이 걸렸다. 아침에 정류장에서 헤어져 나중에 전화를 걸어보면 버스에서 제때 내리질 못해 종점을 향해 가고 있다거나 제대로 내렸어도 그쪽 정류장에서 은행까지 오십여 미터의 거리를 '아직 가는 중'이라는 것이었다.

지각은 말할 것도 없고, 이때쯤 기조가 결근하는 날이 돌이킬 수 없이 늘어갔다.

어느 날 저녁에 사람들이 집으로 찾아왔다. 기조가 다니는 은행에서 나온 사람들이었다. 사과와 배가 담긴 과일바구니를 들고 있었다. 나는 그들을 거실로 안내하고 차를 내갔다. 기조는 손님들을 접대하겠다며 무릎을 꿇고 앉아서 사과를 깎기 시작했다. 빨간 껍질이 기조의 무릎 위로 조금씩 늘어졌다. 암초처럼 기조를 둘러싸고 앉아서 모두 그것을 바라보고 있었다.

정상적인 사람의 경우를 1, 기조씨의 경우를 0.7이라고 합시다.

귀 주변의 머리카락이 반백인 남자가 입을 열었다.

그리고 5의 일을 5가 하고 있는 상황을 생각해봅시다. 그런데 그중 일부인 어느 1이, 어느 날 문득 0.7로 줄어버렸다는 것입니다. 5의 일을 4.7로 해야 한다면 0.3 분량의 갭을 해결하기 위해 누군가는 분주해지지 않겠습니까. 0.3이라면 5로서는 6퍼센트의 비율이고 1로서는 30퍼센트의 비율입니다. 우리 은행의 무담보가계신용대출의 연이자율이 10.98퍼센트라는 것을 고려했을 때, 어느 쪽이나 상당한 비율이라고 할 수 있겠습니다. 이것은 효율의 문제입니다. 무엇보다 체적이 줄었으니까 말입니다. 줄어든 몸으로 남만큼 움직이려면 남보다 더 움직일 수밖에 없는 것입니다. 그렇지 않으면 나머지 4의 피로도가 증가되는 등, 여러 가지 문제가 생기지 않겠습니까. 상황이 이런데도 멈춰버리질 않나, 결국엔 오뚝이가 되었으니 말입니다. 언제까지고 한자리에서 넘어졌다 일어나기만 하는 오뚝이로서는, 글쎄요, 저희로서는 기조씨의 업무 수행능력을 재평가하지 않을 수가 없었습니다. 헤아려주시기 바랍니다.

정중한 말투로 그는 이런 말들을 늘어놓다가, 공란이 몇 개 남아 있는 사퇴서를 슬쩍 바닥에 내려놓았다.

그러세요.

기조는 이렇게 말한 뒤 사과를 씹으며 도장을 찍었다. 사유는 인신(人身)상의 이유. 반백인 남자가 서류를 반듯하게 접어서 웃옷 주머니에 넣고 단추를 채웠다. 그런 다음엔 모두 묵묵히 차를 마셨다. 오직 기조만 사과를 먹고 있었다. 기조는 심을 도려내고 나룻배 모양으로 자른 사과를 한 조각씩 집어서 먹어치웠다. 아삭아삭 먹기 시작해서 심까지 모두 먹자 아직 껍질을 깎지 않은 사과를 가져다 껍질째 와작와작 씹었다. 사과를 먹는 소리가 커서, 손님들이 불편해하는 기색이었지만 기조는 그런 것은 대기권 밖의 일이라는 듯한 얼굴로 열심히 사과를 먹고 있었다. 하릴없이 무릎을 만지작거리다가 나는 지난밤에 있었던 축구게임을 봤느냐고 물었다. 봤다는 사람이 하나 있었고 보지 못해서 아쉽다는 사람이 하나 있었다. 누구는 누구의 팬이고, 누구는 최근까지 누구의 팬이었는데 최근에 왠지 흥미가 없어져서 축구 전반에 대한 흥미도 반감되었다느니, 하는 이야기가 상당한 간격을 두고 드문드문 오갔다. 기조가 네번째 사과의 심을 접시에 내려놓고, 가볍게 트림을 한 뒤, 잠잠해질 때까지.

반백의 남자는 돌아가면서 안됐다는 듯이 내 손을 잡으며 일이 참 곤란하게 되어서, 유감이라고 말했다.

크게 참 곤란할 것은 없었지만 기조를 재우는 것은 큰일이라고 할 수 있었다. 왜냐하면 오뚝이라서, 눕힐 수가 없었으니까. 아무리 애를 써서 눕히고 이불을 덮어놓아도 발딱발딱 일어나서 무도씨, 무도씨, 하고 부르는 데는 수가 없었다.

아.

하고 기조가 탄식했다.

나는 지빠귀 같은 것이 되면 좋을 텐데.

웬 지빠귀.

부리가 있으니까.

부리는 왜.

효율의 문제라느니, 얄미운 소리를 하는 주둥이 같은 걸 꼭꼭 쪼아줄 수가 있으니까.

주둥이가 뭐야, 주둥이가.

오뚝이가 되기 전의 기조는 남의 입을 주둥이라는 식으로 말하는 일이 없었기 때문에 내심 놀라는 나를 내버려두고 기조는 파, 하고 숨을 쉬었다.

오뚝이는 싫어. 건드리면 건드리는 대로 뒤뚱거리기나 하고.

하필 지빠귀냐, 하고 나는 말했다.

부리라면 더 큰 새가 얼마든지 있잖아. 기왕이면 위협적인 부리를 가진 놈으로. 독수리랄지, 갈매기랄지.

아니야.

라고 하면서 기조는 약간 왼쪽으로 기울어진 채 오뚝오뚝 움직였다.

지빠귀 정도면 충분하다는 것이었다.

*

그렇게 해서 기조는 실업자가 되었다. 다시 말해 실업오뚝이가 된 셈이었다.

내가 출근해서 직장에 머무는 동안 기조는 혼자 점심을 먹거나 빨래를 하거나 장을 봤다. 아무것도 안 해도 괜찮다고 말했는데도 고집스럽게 장을 봐서 이것저것 만들었다. 어느 날은 시금치무침을 담은 플라스틱 통을 다섯 개나 상에 쌓아두고서 나를 기다리고 있었다.

밥 먹자, 밥.

서둘러 밥솥을 열고 밥을 푸는 기세에 눌려 그날은 잠자코 시금치를 반찬으로 밥을 먹었다. 시금치무침으로 말하자면 깨가 너무 많이 들어갔고, 설탕 말고 뭘 넣었는지 단맛이 이상하게 강했다. 그런 것을 기조는 밥 위에 듬뿍 얹어서 오물오물 먹고 있었다. 언제 다 먹나, 싶었는데 매번 집에 들어와서 보면 통 속의 시금치는 부쩍 줄어 있었다. 시금치무침 다섯 통을 혼자서 다 먹은 뒤로도, 기조는 찜을 만들겠다며 들통 가득 고기를 조리기도 하고 오징어를 열댓 마리나 한꺼번에 삶아두곤 했다. 그렇게 의욕적으로 조리에 매진한다 싶더니, 오뚝이 상태일 때와 그렇지 않은 때의 비율이 팔 대 이 정도가 되자 장을 보러 가는 것을 돌연 그만두고 음식도 만들지 않았다.

나로 말하자면 그것은 한결 안심이 되는 상황이었다. 엄청난 양의 재료를 볶거나 찌거나 삶다가 불을 꺼야 할 때 오뚝이가 되어버려서 제대로 불을 끄지 못하거나 한다면, 실제로 기조는 일주일 사이 프라이팬을 하나, 냄비를 세 개나 태워먹었으므로, 그 다음엔 무언가 다른 것이 탈 수밖에 없었기 때문이었다.

이제 기조는 과일 정도로 먹을 것을 아주 조금만 먹고 조금만 배설하며 조금씩 움직였다. 한편 많이 말했다. 오뚝이가 되고 보니 이것저것 궁금한 것이 많은 것 같았다. 특히 왜, 라고 묻기 시작하면 어떻게 대답해도 끝없이 왜, 가 이어져서 딱히 아래 위랄 것이 없는 우주 속을 둥둥 부유하는 듯한 대화가 이어졌다.

무도씨.

하고 기조가 말했다.

왜 그렇게 빨리 움직여.

뭐.

빨라.

하지만 나는 평소처럼 퇴근해서 구두를 벗고 옷을 갈아입은 다음 이를 닦고 보리차를 마시려고 이제 막 냉장고를 열었을 뿐이었다. 여러모로 피로가 최고조에 이를 때였으므로 빠르다기보다는 느리게 움직였다고 할 수 있었다. 이 정도면 보통이라고,

나는 말했다.

보통이라니.

보통으로 움직였다고.

보통, 보통, 보통. 저기, 무도씨, 보통이라면 무엇을 기준으로 보통이라는 거야. 나무늘보나 달팽이가 있잖아, 느리잖아, 하지만 걔네들의 입장에선 이 세계가 얼마나 빠른가, 생각하면 아득해지지 않아? 그러니까 걔네들의 입장에서도 보통이라고 말할 수 있는 정도일까, 그러니까 어느 정도라는 거야, 무도씨, 예를 들어 한 달에 공식적인 평균으로 98.1명이 테러로 죽는다는 어느 도시에서 지난 5월엔 98.0명이 죽었다면 그것은 보통, 이라는 걸까, 뭐가 보통이라는 걸까, 저기, 무도씨, 우리 아버지는 말이지, 안 되는 일은 얼른 포기해야 괴롭게 살지 않는다, 라고 항상 말씀하셨는데 어느 날 내가 '이제 막 이십대가 됐을 뿐인데 벌써부터 그렇게 패배에 전 듯한 생각을 가져서 뭘 하겠느냐'고 쏘아붙였더니 아버지는 주먹을 무릎 위에 올리고 머리를 이렇게 한 번 두 번 저었으니까, 분명히 때리고 싶은 거라고 나는 생각했지만, 때리지는 않았거든, 무도씨, 그 사람처럼 살면서 이런저런 일을 겪은 뒤엔 젊은 자식에게 자기가 뼈저리게 아는 무언가에 대해 몇 마디 충고하려다 울분을 느끼고, 거기다 무도씨, 나이를 먹으면 발바닥 속의 쿠션이 닳아서 뒤꿈치가 아픈 경우가 보통이라는데, 결국은 사는 것이 그런 것, 그렇게 사는 것이라며 납득하는 것이 보통일까, 그러다 알고 보니 암이었다는 식으로

문득 세상에서 사라지고, 그런 경우가 보통이라는 걸까, 무도씨
도 나도 전공과는 전혀 상관없는 진로를 택해서 열심히 일하지
만 맛있는 것을 먹으러 갈 때나 가지고 싶은 것을 가지고 싶다
고 생각할 때마다 돈이 어디 있어, 라고 늘 반문하는 정도가 보
통이라는 걸까, 무도씨, 조카의 집에서 본 논술교재라는 것에 있
잖아, 개미와 베짱이가 있잖아, 여우 선생님이 개미를 인터뷰했
다는데, 자 그럼 개미의 입장을 들어봅시다.

　개미씨, 개미씨들은 왜 그렇게 열심히 일하는 걸까요.

　먹을 것을 모으기 위해서죠.

　미래를 위해 저장하기 위해서죠.

　애벌레들을 먹이기 위해서죠.

　애벌레는 모두 어디에 있나요.

　육아실에서 자라고 있지요.

　애벌레도 조금 더 자라면 개미씨들처럼 열심히 일해야 하는
걸까요.

　어머나. 아마도. 그렇겠죠.

　　　　　　　　　　왜 그렇게 열심히 일하는 걸까요.

　먹을 것을 모으기 위해서죠.

　미래를 위해 저장하기 위해서죠.

　애벌레들을 먹이기 위해서죠.

　애벌레는 모두 어디에 있나요.

　육아실에서 자라고 있지요.

애벌레도 조금 더 자라면 개미씨들처럼 열심히 일해야 하는 걸까요.

어머나. 아마도. 그렇겠죠.

　　　　　　　왜 그렇게 열심히 일하는 걸까요.

먹을 것을 모으기 위해서죠.

미래를 위해 저장하기 위해서죠.

애벌레들을 먹이기 위해서죠.

애벌레는 모두 어디에 있나요.

육아실에서 자라고 있지요.

애벌레도 조금 더 자라면 개미씨들처럼 열심히 일해야 하는 걸까요.

어머나. 아마도. 그렇겠죠.

　　　　　　　왜 그렇게 열심히 일하는 걸까요.

먹을 것을 모으기 위해서죠.

미래를 위해 저장하기 위해서죠. (무도씨, 도대체 미래란 언제일까.)

애벌레들을 먹이기 위해서요.

애벌레는 모두 어디에 있나요.

육아실에서 자라고 있지요.

애벌레도 조금 더 자라면 개미씨들처럼 열심히 일해야 하는 걸까요.

어머나. 아마도.

이 대목에서 썰렁한 점은 하필 '인쇄가 잘못되'어서 같은 구문이 네 번이나 오토리버스되고 있다는 것인데, 그러는 사이 베짱이는 열심히 노래와 춤을 연마해서 종장엔 월드스타가 되었다는 얘기야. 그러면 객관적으로 토론해봅시다, 베짱이의 경우가 보통이 아니라는 점을 염두에 두면서, 라고 여우 선생님은 말했지만 선생님 도대체 보통의 경우는 무엇이고 보통이 아닌 경우는 또 무엇일까요, 거기다 선생님 객관이라니, 예전에 무도씨, 친구들이 집으로 놀러 와서 함께 만두를 먹으며 텔레비전을 보는데 안문숙씨가 예쁘게 나오길래 예쁘다고 말했더니 A라는 친구가 나를 돌아보며 "객관적으로 봤을 때, 저것이 예쁜 얼굴은 아니지"라고 말했을 때의 그 객관을 말하는 걸까, 선생님이 말하는 객관이란 '어느 정도'의 객관이라는 걸까, 사람들이 '객관'이라고 생각하는 객관은 누구의 입장에서 객관이라는 걸까, 그런 걸 생각하지 않는 객관이 보통 정도의 객관이라는 걸까, 무도씨, 무도씨는 그런 걸 생각해본 적이 있어?

그런 걸 왜 생각해.

왜.

먹고살기 바쁜데.

왜 바빠.

먹고살아야 하니까.

왜.

먹고산다는데 왜, 가 왜 필요해.

이런 식이었다.

조금씩, 조금씩, 오뚝이에게 노출되는 기분으로 나는 매일을 보내고 있었다. 어둡고 서늘한 동굴 바닥에 납작 달라붙은 것 같은 나날이었다. 기조의 말을 듣고 있으면, 천장 어딘가에 고였다가 한 방울씩 떨어지는 물방울에 움푹 패는 바위처럼, 이마 한 점이 오목하게 일그러지는 것 같았다.

아이를 낳아라.

기조를 살피러 온 친척들은 이렇게 말했다.

작은집이 말이다, 그때는 그랬지? 마뜨마뜨, 라나 뭐라나, 기묘한 것이 되어가지고.

마뜨료쉬까, 형님.

그렇지. 마뜨라뜨. 그랬는데 애를 낳고서는 멀쩡해졌어. 그 집이 지금은 애를 둘 낳고 아주, 사람답게 산다.

어머, 어머. 이 아이 지금 줄어들지 않았어요?

뭐?

줄었어요, 분명히.

친척들의 방문이 있을 때마다 이런 식으로 조금씩 줄어서, 기조는 이제 상당히 작아져 있었다. 여덟 살 먹은 조카와 비교해도 더 크다고는 할 수 없을 정도였다. 병문안이라며 떡이나 국거리를 사가지고 왔지만 나는 친척들이 반갑지 않았다. 어른이건 아이건 기조를 만지려 들었다. 그들이 돌아간 뒤엔 기조의 옆구리며 배에 남은 동그란 지문들을 마른 수건으로 닦아내야

했다. 옆구리며 배는 그렇다 치고, 눈꺼풀이나 배꼽 같은 곳을 선명하게 찔러보는 손가락은 무슨 손가락일까. 무엇보다 아이들. 부모들의 정서 일부를 축소하거나 확대해놓은 듯한 그 꼬마들은 처음엔 서먹한 눈치를 보였다가도, 조금 지나서는 저마다 자기가 오뚝이를 밀어볼 차례라며 기조를 앞에 두고 다투었다. 으앙, 하고 울음이 터져 방으로 들어가보면, 빨갛게 얼굴을 붉히고 서로에 대한 짜증을 발산하고 있는 정서들 틈에서, 조금 전보다 반뼘은 줄어든 듯한 기조가 바닥 쪽으로 한껏 기울어져 있었다. 무도씨, 나 죽을 것 같아, 하고 기조가 조그맣게 말했다.

정말 죽을 것 같아.

드디어 다섯 살 먹은 인간의 크기쯤이 되고 말았을 때, 나는 수첩을 펼치고 친척들의 집으로 전화를 걸었다. 기조를 데리고 요양차 멀리 다녀올 것이다, 당분간 집이 빌 것이므로 올 필요가 없다고 하자 그들은 그럭저럭 수긍하는 눈치였다. 먼 데 사는 친척 아주머니 하나는 어머, 하고 말했다. 주말에 목사님과 교인들을 모시고 신방을 하러 올 계획이었다는 것이었다.

정중히 사양하고 나는 전화를 끊었다.

*

최근에 기조는 방울소리를 낼 수 있게 되었다.

주말에 점심을 먹고 졸고 있던 참이었다. 맑고 명징한 금속음이 딸강, 하고 울렸다. 거실로 나가보니 기조가 베란다를 등지고 서서 기울어져 있었다. 줄곧 바라보자 오뚝 돌아왔다.

딸강.

어느 면에서는 편리한 점도 있다고 나는 생각하고 있었다. 방울소리가 들리면 기조가 기울어지고 있다는 것을 알 수 있었다.

한편 나는 이것저것을 곰곰 생각하고 있었다. 분명 커졌다, 고 느낀 것이었다. 퇴근길에 버스에서 내리려고 발을 내밀었을 때였다. 짧은 순간이었지만, 나를 제외한 세계가 미묘하게 커졌다는 것을 알 수 있었다. 버스에서 내린 뒤 한동안 정류장에 서 있었다. 노선도를 바라보았다. 언제나 타고 다녔으며 방금 나를 내려놓고 간 5712번의 노선도가 그려진 표를 확인하고, 평소의 눈높이와 어떻게 다른지 확인해보려고 했다.

내 시선은 상수도공사와 가스영업소를 잇는 가느다란 라인과 수평으로 만나고 있었다. 바라볼수록 나는 그것이 평소의 내 눈높이인지, 평소에 비해 낮거나 더 높은 것인지, 알 수가 없었다. 알 리가 없었다. 한 번도 그것을 눈여겨 바라본 적이 없었으니까.

자.

오뚝이니까, 의식(衣食)의 문제는 둘째 치자. 둘이 나란히 오뚝이가 되어 멈춰버린다면 집이며 냉장고며 각종 선반들의 관리는 어떻게 될 것인가. 세금이며 이웃이며 친척이며 이 모든 생활의 문제가 다 어떻게 될 것인가. 먼지는 쌓이고 음식들은 썩어가고 도둑이 들어 텔레비전이나 오디오를 가져가도 손쓸 도리가 없으며 공과금이 연체되어 전기나 물마저 끊기고 나면 시계 소리만 들려오는 괴괴한 공간에 두 개의 오뚝이만 남게 된다.

미리 대비해놓자는 생각은 있었지만 어디부터 어떻게 시작해야 할지를 몰랐다. 텔레비전도 냉장고도 집도, 처리와 관리의 대상이라고 생각되자 일단 낯설고 무겁게 여겨질 뿐이었다.

나는 우리의 오뚝이적 부재를 눈치챈 친척들이 몰려올 때를 대비해서 사적인 물건 몇 가지를 간신히 처리했다. 노트 세 권과 사진 몇 장, 별로 들춰보는 일도 없는 잡동사니들. 기조는 요즘 광택이 부쩍 늘어서 오뚝이의 면모를 갖춰가고 있었다. 이제는 전처럼 이것저것 묻는 일도 없었다. 언젠가 저녁에, '무도씨, 지빠귀는 짓빠, 짓빠, 하고 우나' 하고 물은 뒤로는 완전히 입을 다물어버렸다. 뒷일은 맡길게, 라는 입장이었을까. 나의 입장으로선 '맡길게'라면서 돌아볼 뒤도 없으니 생각하면 얄미울 따름이었다.

너무하잖아.

하면서 서너 번 이마 부근을 슬쩍 밀어 자빠뜨려보기도 했지만, 기조는 그저 오뚝거리며 검고 반들반들한 눈으로 나를 바라볼 뿐이었다.

침묵에 잠긴 기조의 곁에서, 나는 혼자 밥을 먹고 빨래를 널고 이따금씩 기조를 베란다에 옮겨주었다가 안으로 넣어주면서 지내고 있었다. 또다시 주말. 아래쪽 거리에서 누군가 비질을 하는 소리가 들려왔다.

집 안 어딘가에서 기조가 기울어지고 있었다.

마더

오는 마더의 머리에 손바닥을 올린다.
벌써 차갑다.
핏기가 남김없이 빠져나간 마더의 귀가 종이처럼 바스락, 소리를 낸다.
쿵쿵. 쿵쿵쿵. 쿵쿵쿵.

어제 사간 고기는 맛이 이상했어. 남자는 진열대 가장자리에 손가락 끝을 조심스럽게 걸치고 말한다. 병든 소였지? 몇 달 동 안이나 항생제를 먹다가 죽어버린 소 말이야. 뉴스에서 봤어.

오는 진열대에 바짝 붙어선 남자를 바라본다. 남자는 오의 고 등학교 시절 독일어 선생과 닮았다. 오는 그 선생에게 뺨을 얻 어맞은 적이 있다. 수업중에 볼펜을 시끄럽게 딸각거렸다는 것 이 이유였다. 독일어 선생은 오를 교탁 앞으로 불러내서 여섯 차례 뺨을 때렸다. 특이한 모양으로 손바닥을 구부려서 딱, 딱, 소리가 나도록 때렸다. 한결 편안해진 얼굴로 오를 제자리로 돌 려보내며 그는 흡족한 듯 웃고 있었다. 얇은 입술이 길쭉하게 벌어지고 뾰족한 송곳니가 드러났다. 오는 뺨 안쪽에서 배어나 오는 피를 빨아먹었다. 학교를 졸업하고 저 남자를 우연히 만나 면 입을 찢어버리자고 마음을 먹었다. 남자의 광대뼈는 그 독일어 선생의 것보다 튀어나와 보인다. 정수리쯤의 두상도 훨씬 좁고 높은 것 같다. 하지만 고교를 졸업한 지도 팔 년이나 흘렀으니까, 세월 탓에 저런 얼굴로 변했을지 모른다. 그 고등학교에 재직한 일이 있느냐고 물어봐야겠다. 그렇다고 대답을 한다면 이빨 틈에 나이프를 밀어넣고, 볼 쪽으로 단숨에 날을 당겨, 입을 찢는다. 지금? 지금. 오는 팔을 늘어뜨린 채 손바닥을 말았다 펴며 남자의 얼굴을 본다. 뭘 드릴까요. 현대정육도매센터의 또 다른 직원인 윤이 남자를 향해 말한다. 남자는 엄지손가락으로 진열대 유리를 꾹 누르며 돼지갈비를 두 근 달라고 말한다. 암돼지와 수돼지 중 어느 쪽을 원하느냐고 오는 묻는다. 남자는 투명한 다갈색 눈으로 오를 바라본다. 남자가 말한다. 무슨 차이가 있나. 암돼지는 갈비뼈가 둥글고 수돼지는 평평하다고 오는 대답한다. 아시다시피, 오는 끈적거리는 손등으로 이마를 닦는다. 암돼지는 뱃속에서 새끼를 키워야 하니까요.

남자는 잠깐 망설이다가 암돼지를 달라고 말한다. 오는 고깃덩어리를 육절기 속에 밀어넣고 버튼을 누른다. 둥근 칼날이 부드럽게 회전을 시작하고 같은 간격으로 말끔히 잘린 갈빗살이 밀려나온다. 오는 한쪽 손바닥에 고깃조각을 차곡차곡 포개며 숙성실 쪽을 돌아본다. 현대정육도매센터의 사장이 숙성실 불빛 속에서 오늘 들어온 소를 부위별로 나누고 있다. 손잡이에 노란색 고무밴드를 감은 스위스 나이프를 손에 쥐고 꼭 필요한 만큼만 팔꿈치와 손목을 움직여 우둔과 설도와 사태를 떼어내고 채

216

끝과 안심을 나눈다. 오는 인중에 배어나온 땀을 핥아먹는다. 이 대로 도마를 밟고 진열대를 넘어 남자에게 달려든다면 사장이 저 나이프를 쥔 채 달려나올 것이다. 오는 다음에, 라고 생각한 다. 남자의 돼지갈비가 든 비닐봉지를 진열대 너머로 건네며 다 음에, 라고 말한다. 남자는 오의 말을 알아듣지 못한다.

  헬리콥터가 낮게 날아간다. 현대정육도매센터의 유리문이 와 르르 흔들린다. 정육점 천장에 매달린 십육 인치 텔레비전의 화 면에도 가느다란 노이즈가 떠오른다. 무선마이크를 쥔 남자 사 회자와 여자 사회자의 얼굴이 지그재그로 비틀린다. 오는 진열 대에 가슴을 누르고 선 채 텔레비전을 쳐다본다. 오는 저 프로 그램의 오프닝송을 기억한다. 사춘기 때 저 프로그램의 주소로 엽서를 보낸 적이 있었다. 나를 낳은 여자는 코끼리와 오리가 그려진 종이가방에 나를 담아 전철에 버렸습니다. 그 여자를 만 나고 싶습니다. 어디로 가야 합니까? 몇 번이나 문장을 고쳐가 며 정중하게 써서 보냈는데도 답장은 오지 않았다. 〈무엇이든 물어보세요〉가 답해주지 못할 문제를 안고 있다, 오는 노래 부 르듯 중얼거린다. 짤깍짤깍 소리를 내며 시곗바늘이 움직인다. 해체도 위로 늘어진 십자수시계 속에서 얼굴이 흰 소년과 소녀 는 매일 키스하고 키스한다. 검은 벌레 한 마리가 둔한 움직임 으로 벽을 가로질러 돼지 해체도 밑으로 숨어든다. 만지는 사람 이 없는데도 해체도 표면은 늘 불투명한 기름막으로 덮여 끈적 거린다. 고깃점에서 흘러나온 묽은 피가 모노륨 바닥에 고여 있다. 현대정육도매센터의 사장이 근육과 지방이 달라붙은 스위스 나이프를 행주에 닦으며 숙성실에서 나온다. 밥을 먹을 시간이 되었다고 말한다. 사장은 볶음밥을 먹고 또다른 직원인 윤은 울면을 먹는다. 오는 플라스틱 의자를 가게 밖에 내어놓고 그 위에 앉아서 자장면을 먹는다. 사장과 윤은 벌써 오래 전부터 오에게 안으로 들어와 밥을 먹으라는 말을 하지 않는다. 오는 플라스틱 그릇 속의 면을 휘젓는다. 날이 흐리다. 숨을 들이쉴 때마다 차갑고 매캐한 공기가 빨려들어와 목을 자극한다. 플라스틱 그릇 속의 면은 금세 식는다. 오는 표면에 떠오르기 시작한 촛농 같은 기름 덩어리를 젓가락 끝으로 밀어내며 면을 건져먹는다. 툭, 툭, 툭, 하고 머릿속에서 끊임없이 소리가 울린다. 오는 자신의 심장소리라고 생각한다. 그러나 간밤에 들은 마더의 심장소리라는 것을 곧 깨닫는다.

트럭 한 대가 길 건너편의 비탈길을 내려와 도로 쪽으로 느릿느릿 머리를 들이밀고 있다. 은색 범퍼가 둔탁하게 반짝인다. 보도 위의 사람들이 걸음을 멈추고 트럭이 지나가길 기다린다. 오는 저기 어디쯤에서 마더를 주웠다. 밤이었고 퇴근하는 길이었다. 보도에 주차된 흰색 세피아와 감색 엘란트라 사이에서 마더는 오를 향해 으르렁거렸다. 오른쪽 눈에 연필심만한 구멍이 뚫리고 그 구멍으로 해파리처럼 생긴 신경조직들이 밀려나와 있었다. 많은 액수의 수술비와 두 달간의 진료비가 계좌에서 빠져나갔다. 오는 아깝다는 생각을 하지 않았다. 특별히 돈이 들어갈 만한 취미를 가진 것도 아니고 연애도 하지 않는다. 월급을 많이 받는 것은 아니지만 돈은 늘 남는다. 오는 길에 주운 개에게 마더라는 이름을 붙여주었다.

마더는 요즘 몸을 잘 움직이지 않는다. 한쪽만 남은 눈으로 물끄러미 사람을 바라본다. 마더의 눈을 치료한 의사는 마더의 나이가 꽤 많다고 말했다. 하지만 아직은 괜찮다. 오는 면을 다 골라먹은 자장그릇을 무릎 위에 올려놓고 손등으로 입술을 닦는다. 오렌지색 하프코트를 입은 여자가 구두굽으로 딱딱 보도를 찍으며 오의 앞을 지나간다. 나를 낳은 여자도 저런 구두를 한 켤레쯤 가지고 있을 것이다. 오는 여자의 구두를 바라본다.

길쭉한 새의 그림자가 오의 운동화 위로 휙 지나간다. 오는 고개를 들어 위를 바라본다. 새는 없고 어디서 떨어졌는지 알 수 없는 물방울이 오의 이마에서 탁 터진다.

인사를 하는 일도 안부를 묻는 일도 없다. 나이도 묻지 않고 이름은 더구나 묻지 않는다. 죽음을 생각하는 이유에 대한 리포트를 제출받아 회원을 선발한다. 그러나 평가가 까다로워 근래에 새롭게 들어온 회원은 없다. 오를 포함한 네 명의 회원은 모두 '티파니'로 불린다. 일주일에 한 번, 온라인에서 만나 투표를 한다. 당신은 살고 싶은가. 답은 예스, 노로 선택된다. 한 사람이라도 '예스'를 선택한 순간에 접속은 끊어진다. 오프라인 모임은 단 한 번. 언젠가 죽음이 결정되는 날에 열릴 것이다.

드릴로 머리를 뚫어 죽은 사람도 있다고 티파니가 말한다. 가장 추한 자살은 창자를 쏟아놓고 죽는 것이라고 티파니가 말한다. 그 냄새를 생각해봐! 자살은 필연이자 권리라고 티파니가 말한다. 사람이 생각을 할 줄 아는 생물이라는 것이 무엇보다도 확실한 증거다. 단지 살아가는 것만이 목적이라면 생각은 왜 필요한가. 사람은 분명 살아가지만 자신의 살아가는 모습에 대해 생각하고 평가하며 최종 형태를 결정할 수 있는 권리를 지녔다. '생각'이 그러한 권리의 명백한 증거다.

오는 모니터에 떠오르는 티파니의 말을 들여다본다. 마침표 부분에 번진 지문을 손가락으로 닦아낸다. 마더가 다가와 오의 발가락에 축축한 코를 댄다. 오는 가볍게 몸을 떤다. 마더는 오의 발등을 베고 눕는다. 그리고 이따금씩 기침을 한다. 이웃집과 맞붙은 벽 쪽에서 음악소리가 들려온다. 누군가의 목소리가 전자기타와 드럼의 뭉툭한 소음에 짓눌린 채 들려온다. 티파니는 다양한 자살법과 자살을 해야 하는 개인적 이력에 대해 말하지만, 왜 함께 죽을 사람이 필요한가에 대해서는 말하지 않는다. 비참한 모습으로 혼자 죽는 것을 견딜 수가 없는 거라고 오는 생각한다. 다시 말해 자신처럼. 혼자는 불안하고 억울하다. 비겁한 일이 흔히 그렇듯이, 공범이 있으면 안심이 된다. 그러니까 자신처럼.

오는 티파니의 이름으로 말한다. 누군가의 죽고 싶다는 열망은 또다른 누군가의 뇌에 다다른다. 이를테면 텔레파시다. 당신이 죽고 싶다는 생각을 열심히 하면 이 세상의 누군가도 같은 생각을 하게 된다. 나는 그것을 원한다.

옆집의 음악소리가 가파르게 높아진다. 누군가 거친 발걸음으로 복도를 지나 옆집 문을 두드린다. 쿵쿵쿵. 마더가 머리를 들고 으르렁거린다. 무리다. 곧바로 기침이 터진다. 등이 둥글게 휘고 네 다리가 가슴 쪽에 바짝 붙는다. 오는 책상 밑으로 팔을 뻗어 단단하게 굳은 마더의 목을 문지른다. 개액개액, 거친 숨을 몰아쉬며 마더는 몸을 늘어뜨린다.

모니터 속 티파니의 방에 오랫동안 침묵이 흐른다. 투표가 시작된다. 노, 노가 떠오르고 망설이듯 간격을 두고 예스가 떠오른다. 접속이 끊긴다. 티파니들은 당분간 더 살아간다.

오는 책상서랍을 당겨 양고기가 든 캔을 꺼낸다. 뚜껑을 잡아 뜯고, 먹기 좋도록 손가락으로 헤집어서 바닥에 내려놓는다. 코앞에 먹이가 놓였는데도 마더는 까만 눈으로 오를 바라볼 뿐 머리를 들지도 않는다. 오는 볼 안쪽 살을 어금니로 씹으며 마더를 바라본다. 의자를 밀고 일어난다. 엄지손가락이 부었다. 왜 부었지, 생각하며 욕실로 들어간다. 변기에 앉아 시간을 들여 조금씩 배변한다. 얼마 전까지 방 안에 놓여 있던 행운목 화분이 변기 앞에 놓여 있다. 욕실 구석에 화분이 놓이게 된 경로를 생각해보지만 아무것도 떠오르지 않는다. 오는 허리를 구부려 행운목을 들여다본다. 열두 개의 잎은 모두 끝부분이 다갈색으로 말라 있다. 터질 듯 갈라진 줄기에는 진하고 독해 보이는 분비

물이 동글동글 맺혀 있다. 아직은 죽지 않겠다며 악을 쓰는 것 같다. 오는 행운목의 길쭉한 잎에 닿지 않도록 무릎을 바짝 당긴다. 변기 레버를 누른다. 끝이 보이지 않는 구멍 속으로 배설물이 빨려들어가는 모습을 지켜보다가 다시 한번 물을 내린다.

중학교 때 고흐의 화집을 본 적이 있다. 주말마다 고아원으로 자원봉사를 나오는 미대생이 있었다. 가슴이 납작하고 손가락이 길고 표정이 없는 여자였다. 그 여자의 가방에서 지갑과 화집을 훔쳤다. 지갑 속엔 돈이 얼마 없었다. 강한 색상의 물감을 여러 번 덧발라 그린 그림들을 무심히 넘겨보다가 어느 페이지에서 눈길이 멎었다. 나체로 몸을 웅크리고 앉은 여자의 옆모습을 데생한 그림이었다. 바로 이거다, 라고 생각했다. 딱딱하게 마른 젖가슴과 공허하게 부푼 배, 울퉁불퉁한 등. 나를 낳은 여자는 꼭 그런 모습을 하고 있을 것이다, 생각하며 홍분했다. 그림의 우측 하단을 살폈다. 길쭉한 뿔처럼 생긴 화가의 사인 옆에 r과 w만을 필기체로 쓴 sorrow라는 제목이 씌어 있었다. 왜 슬픔인가, 이 스케치의 이름은 마더가 되어야 한다. 커터로 제목을 긁어내고 제대로 된 제목을 붙여주었다. 지갑은 정화조 속에 버리고 화집은 개인사물함 밑바닥에 숨겼다. 지갑과 화집을 도둑맞은 미대생은 그후로도 일 년 반 동안 자원봉사를 계속했다. 고등학교를 졸업하고 자립해나오면서 화집을 잃어버렸지만 지금도 나를 낳은 여자, 를 중얼거리면 그 그림 속 여자가 떠오른다.

왼쪽 어깨를 떠밀려 오른쪽으로 몸이 기울어진다. 오는 횡단보도 앞에 선 자신을 깨닫는다. 서너 명의 사람들이 길을 건너고 있다. 두 사람은 우산을 쓰고 나머지는 우산을 쓰지 않았다. 오는 눈으로 들이치는 빗방울을 방치하며 길 건너편을 바라본다. 신호등의 녹색 불빛이 점멸하고 있다. 오는 다음 신호를 기다리기로 하고 한쪽 발에 실린 체중을 다른 쪽 발에 싣는다. 자신도 모르는 새 집중을 하고 있었던 탓에 신경이 피로하다. 조금 전까지 머릿속을 꽉 메우고 있던 그림이 다시 망막으로 떠오른다. 여러 번 눈을 깜박여도 사라지지 않는다. 오는 허벅지에 손가락을 대고 사라져, 라는 글자를 도독 찍는다. 짐을 잔뜩 실은 트럭 한 대가 반구형 화단에 물을 튀기며 지나간다. 눈이 녹은 물이 점퍼 안쪽으로 스며들어 어깨가 차다. 손으로 머리카락의 물기를 털어내고 싶지만 손목에 힘이 없다. 설 대목이 다가와 바쁜 시즌이다. 하루 종일 차갑게 식은 고기와 힘줄과 뼈를 썰었다. 손목뼈를 감싼 피부 안쪽에서 미세한 거품이 부글거리며 끓는 것 같다. 집, 오는 중얼거린다. 빨리 집으로 돌아가자. 따뜻한 물로 몸을 씻고 마더에게 먹이를 주고 두꺼운 이불 밑에서 잠을 자자. 지금 이 순간이 웹페이지에 떠오른 영상이라면 클릭 한 번으로 집(home)으로 돌아갈 수 있을 텐데. 현실은 성가시고 불편하다.

도로 위로 차들이 이따금씩 지나간다. 여자와 남자가 횡단보도로 다가와 선다. 여자의 어깨를 단단히 감싸쥔 채 남자는 씨

이팔, 이라고 말한다. 남자는 웃고 여자는 웃지 않는다. 살이 긴 우산이 그들의 머리 위에서 좌우로 흔들린다. 시궁쥐 한 마리가 횡단보도의 첫번째 라인까지 기어갔다가 되돌아온다. 두꺼운 천 조각으로 머리를 감싼 노파가 빌딩 그림자 속에 앉아 있다. 얼굴이 따가워. 오는 노파의 날카로운 목소리를 듣는다. 노파가 그림자 속에서 걸어나와 젖은 도로변에 걸터앉는다. 종이박스에 붙은 테이프를 죽죽 떼어내기 시작한다. 몸이 젖으면 병에 걸리기 쉽다. 이런 날씨에 거리에서 병에 걸리면 죽는다. 저 노파의 균형감각은 고장이 나버렸다, 생각하며 오는 노파를 바라본다. 노파의 가족은 어디에 있나. 노파의 마더는 어디에 있나. 연고자가 없는 사람의 시체는 어떻게 처리가 되나. 오는 날이 밝는 대로 그것을 알아봐야겠다고 생각하며 눈을 비빈다. 뭘 알아본다고? 오는 중얼거린다. 이것과 그것, 그것과 저것을. 신호가 바뀐다. 오는 천천히 길을 건넌다.

오는 현관문 손잡이를 잡고 서서 빈집을 들여다본다. 거대한 생물의 숨소리가 잿빛으로 가라앉은 집을 흔들고 있다. 어둠 속에서 마더가 꼬리를 젓는다. 오는 그 허억허억 하는 소리가 냉장고 쪽에서 들려온다는 것을 깨닫는다. 운동화를 신은 채 안으로 들어가 냉장고의 전원코드를 뽑는다. 냉장고에 어깨를 기대고 물을 먹어 몇 배나 무거워진 운동화를 벗는다. 양말도 바짓단도 흠뻑 젖었다. 허리를 구부려 양말을 몇 번 잡아당기다가 포기한다. 젖은 양말을 질질 끌며 방으로 들어간다. 머리카락과 어깨에서 냄새가 난다. 씻어야 한다는 생각보다 자야겠다는 욕구가 강해 그대로 침대까지 비틀거리며 걸어간다. 다리를 가슴 쪽으로 끌어당겨 간신히 양말을 벗고 눈을 감는다.

톡, 톡, 톡, 톡. 마더의 조그만 발톱이 방바닥에 닿는 소리가 들려온다. 침대 밑에서 그 소리가 뚝 그친다. 오는 허리를 옆으로 움직여 마더가 뛰어오를 자리를 만든다. 한참을 기다려도 마더는 움직이는 기척이 없다. 오는 침대 밖으로 팔을 내밀어 어두운 방바닥을 더듬는다. 마더의 따뜻한 머리에 손가락이 닿는다. 가슴 밑으로 손을 넣고 들어올린다. 마더는 조금 으르렁거리다가 잠잠해진다. 옆구리 근처에 내려놓자 바로 몸을 말고 눕는다. 오는 마더의 따뜻한 털 속에 손가락을 박는다. 의식이 천천히 가라앉는다. 오는 온몸의 마디를 나른하게 늘어뜨린다. 마더의 기침소리가 들려와 두어 번 눈을 뜨려고 해보지만 눈꺼풀이 무거워 포기한다. 한 발 한 발 계단을 내려가듯 천천히 잠 속으로 떨어진다.

'오'의 리포트

원장 어머니 사무실에는 낡고 큰 철제책상이 있었다. 책상 왼편으로 서랍이 세 개 있었다. 맨 윗서랍엔 자물쇠가 달려 있었지만 그 서랍이 잠겨 있는 날은 별로 없었다. 공식적으로는 볼 수 없지만 비공식적으로는 볼 수 있는 서류가 그 안에 들어 있었다. 에이는 마곡동 유림마켓 앞 전봇대 밑에 버려졌다. 비는 개포동 현진상가 건물 삼층에 버려졌다. 씨는 영등포동 영보극장 132번 좌석 밑에 버려졌다. 디는 운이 좋게도, 꽃놀이가 한창인 놀이공원의 튤립꽃밭 한가운데 버려졌다. 나를 낳은 여자는 나를 종이가방에 담아 전철에 버렸다. 나의 서류파일 속에는 원장 어머니가 오려모은 듯 당시의 신문기사도 함께 들어 있었다. 나는 팔과 다리를 잔뜩 움츠린 갓난아기의 사진을 들여다보았다. 한쪽 뺨과 가슴, 허벅지 피부에 신문의 활자체가 멍처럼 박혀 있었다. 팔과 다리가 너무 짤막했다. 부어오른 눈은 가느다란 선으로만 보였다. 성인(成人)으로 자라날 수 있는 생물이라는 것이 믿어지지 않았다. 갓난아기가 담겨 있었다는 종이가방도 사진 속에 있었다. 코끼리와 오리가 조악한 선으로 그려진 종이가방 겉면은 알 수 없는 액체가 묻었다 마른 자국으로 얼룩덜룩했다. 화가 나지도 슬프지도 비참하지도 않았다. 나는 기사를 본래대로 반듯하게 접어 내 서류파일 속에 끼워넣었다.

에이는 얼굴이 길고 피부색이 좋지 않았다. 에이는 열여섯 살 때 미쳤다. 처음에 에이는 몸을 앞뒤로 흔들기 시작했다. 수업중에 천천히 몸을 앞뒤로 흔들기 시작해서 점점 넓은 폭으로 몸을 움직였다. 선생이 말려도 소용없었다. 고아원의 어머니들은 에이가 남달리 예민했기 때문에 미쳤다고 말했다. 나도 동감했다. 보람의 집 아이들은 모두 '보람의 집'이라는 로고가 찍힌 곤색 가방을 메고 등교했다. 에이는 언제나 그런 문제에 예민했다. 아래를 봐주기 바란다.

'컴퓨터의 하드디스크는 수많은 바이트가 모인 섹터로 구성
되고 그 섹터가 모여 동심원 모양의 트랙(track)이 된다. 이 트
랙에 정보가 저장된다. LP 레코드판이나 마라톤 트랙을 생각해
보라. 트랙의 어느 부분에 물리적인 손상이 발생하는 경우 그
구간을 배드 섹터(bad sector)라고 부른다. 배드 섹터가 생겨나
면 하드디스크 내의 정보는 잘못된 트랙에서 공회전을 하게 된
다. 그 하드디스크는 복구가 불가능하다.'

우연히 이것을 발견한 후에 나는 끊임없이 이것에 관해 생각
했다. 이것은 가장 은밀한 형태의 암호다. 나쁜 기억을 품은 사
람은 언젠가는 자멸한다고 이 암호는 말하고 있다. 배드 섹터를
품은 하드디스크처럼 공회전을 거듭하다가 망가지고 마는 거다.
에이는 자신의 내부에 발생한 배드 섹터를 감당하지 못해 미쳐
버린 거라고 나는 생각한다.

그런데 이 경우를 생각해보라, 티파니. 나의 기록을 훔쳐본 그
날 이후로 나는 가끔, 종이가방에 담겨 온몸으로 들었던 소리를
기억해내곤 한다. 쿵쿵쿵. 쿵쿵쿵. 쿵쿵쿵. 쿵쿵쿵. 봐, 지금도
이렇게 쿵쿵쿵, 쿵쿵쿵, 하고. 살아가려면 그런 생각을 끊임없이
해서는 안 된다는 걸 알고 있지만 머릿속에 멋대로 떠오르는 생
각은 나도 어쩔 수가 없다. 내게도 배드 섹터가 있는 셈이다.

나를 낳은 여자도 나 같은 배드 섹터를 품고 있을 거라고 나
는 생각한다. 자기가 낳은 아기를 종이가방에 담아 전철에 버리
는 여자가 행복할 리 없잖아. 아기를 종이가방에 담아 전철에

버리는 행위와 버려지는 결과는 일종의, 물리적인 충격이다. 그녀는 나쁜 음식을 먹고 나쁜 공기를 마시고 나쁜 소리만을 듣는다. 끊임없이 튀어오르는 LP판처럼 공전하는 거다. 그녀는 늘 죽고 싶다는 생각을 하며 산다. 하지만 아직까지 진심으로 그렇게 생각해본 적은 없는 것 같다. 나는 아직 그녀의 신호를 받지 못했으니까. 자신을 낳은 여자의 신호라면 세상에서 가장 강력할 것이 틀림없다. 나는 그녀의 그런 신호를 여태껏 기다려왔다.

하지만 내가 먼저 균형을 잃어 미쳐버려서 신호를 받아도 알아채지 못하게 된다면, 상황은 끔찍해진다. 나는 혼자 남고 싶지 않으니까. 티파니, 당신의 생각을 듣고 싶다. 내가 그녀의 신호를 받을 수 있다면 그녀 역시 나의 신호를 받을 수 있지 않을까. 에이처럼 균형을 잃기 전에, 내가 먼저 신호를 발신하는 편이 낫지 않을까. 나를 낳은 여자니까 그녀는 알아챌 것이다, 그렇지 않을까.

오는 문득 눈을 뜬다. 목 안쪽이 바짝 말라 숨을 들이쉴 때마다 혀가 저리다. 물을 마시고 싶어 침대를 빠져나간다. 방문턱을 밟고 서서 부엌 불을 켠다. 형광등 불빛이 시큰하게 눈을 찌른다. 오는 눈을 감는다. 간신히 눈을 떴을 때 곰팡이처럼 피어오르는 빛의 반점들 틈에서 오는 마더를 본다. 마더가 다가온다. 목각인형처럼 걸음이 어색하다. 몇 발짝을 띄엄띄엄 내딛다가 냉장고 앞에서 넘어진다. 마더의 몸이 터질 듯 팽팽하다. 오는 마더의 몸에 손을 얹는다. 미지근하다. 유리섬유처럼 털이 뻣뻣하다. 둥근 갈비뼈 밑에서 툭, 툭, 툭, 진동이 느껴진다. 콧구멍에서 분홍색 거품이 밀려나온다. 경련이 시작된다. 필사적으로 숨을 들이쉬려는 노력으로 마더의 턱이 벌어진다. 잇몸이 회백색으로 질리고 눈이 돌아간다. 네 개의 다리가 나무막대처럼 꼿꼿해진다. 발톱 끝까지 굳은 상태가 몇 초간 이어진다. 두번째 경련이 일어났을 때, 오는 마더의 동공이 더이상 움직이지 않는 것을 알아챈다. 뇌가 죽었다. 오의 입이 벌어지고 어, 소리가 새어나온다.

마더는 오랜 시간을 들여 죽는다. 경련과 고통스러운 호흡이 번갈아 이어진다.

경련이 일어날 때마다 오는 땀을 흘린다. 차라리 죽어, 빨리 죽어, 라고 중얼거린다.

문득 마더가 숨을 들이쉰다. 다리와 등이 편안하게 풀어진다. 불그스름한 거품이 마더의 콧등과 이빨 틈으로 흘러내린다. 오는 마더의 머리에 손바닥을 올린다. 벌써 차갑다. 핏기가 남김없이 빠져나간 마더의 귀가 종이처럼 바스락, 소리를 낸다.

쿵쿵. 쿵쿵쿵. 쿵쿵쿵.

오는 자신의 심장소리를 듣는다. 눈꺼풀이 픽 소리를 내며 벌어진다. 컴퓨터 모니터가 뿜어내는 빛으로 벽과 천장이 푸르스름하다. 오는 방바닥에 몸을 구부리고 누운 채 눈을 굴린다. 언제, 왜 이런 자세로 잠이 들었는지 알 수 없다. 다리부터 천천히 움직여서 일어난다. 손가락에서 짜고 비릿한 냄새가 난다. 검붉은 얼룩이 묻은 손가락을 빨며 오는 방을 나선다. 죽은 마더가 여태 냉장고 앞에 늘어져 있다. 오는 엄지손톱을 입에 넣고 씹으며 마더를 내려다본다. 마더의 몸은 그 어느 때보다도 납작하게 꺼져 있다. 오는 말라가는 피고름과 분비물 속에서 마더의 몸을 들어낸다. 깨끗한 타월에 마더를 올리고 피를 먹어 불그스름해진 털을 닦아낸다.

날이 완전히 밝은 뒤 오는 마더의 눈을 치료했던 의사에게 전화를 건다. 마더의 시체를 어떻게 하면 좋을지 묻는다. 애완동물의 사체는 쓰레기봉투에 넣어서 버리도록 법으로 제정되었다고 의사가 말한다. 괜찮다, 뜻 없이 중얼거리며 오는 이십 리터짜리 쓰레기봉투를 벌린다. 조심스럽게 마더를 넣는다. 딱딱하게 굳은 앞발이 봉투를 뚫고 나올 것 같다. 오는 쪼그리고 앉아서 주먹으로 턱을 괸다. 다시 마더를 꺼낸다. 타월 몇 장으로 마더의 몸을 둘둘 말아 봉투 속에 넣는다. 봉투를 여며들고 현관문을 나선다. 입김이 하얗게 쏟아진다. 오는 종아리 근처에 늘어져 버적거리는 쓰레기봉투를 쥔 채 골목 입구 쪽을 바라본다. 중년 여자가 음식쓰레기를 버리고 있다. 음식쓰레기통은 목이 잘린 거대한 펭귄처럼 어정쩡한 모습으로 골목 끝에 서 있다. 여자는 음식찌꺼기가 달라붙은 뚜껑을 젖히고 바구니를 기울여 내용물을 털어낸다. 탕, 하고 뚜껑을 닫는다. 오는 깜짝 놀란다. 무엇에 놀랐지, 생각하며 주위를 휙 돌아본다. 한쪽 손바닥으로 얼굴을 비비고 맑은 콧물을 들이마신 다음 슬리퍼 속 발가락을 내려다 본다.

마더가 있다. 미처 타월로 감싸지 못한 발바닥 하나가 쓰레기 봉투 안쪽을 팽팽히 밀고 있다.

오는 동물병원으로 간다. 물끄러미 바라보는 의사에게 마더가 담긴 쓰레기봉투를 내민다. 오만원만 들이면 업자를 연결해줄 수 있습니다. 의사가 말한다. 오는 그렇게 하겠다고 말한다. 의사는 마더의 심장이 문제라고 말한다. 비대하게 부풀어오른 심장이 폐를 짓눌러 터뜨렸다. 훌륭한 의료장비가 있었더라도 노환이기 때문에 살릴 수 없었을 것이라고 말한다. 오는 무릎 위에 마더를 올려놓은 채 병원 구석에 놓인 의자에 앉는다. 동물 사체처리업자를 기다린다.

동물사체처리업자는 청치마에 연두색 재킷을 입은 차림으로 나타난다. 가죽구두 속에 파란 털양말을 신었다. 동물사체처리 업자가 오를 바라보며 손톱 밑의 때를 긁어내는 동안 의사는 특별한 재질의 종이로 마더의 몸을 포장한다. 동물사체처리업자가 말한다. 애완동물은 언제든 죽게 되어 있어요. 오래 기억하면 자기만 손해죠. 의사가 연두색 종이로 포장한 꾸러미를 들고 나와 동물사체처리업자에게 건넨다. 붉은색 종이꽃이 노끈으로 묶여 있다. 마지막으로 한번 만져보겠느냐고 의사가 묻는다. 오는 종이로 만들어진 꽃잎을 조금 만지다가 놓아준다. 동물사체처리업자는 한 손에 마더가 든 꾸러미를 들고 다른 손으로는 기타 폐

기물이 든 쓰레기봉투를 질질 끌며 문턱을 나선다. 마더와 쓰레기봉투를 트렁크에 싣고 떠난다.

의사가 이제는 그만 가보라는 말을 한다. 오는 그렇게 한다. 집으로 돌아와 냉장고 앞에 고인 마더의 분비물과 체액을 닦아낸다. 정육점에 나가지 않았다. 전화벨이 끊임없이 울린다. 현대 정육도매센터의 사장은 화가 많이 났을 것이다. 또다른 직원인 윤은 골절기나 육절기를 제대로 다루지 못한다. 사장은 나이프를 휘두르며 오를 자르겠다고 소리지르고 있을 것이다. 독일어 선생과 닮은 그 남자에게 자신의 고등학교에 재직한 일이 있느냐 물어볼 수 없게 되었다.

포장김치를 뜯어 밥상에 놓는다. 밥을 먹으며 귀를 기울인다. 등뒤로 팔을 뻗으면 마더의 동그랗고 따뜻한 머리에 손가락이 스칠 것 같다. 오는 리모컨을 끌어당겨 텔레비전을 켠다. 채널도 확인하지 않고 볼륨을 높인다. 대구의 타이어공장에 불이 났다. 수십억원의 재산 피해가 있을 것으로 예상된다. 물가가 크게 상승했다. 장바구니를 든 아주머니는 올해 설이 두렵다. 중국의 한 광산이 폭발해 백육십여 명이 매몰됐다. 추가로 붕괴될 가능성이 있어 구출작업이 더디게 진행되고 있다. 내일은, 맑겠지만 바람이 불어 춥겠다.

오는 천천히 밥을 씹으며 몸을 기울인다. 묵직한 납덩어리가 목을 타고 등으로 흘러내리는 것 같다. 등뼈가 무겁다. 숟가락을 쥔 채로 누워버린다. 기계적으로 턱을 움직여 밥을 씹는다.

그날 밤 티파니의 방이 열린다. 오늘 피아노를 구입했다고 티파니가 말한다. 피아노는 뭐에 쓰려고 어차피 죽을 거면서. 티파니가 빈정댄다. 어차피 죽을 거니깐. 티파니가 대답한다. 투표가 시작된다. 당신은 살고 싶은가…… 두번째 답변이 올라오는 순간 접속은 끊어진다. 오는 피식 웃는다. 누군가는 반드시 예스라고 대답한다. 내심 나머지 회원들도 바라는 것은 아닌가. 자신 말고 누군가, 아직은 살고 싶다, 라고 말해주길. 그리하여 얼마간의 시간을 또다시 '어차피 죽을 것'이라는 여유로 살아갈 수 있도록.

세면대의 곡면을 타고 흐른 물이 자꾸 어디론가 사라진다. 마더에게 물을 주지 않았다, 고 생각했다가 오는 웃는다. 손바닥에 물을 받아 얼굴을 문지르고 조금 마신다. 녹맛 나는 물이 목을 자극하며 몸으로 빨려들어간다. 앞머리가 따끔하게 눈을 찌른다. 오는 욕실 수납장 앞으로 다가간다. 두번째 수납칸을 더듬어 가위를 찾아낸다. 마더를 씻기고 귀나 꼬리털을 정리해줄 때 사용하던 가위다. 둥근 손잡이에 손가락을 끼워넣는다. 날이 잘 벌어지지 않는다. 마지막에 사용하고서 물기를 닦아두지 않은 탓이다. 거울 앞에 서서 오는 앞머리를 자른다. 거울 속 충혈된 두 눈이 오의 눈을 뚫어져라 들여다본다. 눈썹뼈에 수평으로 날을 맞추고 사각사각 머리카락을 잘라나간다. 거짓말 같다. 얇은 피부에 닿는 가윗날의 선뜩한 감촉이. 모두 거짓 같다. 티파니의 방, 마더의 기침소리, 에이의 초점 잃은 눈, 오래된 기사 속 잔뜩 찡그린 갓난아기의 얼굴. 마마, 라고 오는 말한다. 당신은 당신의 삶 어느 것이 거짓 같아 나를 잃었는가.

손가락에 가위를 끼운 채 오는 변기에 앉는다. 바싹 마른 행운목 잎이 오의 무릎을 스친다. 오는 숨을 죽인다. 행운목의 윤곽이 흐릿하게 사라진다. 꿈인가. 얼굴이 흰 소년과 소녀가 행운목이 있던 자리에 앉아 오를 바라본다. 둘 다 깨끗한 옷을 입었다. 소년은 좀 이상해 보인다. 네, 얘는 좀 이상해요. 소녀가 말한다. 이렇게 얼굴이 말랑말랑하잖아요, 이런 걸 본 적이 있어요? 소녀는 집게손가락으로 소년의 얼굴을 꾹꾹 누른다. 소년의 얼굴이 부드러운 고무인형처럼 눌려들어간다. 소년이 웃는다. 병든 원숭이 같은 얼굴이라고 오는 생각한다. 짓무른 눈은 동공을 분간하기 힘들고 작은 콧구멍은 톱밥 같은 물질로 꽉 막혀 있다. 오는 소년의 얼굴을 바라보고 싶지 않다. 눈을 돌리려 하지만 그럴 수가 없다. 소년의 얼굴을 향해 시선이 빨려든다. 끝내 그 얼굴 속으로 들어간다. 소년의 얼굴 속에서 오는 눈언저리의 살을 찌르는 뾰족한 손가락을 느끼고 비명을 지른다. 세면대 위로 물방울이 떨어지고 행운목 잎이 버석거린다. 오는 조그맣게 속삭이는 목소리를 들은 듯하다. 이렇게 하는 거야, 당신도. 하나도 아프지 않아.*

---

* 로마 귀족 레시나는 남편에게 자살을 종용하려고 자기 가슴을 찔러 보이며 이렇게 말했다. "이렇게 하는 거예요, 당신도. 하나도 아프지 않아요."(마르탱 모네스티에, 『자살』, 한명희 옮김, 새움, 2003)

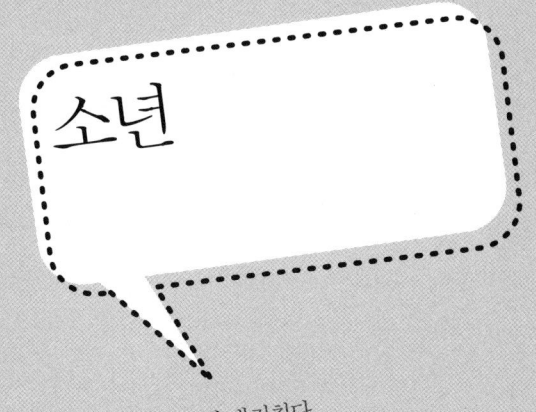

소년

소년은 발을 들어올렸다가 바닥을 향해 세게 내리친다.
한 번, 두 번, 소년의 귓속에서 소리가 지워진다.

흡. 숨을 들이쉰다.
전철이 들어오고 다시 빠져나간다.

머리맡에서 바스락거리는 소리가 들려온다. 소년은 눈을 감은 채 소리가 들려오는 방향을 향해 신경을 모은다. 밤새 딱딱한 목질에 짓눌려 목덜미의 감각이 둔하다. 오른쪽에서 무언가 날카로운 소리를 낸다. 소년은 그 방향으로 급히 머리를 돌린다. 눈꺼풀 속에서 빨간 점이 확 피어오른다. 쥐다. 소년은 생각한다. 쥐가 또 수챗구멍에서 기어나왔다.

이 방은 늘 좁다. 세 사람이 간신히 누울 만한 크기의 방을 네 사람이 사용하고 있기 때문이다. 소년은 문턱에 머리를 올려두고 잠을 잔다. 문턱 너머는 낡은 타일 바닥이다. 타일 바닥엔 구겨진 신발들이 흩어져 있고, 수챗구멍과 음식찌꺼기를 담은 바구니가 있고, 곳곳에 쥐똥이 흩어져 있다. 닷새 전쯤 잠에서 깨고 보니 정수리가 얼얼했다. 손끝으로 머리카락 속을 더듬었더니, 덜 마른 피가 손톱 밑에 묻어났다. 쥐다, 밤사이 수챗구멍에

서 기어나온 쥐가 머리를 갉아먹은 것이 틀림없다고 소년은 생
각했다. 바스락거리는 소리는 이제 정수리 바로 아래쪽에서 들
려온다. 소년은 눈을 감은 채 하나, 둘, 센다. 셋을 세었을 때 이
불 밖에 나와 있던 오른팔을 휘둘러 머리맡을 내리친다. 재빠르
게 상체를 뒤집어 바라본다. 아무것도 없다. 소년의 오른손은 닳
은 문턱과 물때 오른 타일의 중간쯤을 아프게 내리쳤을 뿐이다.
소년은 입술을 비튼다. 약삭빠른 놈. 이번에도 도망을 갔어.

　현기증이 난다. 도로 누우며 소년은 가쁜 숨을 쉰다. 소년의
눈 속에서 천장이 노랗게 팽창했다가 푹 꺼져들어간다. 벽지가
노란 것은 담배연기에 전 탓이다. 이 좁은 방 안에 담배를 피우
는 사람이 둘이다. 어머니도 담배를 많이 피우지만 압도적으로
담배를 피워대는 쪽은, 남자다. 구야가 기침을 하는 것도 남자가
담배를 너무 많이 피우기 때문이다. 소년은 칸막이를 노려본다.
빨랫줄에 맨 겨자색 천이 방을 두 개의 공간으로 나누고 있다.
그 건너편에서 남자가 코를 곤다. 어머니는 남자의 배 위에 허
벅지를 올려놓은 채 잠들어 있을 것이다. 소년은 손등으로 눈을
비빈다. 어머니는 아름답다. 남자도 어머니가 아름다운 것을 단
번에 알아보았다. 남자는 이 년 전에 소년의 방으로 들어왔다.
양말과 속옷 따위로 불룩해진 가방 하나만을 들고 있었다. 바닥
이 반들반들해진 양말을 벗어 소년의 얼굴을 향해 던지며 남자
는 킬킬 웃었다. 묵묵히 노려보는 소년에게 남자는 손을 펼쳐
보였다. 양쪽의 새끼손가락이 뭉뚝하게 잘리고 없었다. 남자는

대개 사나흘에 한 번씩 바깥잠을 자고 들어온다. 하루 종일 집 안에 있는 날이면 여덟 개의 손가락으로 어머니의 가슴을 움켜 쥐고 엉덩이를 주무른다.

소년은 머리를 돌려 구야의 납작 눌린 뒤통수를 바라본다. 구 야는 벽 쪽으로 몸을 바짝 붙이고 누운 채 잠들어 있다. 구야는 잠을 잘 잔다. 소년이 눈꺼풀 위에 손바닥을 얹고 "자"라고 말하 면 곧 잠들어버린다. 소년은 좁은 창을 바라보며 시간을 가늠한 다. 소리 죽여 자리에서 일어난다. 칸막이 너머의 기척에 신경을 곤두세우며 창가로 다가간다. 세탁한 지 오래된 이불이 소년의 발바닥에 달라붙어 부드럽게 발소리를 흡수한다. 소년은 어머니 의 브래지어와 남자의 청바지가 나란히 걸린 옷걸이 밑에 선다. 칸막이 쪽을 흘끗 돌아본다. 칸막이 바깥으로 남자의 두꺼운 발 가락이 비어져나와 있다. 소년은 남자의 바지 주머니에 조심스 럽게 손을 밀어넣는다. 두툼한 돈뭉치를 꺼내든다. 지폐 사이에 빈 사탕 껍질이 물려나온다. 소년은 사탕 껍질을 이불 위로 털 어내고 돈뭉치를 들여다본다. 수표 몇 장과 만원권이 스무 장 남짓, 천원권이 여섯 장, 오천원권이 한 장이다. 소년은 잠깐 망 설인다. 만원, 천원, 오천원권을 각각 한 장씩만 남자의 바지 주 머니 속에 되돌려놓고 나머지는 모두 제 바지 주머니에 넣는다.

소년은 방문턱에 엉덩이를 걸치고 앉아서 신발을 신는다. 부 엌 바닥에 놓인 라면박스 속에서 소년의 기척을 알아챈 병아리 들이 목쉰 소리로 종종거린다. 소년은 재빨리 다가가 라면박스를 두 팔로 안아든다. 구야의 병아리들이다. 병아리들의 집은 늘 뚜껑을 덮어둔다. 병아리들은 어두우면 밤인 줄 알고 잠을 잔다. 상자 속은 언제나 밤이다. 하루에 여섯 알의 아스피린을 먹는 소년의 어머니는 구야의 병아리들이 삑삑거리는 소리를 못 견뎌 한다. 소년은 라면박스를 들고 어깨와 발끝을 도사리며 좁은 부엌을 지난다. 수포처럼 둥글게 페인트가 부풀어오른 합판문을 밀고 복도로 나간다. 복도 좌우로 똑같이 생긴 문들이 열댓 개쯤 마주 보고 늘어서 있다. 어른은 머리를 숙여야 들어갈 수 있는 작은 문 안쪽에 싱크대만으로 꽉 차는 부엌과 좁은 방 한 칸씩이 딸려 있는 집들이다. 소년은 자기 집 문 옆에 병아리들의 집을 내려놓는다. 상자 속에서 병아리들이 날개를 포닥인다. 이제 제법 자랐을 만도 한데 날갯짓 소리가 형편없이 가볍다. 소년은 먹이를 줘볼까 하고 생각했다가 그만둔다. 모이를 가지러 집 안으로 들어갔다가 어머니나 남자를 깨우기라도 하면 곤란하다. 소년은 주머니에 든 돈을 만지작거리며 집 앞을 떠난다. 빠른 걸음으로 복도를 빠져나간다.

  푸르스름한 이끼 포자가 일 년 내내 떠다니는 듯한 건물 내부를 빠져나온다. 쏟아지는 빛에 눈을 제대로 뜨기 힘들다. 소년은 건물 입구에 서서 눈두덩을 주먹으로 문지른다. 흡, 하고 가슴을 부풀려 숨을 들이쉰다. 비탈진 골목길을 내려가 치킨집과 쌀집, 전파사가 있는 넓은 길로 나선다. 얼마 걷지 않았는데도 부어오른 얼굴이 따갑게 느껴진다. 머릿속이 멍하다. 머리를 흔들고 주

240

먹으로 옆머리를 두드린다. 가슴을 크게 부풀려봐도 소용이 없다. 몸은 사라지고 머리만으로 둥둥 떠가는 것 같다. 병신. 소년은 세탁소 유리문 앞에서 머리를 기울이며 중얼거린다. 병신.

횡단보도 앞에 선다. 씨르르― 소년의 머리 위 나뭇가지에서 매미가 울기 시작한다. 벌써 매미가 운다. 소년의 동네에서는 매미가 빠르게 자란다. 수챗구멍 속의 쥐도 상자 속의 병아리도 얼굴이 더러운 아이들도 빠르게 자란다. 소년은 머리를 흔든다. 매미 우는 소리에 따끔따끔 귀가 울린다. 매미, 매미, 매미, 매미, 매애애애― 아. 시끄러워. 소년은 외치는 대신 한쪽 발로 세게 바닥을 구른다. 윙 하는 소리가 머릿속에 떠올랐다가 잘게 부서진다. 귓속에서 거짓말처럼 매미소리가 지워진다. 소년은 빠르게 눈을 깜박인다. 신호가 바뀐다. 소년은 횡단보도의 하얀 선만을 골라 밟으며 길을 건넌다.

어두컴컴한 터널 안쪽에서 바싹 마른 먼지가 피어오른다. 미지근한 바람을 일으키며 수원행과 의정부행 전철이 동시에 들어온다. 소년은 제1승강장 안전선 끝에 아슬아슬하게 발끝을 걸치고 선다. 완만하게 속력을 줄이며 다가오는 전철을 바라본다. 두 개의 전철이 거대한 피스톤처럼 역사의 공기를 중앙으로 압축하며 밀려들어온다.

기차에 치여 죽은 시체들은 피를 많이 흘리지 않아. 누군가의 목소리가 소년의 고막을 간질이고 멀어진다. 누구지. 누구지. 소년은 초조하게 한쪽 무릎을 떨며 생각한다. 건너편 문에 살던 마홍이 형의 목소리라는 걸 기억해내고 안도한다. 마홍이 형은 서울과 부산간을 오가는 기차 안에서 김밥을 팔았다. 지난 봄에 자기 방 안에서 면도칼로 팔을 긋고 죽었다.

그렇게 조각조각 절단이 나는데도 말이야. 마찰열 때문일 거야. 뜨거운 바퀴 때문에 절단면이 순식간에 익어버리는 게 아닐까. 마홍이 형의 메마른 목소리가 바짝 귓전을 맴돌다 멀어져간다. 귀가 먹먹하다. 소년은 다갈색 때가 말라붙은 귀를 손바닥으로 두드리며 수원행 전철에 오른다. 주말이라 사람은 적지만 빈자리가 없다. 소년은 출입문 근처 기둥을 잡고 선다. 손가방을 무릎 위에 얹은 중년 여자가 소년의 지저분한 바짓단을 흘깃거린다. 열차가 터널 속으로 들어간다. 소년은 검은 유리창에 떠오른 얼굴을 들여다본다. 오른쪽 이마와 뺨이 광범위하게 부었다. 한쪽 눈이 찌그러져 보인다. 소년은 손바닥으로 얼굴을 문지른다. 땀이 밴 손가락에서 지폐 냄새가 난다. 어딜 갈까 하고 생각하니 막막하다. 돈을 쓸 수 있는 곳으로 가야 한다. 돈이 이렇게 많을 줄은 몰랐지만, 모두 써버리는 거다. 어젯밤의 복수다. 써버리는 액수가 많으면 많을수록 남자는 분통이 터질 것이다. 하하. 소년은 차창에 떠오른 자신의 얼굴을 바라보며 히죽 웃는다. 남자는 어제 끗발이 좋았다며 호탕하게 웃었다. 밥을 먹는 내내 한 손을 바지 주머니에 찔러넣고, 나머지 손으로는 어머니를 끌어당기며 끊임없이 입을 열었다. 이봐, 일주일에 하루만 오늘 같아도 우리 둘이 먹고살기는 문제가 없지. 입술 밖으로 밥풀이 비어져나와 턱에 달라붙고 밥상 위에도 떨어졌다. 소년은 숟가락을 밥상 위로 내던졌다. 플라스틱 국그릇이 엎어지고 남자의 이마 위로 뜨거운 국물이 튀었다. 남자는 먹던 밥그릇을 쥐고 소년의 얼굴을 후려쳤다. 병신. 소년은 중얼거린다. 병신. 유리창이 확 밝아진다. 소년의 얼굴이 지워진다. 전철 문이 벌어지고 사람들이 내린 뒤 그보다 많은 사람들이 올라탄다. 푸른색 원피스를 입은 계집아이 둘이 젊은 여자의 손을 잡고 전철에 오른다. 여자는 재빠르게 사람들 사이를 헤치고 나아가 빈자리에 계집아이들을 앉힌다. 아이들은 저희들끼리 손장난을 하고 놀다가 발을 까닥이며 노래를 부른다.

세에계를 돌고 도올면 별처럼 많은 형제— 알고 보니 우리드을은 지이구마을 한 가족—

소년도 그 노래를 알고 있다. 배가 쉴새없이 삐걱거렸다. 배를 타고 목이 콱 막힐 만큼 눅눅한 터널 속을 지났다. 전구 불빛으로 울긋불긋한 터널 속에 온통 그 노래가 울렸다. 소년은 그 배 안에서도 구야의 손목을 단단히 쥐고 어머니를 노려보았다. 형아, 손이 아파. 구야가 울었다.

소년은 자신의 이름이 기록된 문서를 가지고 있지 않았다. 네 아버지로 짐작되는 남자가 몇 있었는데, 어느 쪽도 확실하지 않았어. 손에 쥐고 있던 화투로 모포 위에 엎어진 화투를 따악 때리며 소년의 어머니가 말했다. 소년의 어머니는 술집에 딸린 작은 골방 안에서 소년을 낳았다. 소년이 네 살이 되었을 무렵에 다시 임신을 하고 일을 그만두었다. 소년의 남동생을 낳고 아이를 구야라고 불렀다. 소년처럼 소년의 남동생도 성을 갖지 못했다. 건설현장 인부였던 구야의 아버지는 너무 무거운 등짐을 지고 오르다가 균형을 잃고 오층 높이에서 떨어졌다. 그는 이제 막 굳기 시작한 콘크리트 속에 박혀 있던 철근에 폐를 꿰뚫렸다. 분향소에서 비쩍 마른 그의 아내가 손톱으로 영정을 쥐어뜯으며 울었다. 소년의 어머니는 울지 않았다. 일 년도 되지 않아 손가락이 여덟 개인 남자를 집으로 데려왔다. 남자가 들어오고서 얼마 후 소년의 어머니가 형제를 놀이공원에 데리고 간 일이 있었다. 소년은 어머니가 자신들을 그곳에 버리고 갈 것이라는 걸 알았다. 구야는 자꾸 솜사탕을 사달라고 졸랐다. 소년은 구야의 손목을 잡고 악착같이 어머니를 따라다녔다.

차캉차캉. 전철이 어두운 터널 속에 분절음을 울리며 나아간다. 소년은 곧잘 전철을 탄다. 전철역들의 이름을 외우는 동안 글자도 배웠다. 전철은 간단한 놀이기구다. 어두운 터널 속을 가더라도 반드시 밝은 곳으로 떠오르는 순간이 있어 안심이 된다. 어디에 내리든 돌아가야 할 곳의 이름만 정확하게 알고 있다면 길을 잃을 염려도 없다. 소년은 차창에 바짝 코를 붙인다. 뭉개지고 겹쳐진 지문들을 들여다본다. 하나하나에 코를 들이대고 냄새를 맡는다. 씁쓰름하고 비린 피냄새가 나는 것 같다. 마홍이형의 방에서도 그 냄새가 났다. 사람들이 마홍이 형의 방 안으로 들어갔다. 소년은 문밖에 서 있었다. 방에서 나온 사람들이 소년에게 물었다. 네가 처음 발견했니? 소년의 운동화 앞코에 젤리처럼 말랑말랑하게 굳은 피가 묻어 있었다. 아직 선명한 붉은색이었다. 소년은 신발을 벽에 문질러 닦았다. 전철이 정차하고 사람들이 소년의 어깨를 밀치며 내린다. 네번째로 어깨가 밀렸을 때 소년도 그들을 따라 내린다. 전철이 움직인다. 소년도 같은 방향으로 걸음을 옮긴다. 점점 빠르게 걷다가 주먹을 쥐고 뛰기 시작한다. 전철이 묵직하게 꼬리를 끌며 또다른 터널 속으로 사라진다. 소년은 발을 멈춘다. 가슴속에 바퀴 소리가 꽉 찼다. 쿵쿵. 내 가슴속에서도 바퀴가 돈다. 소년은 웃는다. 내린 곳이 어디인지 알아보려고 뒤를 돌아본다.

그때 내가 스물셋이었어. 어머니가 말했다. 놀이공원에서 집으로 돌아가는 전철 안이었다. 등을 웅크린 사람들이 드문드문 의자에 앉아 있었다. 어머니는 피로해 보였다. 소년은 전철 안에서도 구야의 손목을 놓지 않았다. 작은 무덤 꿈을 꾸었는데, 아직 잡풀도 돋지 않은 빨간 새 무덤이었어. 그 묘비에 새까만 미역이 둘둘 감겨 있었어. 끔찍한 꿈이었어. 그 꿈을 꾸고서 얼마 후에 임신한 것을 알았어. 너를 떼기가 무서웠어. 소년은 어머니의 얼굴을 노려보았다. 전철이 멈추고 출입문이 열릴 때마다 구야의 손목을 잡은 손에 힘이 들어갔다. 구야는 그때마다 흠칫 놀라 얼굴을 들었다가 다시 졸았다. 소년은 어머니의 얼굴에서 눈을 떼지 않았다. 언제든 어머니가 자리를 박차고 출입문을 향

해 달리면 쫓아갈 수 있도록, 다리를 긴장시켰다. 하루 종일 화
장실도 가지 않고 어머니를 쫓아다녔다. 바지 속에서 뜨거운 오
줌이 새어나와 엉덩이와 허벅지와 전철 시트를 차례대로 적셨
다. 어머니가 말했다. 그러니까 내가 너를 낳자고 마음을 바꿔먹
은 이유는, 순전히 꿈 때문이었어.

　여름맞이 브랜드 기획전 칠층 특별행사장, 수영복, 아동 스포
츠웨어 기획판매, 27일은 쉽니다. 소년은 엘리베이터 옆에 붙은
광고전단지를 바라본다. 오렌지색 수영팬티를 입고 어깨에 빨간
튜브를 건 사내아이가 전단지 좌측면에서 웃고 있다. 소년은 사
내아이가 입은 수영팬티를 바라본다. 깨끗한 무릎과 복사뼈, 가
볍고 시원해 보이는 여름샌들, 도톰한 입술 속 가지런한 이빨들
을 찬찬히 뜯어본다. 손을 뻗어 광고지 모서리를 뜯어낸다. 사내
아이의 샌들이 잘린다. 다리와 아랫배도 뜯어낸다. 가슴 부분은
접착제 때문에 잘 뜯어지지 않아서, 손톱으로 몇 번이나 긁어낸
다. 통통한 얼굴도 지그재그로 잘라낸다. 엘리베이터가 열리고
사람들이 밀려나온다. 빈 엘리베이터에 사람들이 오른다. 소년
은 광고지를 뭉쳐 바닥에 내버리고 몸을 돌린다. 수입식품 코너
를 지난다. 백화점 지하 일층 매장엔 음식재료를 튀기고 볶는
냄새가 안개처럼 들어차 있다. 가슴에 버튼이 달린 가운을 입은
남자가 갓난아기의 머리통만한 만두를 찜틀에서 들어낸다. 소년
은 발을 멈추고 만두에서 피어오르는 김을 바라본다. 배가 고프

다. 주머니 속에서 지폐 모서리를 만지작거리며 해산물 코너를 지난다. 유제품 진열대를 지나 푸드코트 속으로 들어간다. 냉면 코너 앞에 선다. 국자로 육수를 떠서 면이 담긴 그릇 속에 붓던 여자가 소년의 등뒤를 턱으로 가리킨다. 표를 사가지고 와. 소년은 여자가 가리키는 대로 식권판매대로 다가간다. 냉면 값은 이천오백원이다. 주머니 속에서 대강 지폐를 골라내 계산대에 올려놓는다. 두 장이 만원이고 한 장은 십만원권이다. 만원짜리 한 장을 남기고 나머지는 도로 주머니 속에 밀어넣는다. 거스름돈을 내주며 계산대의 점원이 소년을 빤히 바라본다. 소년은 식권을 손에 쥐고 냉면 코너로 간다.

구석자리에 앉아 냉면을 먹는다. 다음 일을 따져본다. 아예 집을 나올 생각은 없었지만, 돈이 이렇게 많으니까, 이대로 집을 나갈까 하고 생각한다. 별 갈등도 없이 마음이 그쪽으로 기운다. 이대로 집을 나가자. 가지고 있는 돈으로 당분간 먹고 자고 구경도 하면서 놀다가 취직을 하자. 돈이 많은 어른이 되어서 좁고 더러운 그 방으로 구야와 어머니를 데리러 가자. 남자는 필요 없어. 어른이 되어 집에 돌아가면 남자의 나머지 손가락들을 모조리 잘라 하수구 속 쥐에게 던져줄 것이다. 소년은 그런 생각을 하다가 겨자 덩어리를 씹고 혀를 내민다. 냉면그릇을 들고 국물까지 남김없이 먹는다.

에스컬레이터를 타고 위층으로 오른다. 피혁 냄새와 화장품 냄새가 뒤섞인 일층 잡화 코너를 찡그린 얼굴로 지나간다. 이층부터는 느긋하게 구경한다. 잿빛 유니폼을 단정하게 차려입은 점원들이 소년을 바라본다. 오층으로 올라가는 에스컬레이터 앞에 동화책을 늘어놓은 간이판매대가 서 있다. 소년은 하루 종일 집 안에서만 노는 구야를 잠깐 생각한다. 판매대 앞을 지나 에스컬레이터에 오른다. 소년은 텔레비전에서 방영해주는 동화의 세계를 믿지 않는다. 소원을 들어주는 요정이 있고 작은 목소리로 자장가를 불러주는 혈색 좋은 어머니가 있고 아이를 때리는 어른은 항상 벌을 받는 동화의 세계 따위, 거짓말이라는 걸 소년은 알고 있다.

칠층 가전매장에서 걸음을 멈춘다. 또래의 사내아이들이 게임기 매장의 대형 텔레비전 앞에 모여 있다. 게임건을 장악한 아이들이 다리를 넓게 벌리고 서서 화면을 노려본다. 도끼를 쥔 좀비들이 화면을 향해 돌진한다. 아이들이 총을 쏜다. 방심하면 좀비들이 던진 도끼날에 찍혀 머리가 갈라진다. 구출해야 할 인질이 좀비들 뒤편에서 팔을 내젓고 있다. 헬프, 헬프. 파앙, 파앙. 소년은 조금씩 아이들 쪽으로 다가간다. 입을 헤벌리고 게임에 몰두하고 있는 아이들의 얼굴을 바라본다. 이 아이들 앞에서 돈을 내고 게임기를 산다면 근사할 것이다. 게다가 저것은 꽤 비싸 보인다. 소년은 가슴을 내밀며 진열대 앞으로 간다. 전시관 안에 있는 것과 같은 모양의 게임기를 눈으로 확인하고 고개를 들어 점원을 바라본다. 점원은 여직원과 말을 나누고 있다. 소년은 주먹으로 유리진열대를 콩콩 두드린다. 점원이 흘긋 이쪽을 돌아보다 시선을 거둔다. 그뿐, 다가오지도 이쪽을 다시 바라보지도 않는다. 소년은 주먹을 좀더 단단히 쥐고 진열대를 두드린다. 반응이 없다. 손바닥과 관자놀이에 차가운 땀이 불쑥 솟아오른다. 구겨진 운동화 앞코로 진열대를 걷어찬다. 점원이 비로소 얼굴을 굳히며 이쪽을 바라본다. 진열대로 다가와 소년을 내려다본다. 네. 말투가 깍듯하다. 소년은 진열대 안에 든 게임기를 손가락으로 가리킨다. 사시게요? 점원이 오른쪽 눈썹을 치켜올린다. 딱딱한 가면 같은 얼굴이 소년의 얼굴 앞으로 바짝 다가온다. 박하 냄새와 헤어젤 냄새가 코를 찌른다. 점원이 속삭인다. 경찰을 불러서 잡아가라고 하기 전에 꺼져, 이 꼬마자식아.

아저씨, 이거 멈췄어요. 화면이 안 움직여요. 게임건을 쥐고 신경질적으로 흔들어대던 사내아이가 외친다. 소년은 천천히 뒷걸음질로 물러난다. 점원과 아이들을 번갈아 노려보다가 몸을 돌린다.

차츰 걸음이 빨라진다. 사람들 틈을 비집고 에스컬레이터에 오른다. 손잡이를 주먹으로 꾹 누르고 사람들의 정수리를 내려다본다. 소년의 눈 속에서 풍경이 일그러진다. 서툰 붓질로 그려진 그림처럼 색깔이 여기저기서 뭉치고 번진다. 거친 손짓 한 번에 저 사람의 머리가, 이 사람의 어깨가, 저 사람의 허리가, 찢어지고 구겨질 것 같다. 소년은 양쪽 무릎에 힘을 주어 다리를 단단히 펴고 선다. 두부. 소년은 중얼거린다. 저 녀석도 이 녀석도, 두부라면 단번에 엉망으로 만들어버릴 텐데. 꼭 움켜쥔 주먹 속이 뜨겁다. 발목에 돋아난 소름이 등을 타고 정수리까지 확 번져간다. 아래층으로 내려간다. 쫓기듯 백화점 문을 나선다. 소년은 역전 광장에 서서 뒤를 돌아본다. 눈 속의 풍경이 빙글 돌아간다. 눈이 멈춘 뒤에도 머릿속의 풍경은 똑같은 속도 똑같은 방향으로 돌아가길 반복한다. 백화점 건물을 노려본다. 뻣뻣하게 당겼던 미간이 탁 풀어진다. 맥이 풀리고 목이 마르다. 소년은 도로에 바짝 붙은 가판대로 다가간다. 냉장고 속에서 콜라를 골라낸다. 가판대 뒤편에서 고양이가 머리를 내밀고 야옹, 하고 운다. 오물이 말라붙은 바닥을 사뿐사뿐 걸어 자신에게 다가오는 고양이를 소년은 바라본다. 얼룩점이 박힌 동그란 머리 뒤쪽에서 몸과는 전혀 다른 생물인 것처럼 긴 꼬리가 출렁거린다. 고양이가 소년의 운동화에 뺨을 비비며 고릏, 목을 울린다. 소년은 고양이의 머리에 손을 얹는다. 고양이의 세모꼴 귀가 소년의 손바닥 밑에서 보드랍게 눕는다. 손바닥에 얇은 뼈의 진동이 느껴진다. 소년은 입술을 말아올려 웃는다.

바지 주머니 속에서 지폐들이 버석 소리를 낸다. 소년은 흠칫 놀란다. 지금쯤 남자는 잠에서 깨어나 돈이 없어진 것을 알아챘을 것이다.

어느 쪽도 확실하지 않으므로 아버지를 알 수 없다는 어머니의 말을 소년은 믿지 않았다. 아주 어렸을 때였지만 "그 자식이 양육비를 부치지 않아"라고 화를 내다가 자신을 골똘히 바라보던 어머니의 모습을 소년은 기억하고 있었다. 하루 종일 악착같이 울어 보챈 끝에 네 아빠는 선원이었다는 신경질적인 대답을 들은 적도 있었다. 그 말 뒤에 바로, 트럭운전사였고 은행원이었고 그렇지 의사였는데 결국엔 선원이 되었어, 라며 조롱하듯 어머니는 말했지만 소년은 개의치 않았다. '선원'이라는 말을 소년은 반복해서 생각했다. 놀이 삼아 전철을 타기 시작하고 도심과 수도권을 복잡하게 관통하는 노선표에도 익숙해졌을 무렵에 가장 먼저 한 일이 인천행 전철을 타고 서쪽 끝까지 간 것이었다. 소년은 그곳에서 바다를 볼 수 있을 거라고 생각했다. 바다가 있으면 그 바다에 길을 열어 다니는 배가 있을 것이고 배가 있다면 거기에 아버지가 있을 것이다. 제물포를 지나 도원을 지나 인천에서 내렸다. 바다는 보이지 않았다. 소년은 해가 질 때까지 인천역 주변을 맴돌다가 서울행 전철에 올랐다. 전철에 오르며 입술을 깨물었다. 다시는 바다를 보러 가고 싶다는 생각을 하지 않았다.

사람들이 가고 또 사람들이 온다. 빈틈없이 차들이 이어지는 도로에서 아지랑이가 구불구불 피어오른다. 백화점 주차직원은 이제 막 여덟번째 하품을 했다. 챙이 넓은 자주색 카우보이모자가 그의 등에 매달려 대롱거린다. 연탄불에 떡과 옥수수를 구워 파는 여자는 네 개째의 연탄을 갈아내고 있다. 좀 전에 그녀의 등뒤로 스물네번째 128번 버스가 지나갔다. 스물다섯인가, 스물일곱일지도 모르겠다. 소년은 계단턱에 다리를 늘이고 앉아 생각한다. 나는 자랐다. 그때보다 키도 크고 그때보다 오랫동안 걸어다닐 수 있다. 지금 인천에 가면 바다를 찾을 수 있을지도 모른다. 아버지라는 것을 찾아낼 수 있을지도 모른다. 아버지를 찾으면 그 방에서 남자를 몰아낼 수 있을까. 남자를 몰아낸 다음에는 아버지를 어떻게 하나. 더도 말고 내 주먹이 남자의 주먹만큼 커질 때까지만 버틸 수 있으면 된다. 그 다음엔 남자도 아버지도, 필요 없다. 그런데 지금은 몇시쯤 됐을까.

묘하게 부랑자가 많은 지역이다. 때 묻은 옷에 마구 헝클어진 머리를 한 사람들이 깨끗한 옷을 입은 사람들 틈에 병든 풀이나 짙은 그림자처럼 드문드문 섞여 있다. 소년은 그들을 알아본다. 그들도 소년을 알아본다. 그들은 화단에도 누워 있고 역전 패스트푸드점 입구에도 앉아 있다. 눈이 마주쳐도 그들은 시선을 돌리지 않는다. 구멍이 숭숭 뚫린 낚시조끼를 입은 남자가 보도에 웅크리고 앉아서 이를 닦고 있다. 노란 플라스틱 칫솔을 입에 물고 필사적으로 팔을 놀린다. 때 묻은 팔꿈치가 일정한 각도와 속도로 허공을 찌른다. 소년은 멍하니 그를 본다. 왜 길에서 이를 닦고 있는 거야. 이상해. 미친 게 틀림없어.

구야의 기침이 걱정스럽다. 구야는 요즘 아침저녁으로 주먹을 입에 대고 기침을 한다. 기침을 할 때마다 얇은 가슴이 격하게 오르내린다. 구야가 기침을 해. 소년이 어제저녁 어머니에게 말을 했었다. 소년의 어머니는 윗옷을 벗고 벽에 걸린 반신거울을 들여다보는 중이었다. 그녀는 손바닥을 오므려 맨가슴을 받쳐올렸다. 구야가 기침을 한다니까. 병원에 데려가야 해. 거울에 비친 어머니의 얼굴을 노려보며 소년이 말했다. 소년의 어머니는 거울을 한참 들여다보다가 울상을 지으며 아스피린을 집어먹었다. 내 가슴이 네모꼴이 되어가고 있는 것 같아. 소년의 어머니가 중얼거렸다.

어머니도 미치고 있는 걸까. 소년은 손에 쥐고 있던 빈 캔을 엄지손가락으로 눌러 우그러뜨린다. 손등의 빨간 금이 벌어져 따끔하다. 목을 조였더니 고양이는 금세 발톱을 내밀었다. 문득 눈언저리가 환하다. 소년은 얼굴을 든다. 스물다섯번째 128번 버스가 신호대기에 걸려 서 있다. 저물녘의 햇빛을 받아 일곱 개의 창이 모두 붉다. 소년은 한동안 넋을 잃는다. 버스가 출발한다. 꽤 오랫동안 이 자리에 앉아 있었다. 백화점을 나와서는 줄곧 인근의 골목길을 따라 걸으며 주변을 맴돌았다. 어느 쪽으로 방향을 잡아도 결국엔 백화점으로 길이 통해 있어 안심이 되었다. 백화점엔 돈만 있으면 살 수 있는 것들이 수두룩하다. 밤이 되어도 사람들이 지나다니고 밝은 불빛이 있다. 여기라면 아직 안전하다는 생각을 할 수 있다. 소년은 주머니 속에서 지폐 뭉치를 꺼낸다. 하루 종일 만지작거려 귀퉁이가 우글우글해진 돈을 가지런히 포갠다. 수표가 여섯 장, 만원권이 열여덟 장, 천원권과 동전이 몇 개. 아직은 괜찮다, 소년은 돈을 반으로 접어 주머니에 넣는다.

음료수 깡통이 빈 소리를 내며 발치로 굴러온다. 소년은 고개를 든다. 노파가 서 있다. 옷인지 보자기인지 알 수 없는 천조각을 몸에 두르고 있다. 노파가 소년을 바라본다. 철심같이 빳빳하게 곤두선 머리카락들 틈으로 노파의 자그마한 두상이 드러나 보인다. 소년은 기척 없이 다가온 노파에게 질겁한다. 너무 가까이 서 있다. 소년은 계단에서 훌쩍 뛰어내려 물러난다. 얘야. 노파가 입을 연다. 검붉게 썩은 잇몸이 들여다보인다. 나 계란부침 해먹게 오백원만 다고.

소년은 주춤 물러난다. 돈이 든 주머니에 깊숙이 손을 찌르고 고개를 흔든다. 네가 돈을 가지고 있는 걸 봤어. 난 지금 너무 배가 고프다. 오백원만 다고. 노파가 속삭이며 바짝 다가선다. 알록달록한 천조각 밑에서 노파의 손이 불쑥 나타난다. 소년은 놀란다. 길고 마른 손가락들이 억센 힘으로 소년의 어깨를 거머쥐고, 다른 쪽 손이 소년의 바지 주머니 속으로 푹 파고든다. 소년은 노파를 털어내려고 마구 몸을 흔든다. 노파의 손가락들이 도깨비바늘처럼 몸에 붙어 있다. 떨어지지 않는다. 소년은 숨을 헐떡인다. 얼굴이 하얗게 질린다. 손톱으로 노파의 팔을 잡아뜯고 다리로 종아리를 걷어찬다. 간신히 노파가 떨어져나간다. 소년은 몸을 돌려 달아난다. 아아. 노파가 외친다. 도둑이야! 저 도둑놈 잡아라!

소년은 달린다. 턱 안에서 이빨들이 달각달각 소리를 낸다. 춥다덥다가슴이답답해진짜권총을구할수있는곳은어딜까. 머릿속에 떠오르는 생각의 속도를 감당할 수가 없다. 아. 시끄러워. 소년

254

은 어금니를 악문다. 구토가 치민다. 진짜 권총이 있었다면 노파의 조그마한 머리에 대고 쏘았을 것이다. 한 발 두 발 세 발 네 발, 형체가 남지 않을 때까지 탄창을 갈아대며 쏘고 또 쏘고. 날이 빠르게 어두워지고 있다. 발을 내디딜 때마다 바닥에 무겁게 가라앉은 어둠이 소년의 발등과 정강이에 차인다. 가슴이 꽉 조여올 때쯤에야 소년은 두 팔을 맥없이 늘어뜨린다. 퀭한 눈으로 뒤를 돌아본다. 악취가 피어오르는 공기 속으로 어둠이 서서히 상승하고 있다. 보도를 향해 설치된 에어컨 환풍기에서 더운 바람이 뿜어져나와 소년의 다리를 데운다. 소년은 천천히 걸음을 옮긴다.

여덟 단 계단을 네 걸음 만에 오른다. 좁은 복도를 여덟 걸음으로 지나 모퉁이를 돌고 거기서 다시 여섯 걸음을 걸어 이번엔 왼쪽으로 휘어진 모퉁이를 돈다. 키가 자랐다. 소년은 젖은 곰팡이 냄새가 피어오르는 벽 앞에서 중얼거린다. 그제는 건물 입구에서 집 앞 복도까지 열아홉하고도 반걸음이 걸렸는데, 오늘은 열여덟 걸음이다. 어제와 오늘 사이 벌써 한 걸음 반만큼이나 커버렸다.

전구 불빛이 비좁은 복도에 부연 빛을 뿌리고 있다. 눈앞이 흐리다. 복도 가득 뜨거운 수증기가 피어오르고 있는 것 같다. 소년은 손등으로 세게 눈을 비빈다. 아침에 내다놓은 라면박스가 그대로 문밖에 놓여 있다. 그 곁에 조그만 그림자가 앉아 있다. 소년이 다가가자 고개를 든다. 자주색으로 부어오른 눈두덩 안쪽에서 가느다랗게 좁아진 눈이 소년을 바라본다. 형. 구야가 목소리로만 울먹이며 말한다. 병아리집 뚜껑을 누가 열어놨어. 소년은 박스 안을 들여다본다. 닭똥 냄새가 훅 올라온다. 물과 어둠에 퉁퉁 불은 메줍쌀이 바닥에 촘촘히 박혀 있다. 노랗게 질린 새의 발목이 중앙에 놓여 있다. 한 뼘 정도 떨어진 곳에 핏방울이 하나 동그랗게 번져 있다.

모이를 주려고 나왔더니 이것만 남아 있었어. 푸르스름하게 멍이 든 손으로 이마를 문지르고 머리를 문지르며 구야가 말한다. 콜록 기침을 하고 어깨를 뾰족하게 세운다. 눈이 왜 그래? 소년은 중얼거리듯 묻는다. 구야가 얼굴을 든다. 뭘 보고 있는 거야. 소년은 생각한다. 저렇게 부은 눈으로도 뭔가를 볼 수 있다는 걸 믿을 수가 없다. 구야가 다시 기침을 한다. 소년은 주먹으로 문을 밀치고 집 안으로 들어간다.

운동화 밑창에 유릿조각이 밟힌다. 방문턱에 이르기도 전에 방바닥이 쿵쿵 울린다. 소년은 덥석 목을 잡혀 운동화를 신은 채 방으로 끌려들어간다. 벽을 향해 돌아앉아 등을 웅크리고 있는 어머니의 모습이 얼핏 눈에 들어온다. 소리가 먼저 나고 얼굴이 돌아간다. 왼쪽으로 얼굴이 돌아갔다는 걸 느끼기도 전에 다른 쪽으로 얼굴이 확 젖혀진다. 이 새끼. 남자가 소년의 바지 주머니를 뒤진다. 우악스럽게 구겨진 종이돈이 남자의 주먹에 쥐어져나온다. 남자는 돈을 들여다본다. 남은 것이 얼마 없다.

노파의 손가락은 도깨비바늘 같아서 잘 떨어지지 않았다. 녹냄새를 풍기는 뜨거운 입김이 소년의 얼굴에 닿는다. 단단한 팔로 목을 쿵 얻어맞는다. 등뼈가 흔들린다. 혀도 함께 흔들려 구토가 왈칵 솟구친다. 소년은 벽에 등을 기댄다. 이 새끼, 내 돈 어쨌어. 남자가 주먹을 치켜올리며 이를 부득 간다. 소년은 얼굴을 번쩍 들어올린다. 구야를 때렸지! 소년은 외친다. 한 번만 더 때려봐, 그땐 널 죽여버릴 거야. 남자의 충혈된 눈이 소년의 얼굴 윤곽을 따라 빙글 돌아간다. 소년의 입술이 뭉개진다.

구야가 운다. 찰흙으로 엉성하게 빚어 만든 인형처럼 입을 짝 벌리고 있다. 시끄러워. 소년은 중얼거린다. 목소리를 내어 말을 했다고 생각했는데 자신의 목소리가 들려오지 않는다. 입술을 움직였다는 느낌도 없다. 소년은 무릎 사이로 발가락을 내려다 본다. 몸이 끄덕끄덕 앞으로 기울어진다. 벽이 등을 밀어내고 있는 것 같다. 엄지발가락에 힘을 주어 버틴다. 발끝에서 반뼘쯤 떨어진 곳에 길쭉한 유릿조각이 떨어져 있다. 뭐가 깨졌지. 소년은 멍하게 생각한다. 눈을 왼쪽으로 움직인다. 늘 부엌 벽에 걸려 있던 대형 가위가 손잡이가 깨진 채 나뒹굴고 있다. 남자는 집을 나갔다. 한밤이나 내일 아침이 되면 술을 잔뜩 마시고 돌아올 것이다. 소년은 그렇게 생각했다가 흠칫 놀란다. 남자가 돌아온다! 눈을 움직여 어머니를 바라본다. 어머니는 다리를 벌리고 앉아서 담배를 피운다. 담배를 든 손가락이 덜덜 떨린다. 불규칙한 웨이브로 말린 파마머리를 손바닥으로 쓸어내리고, 목

뒤로 그러모았다가 다시 쓸어내린다. 몇 번이고 같은 동작을 반복한다. 소년은 다리를 껴안고 있던 팔을 풀고 무릎걸음으로 어머니에게 다가간다.

소년의 어머니는 소년을 바라보지 않는다. 입술을 오므려 담배를 물고 연기를 빨아들인다. 소년은 어머니를 본다. 저리 가, 라고 단호하게 중얼거리는 탁한 목소리를 듣는다. 어머니의 눈 속에서 올올이 풀려 사라지고 있는 담배연기를 소년은 들여다본다. 자신도 구야도 사라지고 없는 빈 눈이다. 소년의 머릿속에 노래가 울린다. 세에계를 돌고 돌면 벼얼처럼 많은 형제. 거대한 터널의 둥근 천장이 머리 위로 내려온다. 움직일 때마다 쉭쉭 소리를 내는 인형들이 터널 벽을 따라 일어난다. 축축하게 젖은 불빛이 인형들의 얼굴을 비추고 자신도 그들처럼 두껍게 얼굴이 굳어가는 것 같아 한 번, 두 번, 소년은 눈을 깜박인다. 소년은 천천히 엉덩이를 끌며 어머니의 곁에서 물러난다. 등을 기대고 있던 자리로 돌아가 눈을 번득이며 어머니를 지켜본다.

마홍이 형이 그랬어. 태어난 아이들이 모두 무사히 자라 어른이 되는 건 아니라고. 안전하게 보호해줄 새장이 없으면, 병아리는 죽어. 뾰족한 이빨로 물어뜯겨도 끄떡없는 철창이 아니면, 병아리는 죽어. 네 병아리는 고양이한테 잡아먹혔어. 도둑고양이는 병아리들을 잡아먹어.

내 병아리들을?

258

그래, 네 병아리들을.

전철이 들어온다. 소년은 구야의 손을 잡고 안전선 위에 선다. 머리칼이 어지럽게 흩날리며 이마를 때린다. 소년은 눈 속에 들어간 머리카락을 손가락으로 잡아 뺀다. 예리하게 각막을 베인 느낌이 들어 몇 번이고 눈을 깜박인다. 구야를 내려다본다. 구야는 입을 다물고 있다. 소년에게 작은 손을 내맡긴 채 건너편 플랫폼 쪽으로 멍하게 시선을 던지고 있다. 소년은 막 플랫폼 안으로 빨리듯 들어오고 있는 전철을 가리켜 보인다. 저걸 타면 눈을 감고 오십까지만 세. 오십을 세고 나면 눈을 뜨고, 내려. 깨끗한 옷을 입은 어른을 골라 경찰에 데려다달라고 해. 그 사람들이 너를 안전한 곳에 데려다줄 거야. 이제부터는 거기가 네 집이야.

전철이 멈춘다. 소년은 구야를 이끌고 전철에 오른다. 구석자리에 구야를 앉힌다. 구야가 발딱 일어나 소년의 뒤를 쫓는다. 소년은 구야를 끌고 다시 자리에 앉힌다. 도로 일어나려는 동생의 어깨를 손바닥으로 누르고 험악하게 일그러진 눈으로 얼굴을 들여다본다. 세, 라고 속삭인 뒤 몸을 돌려 전철에서 내린다.

출입문이 닫힌다. 때 묻은 사각유리창 너머로 소년은 구야의 얼굴을 바라본다. 구야는 형에게서 눈을 떼지 않는다. 전철이 출발한다. 구야의 입이 작게 벌어진다. 소년도 입을 벌려 함께 숫자를 센다. 전철이 터널 안으로 끌려들어간다. 구야의 창백한 얼굴과 검은 눈을 단 창이 터널 속으로 사라진다. 전철의 마지막

칸이 사라져 보이지 않을 때까지 소년은 그 자리에서 움직이지 않는다. 한쪽 손으로 얼굴을 문지른다. 이마에는 줄줄 땀이 흐르는데 입 안은 자꾸 마른다. 소년은 빙글 몸을 돌려 걷기 시작한다. 눈으로 음료수 자판기를 찾는다. 공중전화박스 옆에서 자판기를 발견하고 다가간다. 동전을 투입구에 밀어넣는다. 두번째 동전을 손가락 끝에서 놓치고 제길, 욕을 한다. 허리를 굽혀 동전을 줍고 머리를 확 끌어올린다.

이명이 머릿속에 떠오른다. 둔하고 강한 쇼크가 전류처럼 저릿하게 이마로 번져간다. 머리의 무게가 몇 배나 무겁게 느껴져 목을 버티고 있을 수가 없다. 소년은 자판기에 이마를 누르고 선다. 어른이되자어른이되기싫어매미매미더러운자식열차에치여죽은내가먼저별처럼많은잡아먹혀죽여하나둘모두해서육십팔만배가고파얼마얼마엄마. 끝없이 말이 떠오른다. 소년은 눈을 부릅뜬다. 카각카각. 금속성 마찰음이 귓속으로 말려들어간다. 소년은 발을 들어올렸다가 바닥을 향해 세게 내리친다. 한 번, 두 번, 소년의 귓속에서 소리가 지워진다. 소년은 발바닥 아래 단단한 지면에 멀미를 느끼고 손바닥으로 귀를 두드린다. 흡. 숨을 들이쉰다.

전철이 들어오고 다시 빠져나간다. 소년은 자판기 투입구 속에 천천히 두번째 동전을 밀어넣는다. 좁고 어두운 터널 속으로 동전이 빨려드는 소리에 귀를 기울인다.

말했던가, 나는 사실 F가 아니야.   그럼 너는 누구냐. 그게 말이지,

F의 손톱을 먹고 사람이 되어버린 생쥐야.

—말했던가, 나는 사실 F가 아니야.

라고 F가 말했다.

　—그럼 너는 누구냐.

라고 내가 말했다.

　—그게 말이지, F의 손톱을 먹고 사람이 되어버린 생쥐야.

라고 F가 말했다.

　우리는 퇴근길에 근처의 '오뎅'이라는 바에 들러 정종을 마시고 있었다. 낮부터 눈이 내려서 바깥엔 눈이 제법 쌓여 있었다. F도 나도 구두와 바지 밑단이 젖어서 발이 묵직했다.

　—그러면 본래의 F는 뭘 하고 있어?

라고 내가 물었다.

　—손톱을 깎고 있지.

라고 F가 말했다.

—이것저것 불평하면서 말이야.

어묵꼬치가 담긴 솥에서 짠 김이 무럭무럭 오르고 있었다. 손가락처럼 길쭉한 것이 '가'꼬치, 주먹처럼 동글동글한 것이 '나'꼬치, 파이프처럼 속이 텅 빈 것이 '다'꼬치. 앞치마를 두른 주인 남자가 우리들의 솥에 꼬치 한 줌과 다시마를 더 넣고 갔다.

하지만 언제까지나 손톱만 깎고 있을 수는 없잖아, 라고 F는 눈을 비비고 말했다.

—이제 본체가 정신을 제대로 가동해줬으면 좋겠어. 나는 슬슬 생쥐로 돌아가고 싶어졌다고. 보험이라든지 효율이라든지 여러 가지 생각해야 하고, 인간으로 살아간다는 거 말인데, 그다지 즐겁지 않아.

—F로 살아간다는 거 말이지.

—그거나 저거나.

아무튼, 하고 F는 어묵을 간장에 찍으며 말했다.

—묘한 것은 함부로 버리는 게 아니야.

말을 마치고 F(의 손톱을 먹고 사람이 되어버린 생쥐)는 주방 쪽을 향해 '나'꼬치 두 개, 부탁합니다, 라고 호기롭게 외쳤다.

집으로 돌아온 나는 발도 다시 젖고 정종을 마신 몸도 도로 식어서 풀이 죽어 있었다. 달라붙듯 다가간 현관문에 분홍색 포스트잇이 한 장 붙어 있었다. 나는 그것을 검지에 붙여서 집 안으로 가지고 들어갔다. 수도요금을 알리는 메모가 적혀 있었다. 전체요금은 103,270원입니다. 우리 건물에 사는 사람은 모두 11명이니까, 각자 알아서 몫을 지불해주세요, 라고 씌어 있었다. 가만있자,

103,270을 11로 나누면 9,388.181818181818181818181818 181818181818181818…

소수점 아래를 털어버리고, 일 인당 9,388원씩, 각 층에 거주하는 인원수를 곱해서 지불하는데 사층에 사는 나는 홀로 사니까, 9,388원×1＝9,388원.

8원을 지불하는 문제가 남지만 1원짜리 여덟 개라면 받는 쪽에서도 처리가 곤란할 것이므로 원 단위를 반올림해서 9,390원을 지불하자. 이렇게 매달 곳곳에서 되풀이되는 원 단위의 손해와 이득이란. 어딘가의 보일러가 돌아가는 소리를 말없이 들으며 이런 생각을 하다가 나는 손톱이나 깎자고 서랍에서 클리퍼를 집었다. 신문을 펼치고 손톱을 모두 자른 뒤 엄지발톱을 자르는데, 조그만 활 모양의 발톱조각이 신문지 바깥에 떨어졌다. 나는 그것을 집어 골똘히 바라보았다. 그것은 밀도가 높고, 일견 매끄러워 보이면서도 분명한 굴곡이 있는, 나무랄 데 없는 발톱이었다. 나는 그것을 손가락으로 비벼보다가 어깨 너머로 던졌다.

툭, 하고 무언가 벌어지는 소리가 났다.

알다시피, 하고 등뒤에서 내가 조그맣게 말했다.

―방금 먹어버렸다고.

명랑한 환상의 비애

서영채(문학평론가)

황정은의 환상은 가볍고 경쾌한 명랑성과 결합되어 있다는 점에서 특징적이다. 그런 감각은 일상의 비애와 슬픔과 혹은 고통을 수채화풍의 가벼운 터치로 포착해낸다. 그래서 그의 환상은, 종종 환상 일반이 만들어내곤 하는 비장의 영역으로부터도 벗어나 있다. 그런 환상의 모습은 어떻게 손대볼 수 없을 정도로 완강해져버린 세계의 질서를 역으로 표상하는 것이기도 하다. 이것은 물론 황정은이라는 한 개인의 상상력의 산물이지만 또한 동시에 그로 하여금 이런 서사를 마련하게 한 좀더 큰 힘의 소산이기도 할 것이다. 황정은의 소설은 그 힘과 무슨 말을 나누었는가.

1

황정은의 단편 「모자」의 첫 문장은 이렇다. "세 남매의 아버지
는 자주 모자가 되었다." 아버지가 모자가 된다고? 그럴 수 있
다. 소설이니까. 사람이 벌레가 되는 소설도 있었는데 모자가 못
될 이유는 없다. 비유일 수도 있고, 환상일 수도 있겠다. 카프카
의 예가 있었지만 어쨌거나 이런 첫 문장과 맞닥뜨리고 나면 독
자의 입장에서는 당혹스럽지 않을 수 없다. 그렇다고 다른 도리
가 있는 것도 아니다. 한번 가보자는 심정으로 작가가 닦아놓은
이야기의 길을 쫓아가는 수밖에. 대체 어떤 사연으로 아버지는
모자가 되는 것일까.

작가 황정은은 그러나 독자들의 이런 반응 같은 것은 별로 상
관하지 않는 것처럼 보인다. 조금은 심드렁한 태도로 혹은 천연

덕스럽게, 그저 자신의 발걸음을 사뿐사뿐 옮길 뿐이다. 이런 식이다. 아버지는 그전부터 가끔씩 모자가 되곤 했는데 갈수록 그 도가 심해져 이제는 아무 데서나 모자가 되어버린다. 그래서 식구들을 곤란하게 만들곤 했다. 이웃의 항의도 있었다. 아이들이 보는 앞에서 모자가 되어버리면 어떻게 하느냐고. 자식들의 입장에서는 그런 이웃의 태도가 합당해 보이지는 않았지만 그렇다고 무시할 수도 없다. 그래서 자주 이사를 다닌다. 모자가 되어버리곤 하는 아버지 때문에. 아버지에 대한 소문 때문에. 좀 불편한 일이지만 그래도 다른 도리가 없으므로 그냥 그렇게들 산다. 아버지가 혹시 못에 걸려서 모자가 되어버리면 곤란할 것 같아 새 집에 들어서면 벽에 박힌 못들을 빼내기도 하고, 또 차라리 못에 걸려 모자가 되는 것이 냉장고 앞에서 모자가 되어 자식들 발에 밟히는 것보다는 낫다고들 말하기도 하면서.

이런 양상으로 이야기가 흘러가면 아버지가 모자가 된다는 것은 소설 속에서 어느덧 별스러울 것 없는 자명한 전제가 된다. 그때쯤 작가는 아버지가 언제부터 모자가 되기 시작했는지에 대해 식구들의 입을 통해 알려주기 시작한다. 먼저 세 남매가 입을 연다. 사연들은 각각이되 아버지가 더없이 초라해졌던 순간이라는 점에서는 이구동성이다. 첫째는 학교 친구들과 함께 지나가다가 허름한 옷차림으로 전봇대 옆에 서 있는 아버지를 모르는 척했던 순간이었다고 했고, 둘째는 라디오 하나 고쳐주지도 새로 사주지도 못하는 아버지를 향해 격렬하게 항의했던 순간이었다고 했다. 그리고 셋째는 학부모 참관일 날 학교에 온 아버지가 갑자기 모자가 되어 사물함 위에 얹혀 있었다고 했다. 좀더 나아가서는 아버지의 어머니와 아버지의 아내의 기억을 통해 모자가 되었던 젊은 날과 어린 날의 아버지의 모습이 술회된다. 그리하여 마침내 모자가 되곤 하는 아버지의 전모가 드러난다. 자기 힘으로 돌파할 수 없는 세계의 완강함, 그 앞에서 알몸으로 드러나는 무참함과 초라함을 감내하지 못한 한 허름한 사내의 모습이.

이 지점에 이르면 왜 우리는 작가 황정은이 아버지를 모자로 만들어버렸는지 이해할 수 있게 된다. 사자나 슈퍼맨이 아닌 것은 물론이되 하다못해 장롱이나 냉장고나 나무도 아니고 모자인 것에 대해. 이삿짐 위에 조용히 놓여 있는, 혹은 못에 걸려 있는 낡은 모자라면 어떨까. 동네 산책길에서 훈련을 받던 예비군들에게 희롱당한 딸 때문에 노기등등하여 파출소로 달려갔던, 그러나 달려가는 것만이 그가 할 수 있는 전부였던 아버지라면, 낡고 허름한 모자 이외에 다른 무엇으로 변신할 수 있을까. 고흐의 신발을 그 옆에 놓을 수도 있겠지만 모자가 된 중년 사내는 삶 전체를 관조하는 그런 기품조차도 갖고 있지 못하다. 낡은 실크해트나 중절모 정도로 추정되는 이 모자-아버지는 그저 어이없는 세상 속에서 말문을 잃고, 귀도 코도 키도 잃어버리고 스스로에게 마술을 걸어 자신을 작은 공간 속에 가두어버린, 앞뒤가 꽉 막힌 한 중년 가장의 상징이 되는 것이다.

아마도 이런 방식이, 이제 첫 책을 내는 황정은이 세상을 미메시스하는 대표적인 형식일 것으로 보인다. 변신이나 환상적인 모티프가 소설의 전면에 부각되어 우리들의 삶의 표정들을 이끌어낸다. 「모자」나 「오뚝이와 지빠귀」처럼 한 겹 뒤에서 바로 현실이 드러나는 경우도 있고, 「문」처럼 좀더 깊이 감추어져 있거나 「곡도와 살고 있다」처럼 환상이 저 혼자 떠도는 것처럼 보이는 경우도 있다. 그러나 어떤 경우든 황정은의 환상은 가볍고 경쾌한 명랑성과 결합되어 있다는 점에서 특징적이다. 그런 감각은 일상의 비애와 슬픔과 혹은 고통을 수채화풍의 가벼운 터치로 포착해낸다. 그래서 그의 환상은, 종종 환상 일반이 만들어내곤 하는 비장의 영역으로부터도 벗어나 있다. 그런 환상의 모습은 어떻게 손대볼 수 없을 정도로 완강해져버린 세계의 질서를 역으로 표상하는 것이기도 하다. 이것은 물론 황정은이라는 한 개인의 상상력의 산물이지만 또한 동시에 그로 하여금 이런 서사를 마련하게 한 좀더 큰 힘의 소산이기도 할 것이다. 황정은의 소설은 그 힘과 무슨 말을 나누었는가.

2

이제 첫 책을 내는 1976년생 신인작가 황정은의 세계에서 가장 현저한 것은 앞에서 지적한 대로 환상성이다. 물론 환상성

그 자체는 특별하달 것이 없다. 환상성은 허구적 글쓰기로서 소설이 지니고 있는 중요한 속성의 하나일뿐더러 우리 시대의 문학 속에서도 다채롭게 구사된 바가 있다. 중요한 것은 그것이 어떤 식으로 배치되어 있는가, 그것이 어떻게 서사적으로 맥락화되어 있는가 하는 점이다.

황정은의 환상이 지니고 있는 독특성은 명랑성과 비애가 결합되어 생겨난 것이라는 점이다. 견딜 수 없는 고통이나 깊은 슬픔과는 달리, 비애는 우리가 일상인으로서 살아감에 있어 어떤 식으로건 감당할 수밖에 없는 상황의 산물이라는 점에서 일종의 체념의 소산이다. 그리고 그런 마음의 상태로부터, 즉 부조리한 세계 상태에 대해 체념할 수밖에 없고 그 불가피성 때문에 오히려 그런 상태를 적극적으로 수용해버리려고 함으로써 마조히즘적인 명랑성이 만들어진다. 비애와 명랑성이 이런 방식으로 결합되는 지점에서 황정은 특유의 환상성이 생겨나는 것이다. 앞에서 단편 「모자」의 예를 들었지만, 황정은이 다루고 있는 또하나의 변신담 「오뚝이와 지빠귀」의 경우에서 이런 점은 좀더 현저하게 드러난다.

「오뚝이와 지빠귀」는 이십대 후반의 한 기혼 여성이 오뚝이로 변해가는 과정을 다룬 이야기다. 사람이 오뚝이가 된다고? 그렇다. 황정은은 은행에 다니는 기조라는 이름의 여성이 점점 오뚝이로 변해간다고 했다. 이런 발상이라면 일찍이 1997년의 한강의 경우가 있었다. 「내 여자의 열매」가 그것이었다. 여기에서는 출판사 직원이었던 여자가 나무로 변해가는 과정이 황정은의 경우처럼 남편의 눈으로 포착되었다. 이 둘을 나란히 놓으면 유사한 형식의 변신담이 십 년의 격차를 놓고 마주 보고 있는 셈이 된다.

오뚝이가 되건 나무가 되건 간에 두 경우는 모두 현실성으로부터의 이탈을 전제로 한 것이며, 그런 한에서 일종의 우화적 속성을 지니고 있다. 그것은 환상성이라는 형식 자체에 내장되어 있는 것이기도 하다. 그런 점에서 나무 되기와 오뚝이 되기는 그 자체로 세계의 현재 상태에 대한 반영의 의미를 지닌다. 나무가 되는 여자의 이야기를 통해 한강이 말하고자 했던 것은 무엇인가. 자명하지 않은가. 소녀 같던 한 여자가 온몸에 멍이 들고 마침내는 초록색 피부의 나무가 되어 화분에 심겨지는, 그리고 그런 아내를 안타까운 눈으로 바라보는 남편의 이야기는, 거꾸로 그런 여자를 나무의 상태로 만들어버리는 세계의 동물성에 대한 일종의 네거필름일 것이다. 오뚝이가 되는 황정은의 경우도 이와 유사하다. 어느 날 갑자기 자기를 제외한 세계의 모든 것이 커지기 시작하고 그러다가는 활동성도 사고도 정지하는 순간들이 생겨나다 마침내 자그마한 오뚝이가 되어버리는 여자 은행원이 있다. 그리고 그 곁에는 그 황당한 변신을 지켜보는 남편이 있다. 오뚝이가 되는 여자 기조씨는 다른 것으로 변할 바에는 이왕이면 지빠귀 같은 새가 되고 싶다고 했다. 얄미운 소리를 하는 사람들을 콕콕 쪼아줄 수 있게. 오뚝이는 싫다고,

남들이 건드리면 건드리는 대로만 반응해야 하는 오뚝이가 되는 것은 정말 싫다고 했다. 그러면서도 오뚝이가 되어갈 수밖에 없는 여자의 이야기를 통해 황정은이 말하는 것도 능히 짐작할 수 있지 않은가. 유동성을 잃고 갈수록 경화되어가는 사회적 상태의 상징물이 곧 오뚝이라는 것 아니겠는가.

그럼에도 이 둘이 구분되는 지점이 있다. 한강의 경우 나무가 되는 아내는 일종의 특이성의 출현이었고, 아내의 변신은 철저하게 그들 부부가 사는 상계동 아파트 내부에서 벌어지는 일이었다. 하지만 황정은의 경우는 좀 다르다. 집에서 꽁치를 굽다가 오뚝이가 되기도 하지만 은행에서 일을 하다가 오뚝이가 되기도 했고, 그래서 남편이 오뚝이가 된 아내를 데리러 은행으로 찾아가는 일도 있었다. 기조씨는 마침내 은행에서 해직되어 실업자 오뚝이가 된다. 그뿐 아니다. 친척들이 찾아와 그런 그를 걱정하고, 러시아 인형 마뜨료쉬까로 변하곤 하는 다른 여자의 경우도 있었는데 애를 낳고는 멀쩡해졌다고 그러니 빨리 애를 가지라는 이야기도 했다. 그럴 때마다 기조씨는 오히려 조금씩 몸이 줄어들곤 했고 마침내는 진짜 오뚝이가 된다. 그리고 오뚝이가 된 아내를 바라보다가 이제는 남편 무도씨조차도 문득 세계가 커지고 있음을 느낀다. 이제는 남편이 오뚝이가 될 차례가 되었다는 것이다. 그러니 황정은이 말하는 변신담은 기조씨라는 한 젊은 여성의 경우에만 해당되는 것이 아니라, 누구에게나 열려 있는 일반적인 현상이라는 것 아닌가. 그렇다면 그건 참 곤란한 문제가 아닌가.

　게다가 황정은의 변신담은 경쾌하고 명랑한 분위기 속에서 진행된다. 한강의 「내 여자의 열매」는 아파트의 삶을 고통스러워하는 한 예민한 영혼의 이야기였고 그래서 거기에는 어떤 존재론적 결단 같은 비장한 분위기가 어려 있다. 야만적인 세계의 상태를 견딜 수 없어, 사랑하는 사람들을 옆에 두고도 다른 세계로 떠나야 하는 사람의 고독하면서도 처절한 내면이 펼쳐져 있는 것이다. 이에 비해 황정은의 변신담은 흡사, 소크라테스의 사형이 집행되는 날의 풍경을 다룬 『파이돈』의 경우처럼 기묘한 명랑성이 작품 전체를 지배하고 있다. 이를테면 거의 오뚝이로 변한 시점에서부터 기조씨는 방울소리를 내기 시작했다. 그것을 보고 남편 무도씨는 멀리서도 알 수 있어 참 편리하다고 생각한다. 게다가 자신에게도 아내와 같은 증상이 시작되었음을 알게 되면서부터는 무도씨에게는 걱정스러운 것이 많아졌는데, 그 걱정인즉 둘 다 오뚝이로 변해버리면 집안 살림은 누가 할 것인가, 세금 내는 일이며 집 관리는 누가 할 것인가 따위의 것들이다. 또 기조씨가 완전한 오뚝이가 되기 직전에 마지막으로 했던 말은 "무도씨, 지빠귀는 짓빠, 짓빠, 하고 우나"였다. 이런 디테일들을 통해 황정은은 처절할 수도 있는 변신담을 실없는 농담 같은 분위기로, 카프카의 우화들처럼 비극성과 명랑성이 뒤섞인 기묘한 분위기로 조형해놓는다. 이는 모자나 오뚝이로의 변신담이라는 설정 자체에 내재되어 있는 것이기도 했다.

황정은과 한강이 보여주는 이런 차이는 물론 두 개의 서로 다른 개성에서 비롯된 것이겠으나, 조금 비약하여 일종의 문학적 세대의 차이로, IMF 사태를 사이에 두고 생겨난 사회적 파토스의 차이나 그것에 조응되는 서사적 감수성의 차이로 설명될 수는 없을까. 이런 판단을 가능케 하는 것은 황정은의 서사적 감수성이 지니고 있는 저 실없는 명랑성 때문인데, 이것은 카프카나 플라톤의 경우처럼 일종의 마조히즘적인 유머로 읽힌다. 그것은 곧, 엄청난 위력을 지니고 있는 현실의 질서 앞에서 자진하여 그 현실적 질서의 일부가 되고 짐짓 그 질서를 적극적으로 실천함으로써 그것의 불합리함을 비웃는 것, 즉 자진하여 합법적으로 우스꽝스러워짐으로써 오히려 합법성을 조롱하고자 하는 에너지의 산물이 아닌가 하는 것이다. 말하자면 한강의 나무 되기가 세상으로부터 벗어나는 것이라면, 황정은의 오뚝이 되기는 세상의 핵심으로 들어가는 것에 해당되는 것이라 해도 좋을 것이다.

1998년 IMF 사태 이후로 한국 사회에서는 계층적 양극 분화가 현저하게 고도화되었고 그에 따라 자본주의적 심성은 사회 전체를 휘감아버렸다. 세상은 솔직하게 저속해졌고 그에 따라 저속이라는 개념 자체도 무화될 지경이 되었다. 그런 세상에서 다른 세상을 꿈꾸는 일은 점점 더 힘들어지고 있다. 그로부터 벗어나는 일이나 세상을 뒤집어엎는 일은 물론이고, 그 질서 속에서 상층으로 올라가는 것조차도 힘들어졌다. 이러한 계층간

유동성의 현저한 둔화 속에서 어떤 꿈을 꿀 수 있겠는가. 그래서 황정은은 다른 세상의 꿈에 대해서가 아니라 새로운 중세가 되어가는 바로 이 시대의 세계 자체에 대해, 또한 그 엄청난 위력 앞에서 모자처럼 초라해지고 오뚝이처럼 딱딱해지는 사람들의 삶에 대해, 마치 농담처럼 우화처럼 우리에게 들려주고 있는 것이 아닌가. 그렇다면 황정은의 환상은 21세기 새로운 중세의 시민들의 삶과 내면에 대한 적절한 표상의 방식일 수 있지 않을까. 그 환상이 지니고 있는 명랑성은 그래서 비애의 다른 이름이라 해도 좋지 않을까.

3

황정은의 서사가 지니고 있는 명랑성은 기본적으로 그의 소설이 포착해낸 세계의 부조리함에서 비롯되는 것으로 보인다. 이런 점에 관한 한 「G」나 「초코맨의 사회」 같은 콩트가 원형적인 모습을 보여주고 있다. 여기에는 좀처럼 주체의 틈입을 허용할 것 같지 않은 완강하고 괴물스런 세계가 있고, 그 앞에는 그 세계의 작동원리에 영향을 미칠 수 없는 미미한 존재들이 있다. 세계에 대한 저항의 에너지를 상실해버린 그들은 그 세계의 일부이기도 하다. 황정은의 소설은, 이런 인물들의 행동이나 생각이 서사의 대상이 될 수 있는 한 가지 방법을 보여준다. 세계의 거대한 성채 앞에서 좌절할 수밖에 없는 존재들이 안간힘을 써서 만들어내는 유머가 그것일 것이다.

마조히즘에서 유머가 사라져버리면 자기 희생이라는 비극적 처절함이 남는다. 자신의 안위를 돌보지 않고, 압도적인 위력을 지닌 세계와의 대결에 나서는 일은 영웅의 몫이고, 그런 행위는 예수의 경우처럼 숭고나 거룩함의 영역에 등재된다. 황정은은 거기에 유머를 개입시킴으로써 주체와 세계의 대립의 격렬함을 완화시키고 이야기를 일상적인 차원의 알레고리나 비유의 차원으로 끌어내린다. 윤리적 영웅성이 아니라 일상성의 차원에서 작동할 때 환상 자체가 지니고 있는 정서적 파토스도 알레고리나 비유 같은 가벼운 형태로 탈색된다. 그런 세계를 바탕으로 작동하는 황정은의 유머감각은 희미하고 담백하다. 세계를 교란시켜버릴 수 있는 통렬함이나, 기존의 세계 상태 속에서 간극을 만들어냄으로써 새로운 공간을 개진해내는 전투성과는 거리가 있다는 점에서 그렇다. 또한 이런 점에서, 황정은의 서사적 감수성은 90년대의 서사적 감수성의 일단을 계승함과 동시에 스스로를 그것과 구분시킨다.

황정은의 소설들은, 마조히즘적인 유머를 지니고 있다는 점에서 90년대의 장정일이 뿜어냈던 서사적 활력과 유사한 바탕을 지니고 있고, 또한 우리 삶 속으로 돌연하게 등장하는 환상의 계기들을 포착해내고 있다는 점에서 90년대 윤대녕의 단편에서 종종 모습을 보이곤 했던 서사적 계기들을 계승하고 있기도 하다. 그럼에도 황정은의 세계는 90년대의 서사적 감수성과 현저한 격차를 보여주고 있다. 현실세계 내부에서 전선을 찾아내기가 어려워져버렸고, 또한 세계의 외부를 상상하는 것도 힘들어져버렸다는 점에서 그렇다. 세계 내부에 전선이 없으니 황정은의 명랑성은 장정일의 「펠리컨」이나 「아버지를 찾아가는 긴 여행」의 경우처럼 저돌적인 것일 수가 없고, 세계의 외부를 찾아내기가 어려우니 황정은의 환상은 윤대녕의 「말발굽 소리를 듣는다」의 경우처럼 세계 밖을 향한 에너지의 강렬함을 뿜어낼 수가 없다. 죽은 자들과 교통하는 황정은의 단편 「문」의 주인공은 말한다. "아주 전부터 그랬어. 희로애락이 희박해." 황정은의 서사세계도, 그것이 기반하고 있는 그 너머에 있는 진짜 세계도 우리에게는 그렇게 희박하게 느껴진다. 그래서 황정은의 환상은 장정일이나 윤대녕의 경우와는 달리 담담한 수채화풍의 색조로 다가온다.

「모자」나 「오뚝이와 지빠귀」의 경우도 그랬지만 단편 「문」의 경우는 이런 점에서 좀더 전형적이다. 주인공은 언제부턴가 자기 뒤에 문이 있음을 알게 된다. 가끔씩 그 문이 열리고 그로부터 사자들의 혼령이 등장하곤 한다. 그가 어릴 적 세상을 떠난, 커피콩을 조심스럽게 골라 그라인더에 갈아 커피를 만들곤 하던 할머니의 영혼이 나오기도 하고, 또 지하철에서 자살한 부랑자의 영혼이 나오기도 한다. 주인공은 그들과 대화를 나눈다. 그들의 대화는 산 사람들끼리 나누는 일상적인 대화와 전혀 다를 바

없어, 있는 듯 없는 듯 희미하고 희박한 것들이다. 그 세계가 어떠하냐는 질문에, 할머니의 영혼은 눈이 내린다고 했고, 부랑자의 영혼은 파도소리 같기도 하고 바람소리 같기도 한 소리가 들린다고 했다. 그리고 그 영혼들은 주인공 앞에서 생전에 하고 싶었던 일들을 한다. 커피콩을 갈아 커피를 내리고 또 자기의 삶에 대해 말을 하기도 하고. 주인공은 부랑자의 영혼에게 묻는다. "결정적이지 않은 상태로 살아간다는 건 나쁜 걸까." 거두절미하고 툭 던져진 이 이상한 질문에 대해, 점차 희미해져가는 영혼은 그것은 그것대로 나쁘지 않다고 대답한다. 이것이 대체 무슨 말인지, 왜 그런지에 대해 좀더 이야기를 했으나 그 목소리는 희미해져버려 주인공도 독자들도 들을 수가 없었다. 그러니 그냥 우리 멋대로 해석해버려도 좋을 것이다. 오뚝이처럼, 모자처럼 살아도 좋다고, 그런 아버지의 자식으로 그런 아내의 남편으로 살아도 좋다고, 그러다가 저 스스로가 오뚝이와 다를 바 없음을 알게 되어도, 오뚝이처럼 작아지고 딱딱해져버려도 좋다고. 초현실적인 세계에서 벌어진 일이므로, 작가는 이에 대해 어떤 이야기도 더이상 들려주지 않았으므로 그 나머지는 독자들의 몫인 것이다.

황정은의 환상세계는 현실세계와 잇닿아 있고, 그래서 그 자체로는 매우 연약하고 희미한 것으로 보인다. 자립적인 환상세계나 초현실의 공간 자체가 지닐 수 있는 에너지나 강력함과는 거리가 있다는 것이다. 그럼에도 황정은의 세계에서 환상은, 실

제 세계의 폭력성으로부터 서사의 세계를 방어해내는, 얇지만
강렬한 보호막으로 작용한다. 보호막 속의 세계는 명랑하고 경
쾌하지만, 그 밖으로 벗어나면 일그러진 세상의 모습이 날것 그
대로 드러나버린다. 황정은의 등단작 「마더」와 그 직후에 발표
된 「소년」의 경우는 어떤 환상적 장치도 없이 작가가 바탕하고
있는 세계의 원상을 고스란히 드러내 보여주고 있다. 엄마에게
버려진 아이들과 그 아이들을 둘러싸고 있는 어른들의 폭력, 그
리고 복수심에 불타는 아이들의 세계가 펼쳐진다. 육절기가 돌
아가는 정육점의 풍경들, 피고름을 흘리고 죽어가는 늙은 개,
굶주린 노파들, 부랑자들, 노름하는 깡패의 애인이 되어 자식들
을 방치한 채 약물로 자신의 삶을 망가뜨리는 엄마, 자살을 꿈
꾸고 더러는 실행에 옮기는 사람들의 풍경이다. 그런 비참한 세
계를 황정은은 속도감 있는 건조한 문체로 아무렇지도 않게 그
려놓았다.

환상은 그런 세계 속으로 구원처럼 찾아오고, 환상이 막처럼
드리워지면 세계는 비참의 직접성으로부터 끌어올려진다. 「모기
씨」와 같은 경우가 이를 보여준다. 「모기씨」는 교통사고로 모친
을 잃고 하반신 마비로 누워 있는 사람의 이야기다. 사고에서
살아남은 부친은 사업을 위해 중국으로 떠났는데, 넉 달째 연락
두절 상태다. 월급을 받지 못하던 간병인도 마침내는 사라져버
렸다. 이런 비참한 상황을 구원하는 것은 젤라틴으로 되어 있는
거대한 모기의 환각이다. 주인공은 모기의 몸속으로 푹 잠기기

도 하고 모기와 대화를 나누기도 한다. 그렇다고 하여 세계의 비참이 사라지는 것은 아니다. 환상이 등장함으로써 사라지는 것은 비참의 직접성일 뿐이다. 환상은 그 자체가 지니고 있는 탈현실적인 서사의 경쾌함과 활력을 통해 비참의 직접성을 명랑한 비애의 형식으로 대체시켜놓는 것이다.

황정은의 소설세계 속에서 환상은 이런 방식으로 작동한다. 환상의 바깥에 있는 세계는 괴롭기 짝이 없으나, 「곡도와 살고 있다」처럼 일단 환상의 막 속으로 들어가면 서사세계는 더없이 경쾌하고 발랄해진다. 황정은에 따르면 '곡도'란 사람의 말을 하는 기묘한 애완동물들이지만, 거꾸로 그들이 주인을 평가하고 주인의 서비스를 받는다. 사람의 말을 하는 곡도의 목소리는 기묘해서 작가는 그것을 타이프체로 표현했다. 주인의 행동이 맘에 들지 않으면 곡도는 전력질주하며 수많은 개체로 증식해버리거나 혹은 "아, 정말이지"라는 말과 함께 조금씩 작아져버리기도 한다.

그런데 이게 대체 무슨 이야기인가. 작가 황정은에게 이렇게 묻기도 힘들어 보인다. 작가가 전력질주하며 똑같은 이야기를 증식해내거나 아니면 "아, 정말이지"라고 말하며 작아져버릴 것 같은 기세이기 때문이다. 그러니 곡도들이 만들어놓은 질서 속에서 얌전히 그들의 행동을 지켜보는 수밖에. 작가 황정은은 독자들에게 그런 태도를 요구하는 것처럼 보인다. 당당하게 자기 존엄성을 지켜가는 애완동물이라니, 그것이야말로 애완동물의 실재일지도 모르지 않은가. 주인으로부터 버림받으면 곡도는 보통 동물로 변해버리지만 반대급부로 그 주인 또한 무언가 중요한 것을 잃어버린다고 했다. 특정한 어휘나 자신감이나 미소나 그림자 혹은 눈꺼풀일 수도 있다고 했다. 어쩌면 이미 우리는 곡도를 버렸고 그래서 곡도들은 평범한 동물들이 되었고, 또 그래서 우리도 또한 무언가 중요한 것들을 잃어버렸다고, 그렇게들 살고 있다고, 곡도라는 이상한 동물에 대한 초현실적인 이야기를 통해 황정은은 우리에게 이런 말을 들려주고 있는 것은 아닌가.

초현실적인 모티프와 이야기를 통해 직조되는 황정은의 유머는 이처럼 전복적인 통렬함이나 풍자적인 공격성과는 거리를 두고 있다. 그래서 그것은 그 자신이 자주 구사해온 환상성이라는 기제처럼 희미하고 연약해 보인다. 그러나 그 희미함과 연약함이 과연 황정은만의 것이라 할 수 있을까. 어쩌면 그것은 황정은과 오늘의 우리가 처해 있는 세계의 상태를 보여주는 것은 아닐까. 어떤 외부성도 용납하지 않는 세계의 완고함, 내부에 그 어떤 전선도 균열도 허용하지 않은 채 세계를 전일적으로 통제해내는 전제군주적인 세계 상태는 오히려 그 자체가 연약한 것이 되어버린 것이 아닐까. 새로운 세계를 꿈꿀 수 있는 유연성도 탄력성도 상실해버린 세계는 마치 매끄러운 표면을 지닌 딱딱한 오뚝이처럼 그저 외부의 자극에만 기계적으로 반응하는, 완고하기 때문에 생명력을 잃어버린 존재가 된 것은 아닌가. 황정은의 서사가 직조해내는 흐릿한 유머와 희미한 환상, 저 수채화풍의 명랑성을 보자. 그것은 전복적이라기보다는 오히려 그 스스로 전복됨으로써 세계와 일체화되는 어떤 것이라 해야 하지 않을까. 황정은의 서사세계가 지니고 있는 초현실성과 부조리함은 그 자체가, 다른 옵션을 잃고 외길로만 달려가는, 그래서 자기 갱신의 힘을 상실해 가는, 고사해가는 합리성의 세계에 대한 미메시스라 할 수 있지 않을까 하는 것이다.

4

2005년 등단 이후 황정은이 발표한 작품들을 시간 순서로 늘어놓으면 출발점에는 「마더」와 「소년」의 세계가 있고 그 반대편에는 「곡도와 살고 있다」가 있다. 삼 년 정도의 짧은 기간이지만 그는 환상 밖의 세계에서 환상 속의 세계로 점차 이동해왔던 것으로 보인다. 「무지개풀」과 「일곱시 삼십이분 코끼리열차」「모기씨」 등이 전자에 좀더 가까이 있고, 「문」「모자」「오뚝이와 지빠귀」 등이 후자에 좀더 가까이 있다.
전자의 작품군이 황정은의 세계의 밑그림에 해당된다면 후자의 작품군은 황정은 특유의 표상 방식이 환상성으로 구현되어 있는 경우이다. 앞에서 우리는 그의 환상이 명랑성과 비애가 결합됨으로써 탄생한 것이라 했지만, 좀더 정확하게 말한다면 환상이 지니고 있는 명랑성으로 현실의 비애를 감싸안는 방식이라고 해야 하겠다. 그런데 왜 환상인가. 이에 대한 대답은 황정은의 작품 자체에 이미 마련되어 있는 것으로 보인다. 요지부동으로 버티고 서 있는 산문적인 세계 속에서 서사의 활력을 확보하기 위한 시도였다는 것이 그 대답일 것이다. 이런 점을 감안한다면 황정은의 세계에서 환상성은 큰 비중을 차지하고 있지만 그 자체로 대단한 의미를 가진 것이라고 할 수는 없다. 그에게 환상성이란 기법에 불과한 것이고 좀더 중요한 것은 황정은으로 하여금 그런 표상의 방식을 선택하게 한 정신의 힘일 것이기 때문이다. 그렇다면 1976년생 신인작가 황정은이 스스로에게 부여한 과제는 무엇이었을까. 그가 직면해야 했던 가장 무서운 질문은 무엇이었을까.

황정은이 신인이라는 사실을 염두에 둘 때 이에 대한 일차적인 대답은 어렵지 않게 추정해볼 수 있다. 출발점에 선 작가에게 가장 절실한 것은 자기만의 개성을 찾아내는 것일 터이기 때문이다. 그럼에도 우리가 황정은의 세계를 향해 이런 질문은 던지는 것은 무엇 때문인가. 이에 대한 대답 역시 어렵지 않다. 지금 우리의 시대에 이르러 한국 문학은 존재의 자명성을 점차 상실해가고 있는 중이다. 이제는 누구도 문학적 글쓰기의 영역에 접어들면서 자기 글의 존재의 의미에 대한 질문을 회피하기 어려워지고 있는 것이 현실이다. 문학이라는 자기목적적인 글쓰기의 경우에 있어 점차 절실해지고 있는 것은 어떻게가 아니라 왜라는 질문에 대한 나름의 대답이다. 어떻게 쓸 것인가라는 질문도 왜 쓰는가라는 질문을 품고 있는 한에서만 유효할 지경이 되고 있는 것이다. 그렇다면 황정은이라는 한 신인작가가 내린 대답은 어떤 것일까.

이야기꾼에는 두 유형이 있다고 했던 벤야민의 말을 상기해보자. 그는 대뜸 농부와 선원을 들었다. 농부란 자기 동네의 옛이야기를 잘 아는 사람이고 선원은 다른 동네의 사는 모양을 보고 온 사람이라고 했다. 여기까지가 벤야민의 이야기이지만, 그러나 좀더 심층으로 들어가면 이 두 유형은 여행자라는 하나의 틀로 통합될 수 있다. 농부도 선원도 여행자라는 점에서는 마찬가지라는 것이다. 선원이 여행자라는 말은 당연한 것이지만 농부가 어떻게 여행자일 수 있는가. 대답은 이렇다. 선원이 공간을 여행한 사람이라면 농부는 시간을 여행한 사람이라는 것. 근대세계가 열린 이후로 시간성은 그 자체가 타자를 생산하는 기제가 되었다. 전 세계를 지배하는 급속한 변화의 흐름 속에서 자기의 과거는 현재의 외국만큼이나 이국적인 것이 되어간다. 이야기는 비일상적인 것, 자기 삶의 낯선 부분들을 찾아내는 데서부터 시작된다고 했을 때, 근대세계에서 낯선 것은 현재의 외국에서만이 아니라 자기 동네의 과거 속에도 존재할 수 있는 것이다. 게다가 근대세계를 규정하는 근본적인 시간성은 비동시적인 것의 동시성이다. 동일한 시간대 속에는 서로 다른 많은 시간대가 동시적으로 존재하고 있다. 한 사람에게서도 그렇고 한 공간에서도 마찬가지다. 이를테면 2000년대의 패션에 1990년대의 문화적 감각과 1980년대의 정치적 감각을 가지고 있는 사람도 있을 수 있고, 또 조선 시대와 1950년대와 2000년대가 함께 존재하고 있는 서울의 공간도 있을 수 있다. 세계적인 근대화의 흐름 속에서 타자성을 생산하는 것은 기본적으로 시간의 힘이기 때문에, 농부도 선원도 모두 여행자가 될 수 있다는 것이다.

이런 논리 속에서 중요한 것은 이야기를 만드는 근본적인 힘의 소재처이다. 이야기는 일상적인 흐름과는 다른 힘의 흐름이 조우하는 곳에서 만들어진다. 현재의 세계에 대한 타자성과 외부성이 확보되는 순간 일상의 흐름에 균열이 생기고 거기에서 이야기의 힘이 태동한다. 그러니 문제는 그 타자성을 어떻게 확보하느냐 하는 것이다. 이러한 질문에 대한 대답은 물론 작가들의 개성에 따라 제각각이겠지만, 거친 방식으로나마 시대적인 차이에 대해서 언급해볼 수도 있겠다. 이를테면 80년대는 사회 내부에 정치적 혹은 윤리적 정당성이라는 거대한 균열선을 지니고 있었고 그것이야말로 서사적 상상력의 원천이었다. 또 90년대는 탈이념적인 세계 상태 속에서 비로소 문제삼기 시작한 개인의 사적 진정성이 서사의 주된 동력으로 자리하고 있었다. 그렇다면 2000년대는 어떠한가. 이 새로운 중세에, 노골적인 속물들의 시대에 어떤 이야기가 가능할 것인가. 흥미와 교훈의 대상인 이야기뿐 아니라, 삶의 의미를 문제삼는 것으로서의 소설이 어떻게 자기 존재의 근거를 확보할 수 있을 것인가.

이에 대해 황정은은 이국의 이야기도 역사 이야기도 아닌 어떤 것, 현재의 일상으로의 여행이라 할 만한 어떤 것을 내놓았다. 이런 관점에서 보자면 그의 작품에서 큰 비중을 차지하는 환상이라는 요소도 일상을 여행지로 만들기 위해 동원한 것이었다고 할 수 있겠다. 환상이라는 장치를 걷어버려도 사정은 마찬가지다. 「무지개풀」이나 「일곱시 삼십이분 코끼리열차」 같은 단편들은 어느 한순간 낯선 것으로 등장하는 일상에 관한 이야기이다. 「무지개풀」에서는 쇼핑과 물놀이의 풍경이 부조리극의 형태로 제시되고, 「일곱시 삼십이분 코끼리열차」에서는 평범한 소풍 이야기가, 분열증이나 망상쯤에 해당되는 이상 심리의 공간의 틈입에 의해 갑자기 낯선 세계로 전환되어버린다. 이 두 개의 서사세계 모두 우리의 일상이 지니고 있는 불모성과 황폐함을 기저에 깔고 있지만, 그것을 포착하고 재현하는 황정은의 시선과 기술방식은 그런 황폐함을 명랑성으로 도포해버린다. 아마도 작가 황정은은 그것이 소설이라고 생각하고 있는 것으로 보인다.

황정은의 명랑성은 기계적이고 무의식적인 감각 같은 것으로 다가온다. 그의 환상과 유머를 떠올려보자. 이전 시대 서사의 풍자나 골계, 익살 등이 지니고 있던 강렬함이나 절박함과 구분되는 그것은, 마치 외부의 자극에 대한 오뚝이의 반응과도 같은, 심드렁하고 무뚝뚝하고 아무렇지도 않아 비인간적으로 느껴지는 명랑성이다. 평범할 뿐인 일상은 그런 서사적 감각과 만남으로써 한 겹의 코팅막이 입혀지고 그럼으로써 황정은풍이라 할 만한 독특한 서사 형식으로 견인된다. 이런 점에서 황정은의 명 랑성은 그 이전의 문학 세대가 지니고 있던 격렬함이나 절실함 의 대체물이라 할 수 있다. 요컨대 그는 서사를 가장 원초적인 차원에서 다루고 있었던 것으로 보인다. 이야기하기의 충동 혹 은 미메시스적 충동 자체를 드러내는 일이 그것일 것이다. 추한 것은 불쾌하지만 추한 것에 대한 미메시스는 유쾌하다고 아리스 토텔레스가 말했을 때, 우리는 그의 말에 덧붙여서, 추한 것에 대한 미메시스는 대상의 추함과 미메시스의 유쾌함 사이에서 정 서적 긴장을 만들어내는 것이라 말할 수 있겠다. 아리스토텔레 스는 미메시스가 인간의 본능에 속한 것이라 했다. 황정은의 서 사가 지니고 있는 명랑성이 기계적인 것처럼 느껴진다고 했을 때 그 기계성이란 서사 자체가 지니고 있는 이러한 본능성, 충 동으로서의 미메시스와 매우 가깝다는 것을 의미하는 것이라 해 도 좋겠다. 그렇다면 황정은의 그런 시도는, 어쩌면 우리 시대의 서사가 당면하고 있는 근본적 질문, 곧 자기목적적 글쓰기의 무 용성에 대한 하나의 대답일 수 있지 않을까.

충동은 그 바깥에서 보면 이물스러운 것이지만, 그 자체로는 내부와 외부가 구분되지 않는 즐김의 산물이다. 쳐셔, 미오, 파 씨, 기린, 무도, 기조 등은 황정은의 소설 속에 등장하는 인물들 의 이름이다. 이런 이상한 이름들을 빼어든 황정은은 이미 미메 시스의 충동구조 속에 들어가 있는 것은 아닌가. 그 충동구조를 통과하는 순간, 대체 이런 글을 왜 쓰는가라는 질문도 무용해져 버리고, 낯선 것으로 변신해버린 일상이 우리 앞에 덩그러니 버티고 있다. 그의 환상과 유머는 가냘퍼 보이고 또 그의 서사가 어떤 독자들과 만나 어떤 반향을 불러일으킬지도 아직은 미지수이지만, 그러나 황정은이 보여주고 있는 서사의 저 원초적 충동이라면 어떨까. 이를 통해 황정은은 이미 새로운 스타일 하나를 만들어내고 있는 중이 아닌가. 게다가 그는 이제 첫걸음을 떼기 시작한 신인이지 않은가.

단 한마디도 하고 싶지 않은 날이

365일 중에 298일이나 되는 이 세계는 줄곧

부서져내리는 섬이고 이 섬의 한 모퉁이에서 매일

소수점 아래를 정리하며 살고 있다. 그냥 내버려두면 물도 잘 마시고

춤도 추고 노래도 부르고 이것저것 만들다가 소설도 쓴다. 문장으로

수다하는 것을 좋아하지 않지만 대체로 내가 그러고 있다. 나는

복숭아 맛의 정수는 껍질에 있다고 생각하며 바늘땀과 설탕은 잘

먹지 않고

나, 라고

말하는 사람들의 나, 를 연발하는 귀가 (무섭)고 얻어맞은 날엔

개구리 캐릭터 물건을 선물 받는다. 소설이

몇 편 모이는 동안 윤정 언니의 격려와 도움이 컸다.

감사를 전한다.

모두

건강하시고

건강하시길.

貞殷

| 수록작품 발표지면 |

문 ······ 『문학동네』 2006년 가을

모자 ······ 『문예중앙』 2006년 가을

일곱시 삼십이분 코끼리열차 ······ 『문학들』 2006년 봄

무지개풀 ······ 『작가세계』 2005년 가을

모기씨 ······ 웹진 문장 2006년 5월

초코맨의 사회 ······ 『보그 코리아』 2008년 2월

곡도와 살고 있다 ······ 『문학동네』 2007년 겨울

오뚝이와 지빠귀 ······ 『문학과사회』 2007년 가을

마더 ······ 2005년 경향신문 신춘문예 당선작

소년 ······ 『현대문학』 2005년 4월

G ······ 웹진 문장 2007년 6월

문학동네 소설집

일곱시 삼십이분 코끼리열차
ⓒ 황정은 2008

1판 1쇄 | 2008년 6월 26일
1판 12쇄 | 2024년 10월 25일

지은이 황정은
책임편집 조연주 고경화
디자인 윤종윤 유현아 | 저작권 박지영 형소진 최은진 오서영
마케팅 정민호 서지화 한민아 이민경 왕지경 정경주 김수인 김혜원 김하연 김예진
브랜딩 함유지 함근아 박민재 김희숙 이송이 박다솔 조다현 정승민 배진성
제작 강신은 김동욱 이순호 | 제작처 (주) 상지사 P&B

펴낸곳 (주)문학동네 | 펴낸이 김소영
출판등록 1993년 10월 22일 제2003-000045호
주소 10881 경기도 파주시 회동길 210
전자우편 editor@munhak.com | 대표전화 031)955-8888 | 팩스 031)955-8855
문의전화 031) 955-2696(마케팅) 031) 955-8864(편집)
문학동네카페 http://cafe.naver.com/mhdn
인스타그램 @munhakdongne | 트위터 @munhakdongne
북클럽문학동네 http://bookclubmunhak.com

ISBN 978-89-546-0608-0 03810
＊ 이 책의 판권은 지은이와 문학동네에 있습니다.
    이 책 내용의 전부 또는 일부를 재사용하려면 반드시 양측의 서면 동의를 받아야 합니다.
＊ 이 책은 한국문화예술위원회의 문예진흥기금을 받아 출간되었습니다.

잘못된 책은 구입하신 서점에서 교환해드립니다.
기타 교환 문의: 031) 955-2661, 3580
www.munhak.com